后浪出版公司

Olga Tokarczuk

Prawiek i inne czasy

太古和其他的时间

[波兰] 奥尔加·托卡尔丘克 著　易丽君 袁汉镕 译

四川人民出版社

一首具体而又虚幻的存在交响诗

（译序）

易丽君

本书作者奥尔加·托卡尔丘克（Olga Tokarczuk）是二十世纪九十年代波兰文坛出现的一颗璀璨的新星。一九六二年一月二十九日，她出生在波兰西部名城绿山附近的苏莱霍夫。一九八五年毕业于华沙大学心理学系。一九八五年至一九八六年住在弗罗茨瓦夫市，自一九八六年起，迁居西南边城瓦乌布日赫，在该市的心理健康咨询所工作，同时兼任心理学杂志《性格》的编辑。一九八七年，她以诗集《镜子里的城市》登上文坛。此后常在《雷达》《文学生活报》《奥得河》《边区》《新潮流》《文化时代》和《普世周刊》等报刊上发表诗歌和短篇小说。一九九三年出版长篇小说《书中人物旅行记》，一九九四年获波兰图书出版商协会奖。一九九五年出版长篇小说《E.E.》。翌年出版长篇小说《太古和其他的时间》，受到波兰评论界普遍的赞扬，并于一九九七年获波兰权威的文学大奖“尼刻奖”和科西切尔斯基夫妇基金散文文学奖，从而奠定了她在波兰文坛令人瞩目的地位。也就在这一年，她放弃了公职，专心从事文学创作，先后发表了短篇小说集《橱柜》（一九九七）和长篇小说《白天的房子，夜晚的房子》(一九九八)，一九九九年，她因这部作品再次获得“尼刻奖”。

自上世纪九十年代中期起，她定居在离瓦乌布日赫不远的农村，成为乡情、民俗的守望者，但也并非离群索居，邈与世绝。她乐于与人交往，更喜欢外出旅游。作家迄今的成功，绝非评论界的炒作抑或幸运的巧合，而是由于她所受到的各种文化的熏陶，正规、系统的心理学教育，以及广阔、丰富的生活经验。这一切都为她的创作打下了坚实的基础，使她的才华得以充分地发挥。

二十世纪九十年代，波兰文坛发生了许多变化。官方文学和底下反对派文学的明显区别已不复存在。过去常见的文学主题，如爱国主义、英雄主义、造反精神等都曾是波兰社会意识生动的组成部分。随着制度的更迭，上述主题有所削弱。在二十世纪七八十年代，作家独立性的首要条件，是保持批判的勇气，敢于坦言真理，敢于揭露政权的外来性和极权统治的弊端，敢于揭露社会生活中的阴暗面。这种批判精神展示了一种浓缩的波兰性，起了一种抵御外来性的防护铠甲的作用。但是这种波兰性在浓缩了波兰民族酷爱自由、敢于反抗强权的象征意义的同时，也阻碍了作品中的波兰人成为有血有肉、有七情六欲的人。在冷战时期意识形态斗争的影响下，这种批判精神还不免带有派别的色彩，简单化的价值标准使得某些被以为是高尚的文学，却不一定是杰出的文学。

年轻一代的作家淡化历史，他们无需再为国家的不幸命运披上服丧的黑纱，他们从事文学创作不像前辈作家那样态度严肃，那样追求“文以载道”和“震撼效应”。他们拥有一种更轻松、自由的心态，把文学创作当成一件愉悦心灵的乐事，既让自己在编故事的过程中享受快乐，也让读者不费力气、轻松地接受。他们不屑于承担战后近半个世纪波兰现实里清算是非功过的使命。再者，清算文学在过去的地下出版物中，已可谓是汗牛充栋，在他们看来，重复不免意味着思想和艺术的贫乏。因此他们在回顾过往时，也是以一种幽默、调侃的口吻代替愤怒的控诉。他们希望扩大视野，独辟蹊径，去开拓新的创作题材。他们感兴趣的对象由“大祖国”转向“小祖国”——也就是故乡，由“大社会”转向“小社会”——也就是家庭，从中探寻社会生活新颖的、建立在人性基础上，普通而同时也富有戏剧性和持久价值的模式。

他们善于在作品中构筑神秘世界，在召唤神怪幽灵的同时，也创造自己的神话。他们的作品往往是现实生活与各种来源的传说、史诗和神话的混合物。他们自由地随心所欲地利用神话和民间传说来表现他们所欲展示的一切人生经历——童年、成熟期、婚恋、生老病死。他们着意构想的是，与当代物质文明处于明显对立地位的，充满奇思妙想的世界。这类小说描绘的往往是作者将童年时代回忆理想化而形成的神秘国度，或者是作者记忆中老祖父所讲的故事里的神秘国度。小说里的空间——与当今贫瘠的、被污染了的土地及城市的喧嚣，或大都会的钢筋水泥森林大相径庭——流贯着一种生命的气韵，是人和天地万象生命境界的融通。每片土地都充满了意义，对自己的居民赐以微笑。它是美好的，使人和大自然和谐相处。它的美很具体，同时也教会人去跟宇宙打交道，去探寻人生的意义和世界万物存在的奥秘，就像是交给人一块神奇的三棱镜，透过它能识破天机，看到上帝，看到永恒。奥尔加·托卡尔丘克的长篇小说《太古和其他的时间》便是其中最具代表性的作品。上面提到的一些写作变化特点，都在这部小说中得到了具体的反映。

这部作品既是完整的现实主义小说，同时又是富有诗意的童话，是一部糅合了神秘主义内涵的现实主义小说。

作家在小说中虚构的世界名为太古。这是一座远离大城市、地处森林边缘，普普通通的波兰村庄。作者以抒情的笔触讲述发生在这座村庄的故事，重点展示了几个家庭、几代人的命运变迁。小说以人道情怀杂呈偏远乡村的众生百相，为读者营构了一幅幅鲜明生动的日常生存景观。一群不同性格、不同年龄、不同家境的人物，生息歌哭在太古，他们承受着命运的拨弄、生老病死的困扰和战争浩劫的磨练，在生活的甬道里直觉地活着，本真地活着。他们的喜怒哀乐都非常直露，他们的家庭纠葛都非常情绪化，他们追求幸福或燃起欲望的方式都散发着原始的气息，均为波兰百姓饮食人生的自然写照。显然，作者摄取的是她非常熟悉的农村居民生存的自然生态图景，但又并非简单地进行自然主义的再现。作者力图深入人物的内心世界，把握其真实性情，并非直白地臧否人物、褒贬是非，而是以不拘一格的方式展示人生百态，或美丑叠现，或善恶杂糅，或得失相属，或智慧与残缺孪生，凡此种种，在不断的发展变化过程中相生相克，相映成趣。

小说中现实的画面和神话意蕴水乳交融，相得益彰。太古虽然不大，却包含了成为一个完整世界需要的一切。太古不仅是波兰某处的一座落后村庄，同时也是一个“位于宇宙中心的地方”，或者可以说是自远古以来，便已存在的宇宙的一块飞地。它是天国的再现——虽是变了味的天国，是人类生存的秩序同大自然和超自然的秩序直接接壤的地方，是人和动植物构成的生机勃勃的有机体，是宇宙万物生死轮回、循环不已的象征。

太古既是空间概念，同时又是时间概念。太古是时间的始祖，它包容了所有人和动植物的时间，甚至包容了超时间的上帝时间、幽灵精怪的时间和日用物品的时间。有多少种存在，便有多少种时间。无数短暂如一瞬的个体的时间，在这里融合为一种强大的、永恒的生命节奏。太古的时间由三层结构组成：人的时间，大自然的时间（其中也包括，人的意识和想象力的各种产物的时间（如溺死鬼普鲁什奇和化成美男子跟麦穗儿交媾的欧白芷的时间），以及上帝的时间。这三层时间结构将叙事者提及的所有形象，所有现实和非现实的存在形式，完整地、均匀地交织在一起，共同构成一首既具体又虚幻的存在的交响诗。太古的时间，亦如宇宙的时间，没有开头也没有结尾，只是不断变换着新的形式，从形成到分解，从分解到形成，从生到灭，从灭到生，无穷无尽。

太古作为一座具体的普通的村庄，是个远离尘嚣的古老、原始、人与大自然和谐相处的神秘国度，在这里繁衍生息的人们过的几乎是与世隔绝的日子，自古以来就固守着自己独特的传统，自己的习俗，自己的信仰，自己分辨善恶的标准。在他们的想象里，有一条看不见的界线是他们通向外部世界不可逾越的障碍，这条界线之外的大千世界，对于他们不过是模糊的、虚幻的梦境。对于他们，太古处于宇宙的中心便是很自然的逻辑。

太古的象征意义在于，人们在心灵深处都守望着一个被自己视为宇宙中心的神秘国度。在快速变革、充满历史灾难、大规模人群迁徙和边界变动的世界上，人们往往渴念某种稳定的角落，某个宁静而足以抗拒无所不在的混乱的精神家园。奥尔加·托卡尔丘克在答波兰《政治周刊》记者问时曾说，她写这部小说似乎是出自一种寻根的愿望，出自寻找自己的源头、自己的根的尝试，好使她能停泊在现实中。这是她寻找自己在历史上地位的一种方式。

太古似乎包括了上帝创造的八层世界，一切有生命的东西都有意识或无意识地参与其中的活动。它发生了许多天国里才能发生的事，它东南西北四个边界各有一名天使守护。太古人们的姓氏也具有象征意义：博斯基的意思是“上帝的”，涅别斯基的意思是“天上的”，塞拉芬的意思是“六翼天使”，海鲁宾的意思是“上帝的守护天使”。然而，无论他们是天国的神圣家族也好，还是落入凡尘的天使也好，他们都未能超脱历史，他们的生活都打下了深刻的时代印记，他们的命运跟天下其他地方的人们的命运同样悲苦，只不过太古的人们几乎是以天堂的平静心态和坚忍、淡泊的精神忍受着自己的不幸。

作家正是把她笔下的人物放在大的历史背景下来审视的，透过生活在太古的人们的遭遇，牢牢把握住“时代印记”和“历史顿挫”。从第一次世界大战到二十世纪八十年代的历史进程，在小说中虽是尽量轻描淡写，一笔带过，但它贯串了作品的始终，并以其残酷、无情的方式影响着小说中人物的命运。守护太古四方边界的天使，没能保住这座人间伊甸园免受时代纷乱的侵扰。上帝、时间、人与天使究竟谁是主宰，恐怕只有到知道世界全部过去和未来历史的游戏迷宫中去寻找答案了。

《太古和其他的时间》作为一部长篇小说虽然篇幅不大，却具有任何一部优秀小说必须具备的特点，如鲜活的人物形象，流畅、个性化的语言，快速发展的情节等。作品中简洁精确，但经常不乏诗意的描述把读者带进一个奇妙的世界，字里行间随处可见的俏皮与机智，调侃与幽默，质朴与灵性，常使读者赞叹不已。许多神话、传说乃至《圣经》典故，似乎都是作者信手拈来，却又用得恰到好处，既丰富了人物形象，又渲染了环境气氛，使整部作品具有浓郁的神话色彩，笼罩着一种耐人寻味的亦虚亦实、亦真亦幻的神秘氛围。那些亦庄亦谐的隐喻，蕴藏着作家对当今人类生存状态的关怀和忧虑，蕴藏着某种既可称之为形而上学的，也可称之为存在主义的不安。而对各种跌宕起伏的人生，篇中人物没有大喜大悲的情感爆发，有的只是一种深情的温馨和挥之不去的淡淡的哀愁，有的是一种剪不断的思乡情结。整部作品给人留下的强烈印象是它的统一性，是内容和形式、主观和客观、大自然和文化、哲理和日常生活、变化和重复的高度统一，宏观思维和微观思维、个人潜意识和集体潜意识的高度统一。没有脱离人的意识而独立存在的世界，也没有脱离大自然和存在永恒节奏的意识。因此可以说，这部作品虽是小制作，却展示了大智慧、大手笔。轻巧中蕴含着厚重，简约中包藏着复杂，宁静中搏动着力量，平俗中洋溢着诗意。细读之后，令人回味无穷。

这里奉献给读者的《太古和其他的时间》译本，是从波兰文原著翻译而来的。

二〇〇二年九月

于北外欧语系

太古的时间

太古是个地方，它位于宇宙的中心。

倘若步子迈得快，从北至南走过太古，大概需要一个钟头的时间，从东至西需要的时间也一样。但是，倘若有人迈着徐缓的步子，仔细观察沿途所有的事物，并且动脑筋思考，以这样的速度绕着太古走一圈，此人就得花费一整天的时间。从清晨一直走到傍晚。

太古北面的边界是条从塔舒夫至凯尔采的公路，交通繁忙、事故频仍，因而产生了行旅的不安宁。这条边界由天使长拉斐尔守护。

标示南面边界的是小镇耶什科特莱，它有一座教堂、一所养老院，和一个由许多低矮的石头房子围绕的泥泞的市场。小镇是可怕的，因为它会产生占有和被占有的热望。太古与小镇接界的方向由天使长加百列守护。

从南到北，由耶什科特莱至凯尔采的公路是一条通衢官道，太古就位于官道的两边。

太古的西面边界是沿河的湿草地、少许林地和一幢地主府邸。府邸旁边是马厩，马厩里一匹马的价值相当于整个太古。那些马匹属于地主，而牧场则属于牧师。西面边界的危险之处在于骄奢。这条边界由天使长米迦勒守护。

太古东面的边界是白河。白河将太古的土地与塔舒夫分隔开来，然后拐弯流向磨坊，而边界则以草地和灌木丛中的赤杨林继续往前延伸。这个方向的危险在于愚昧，而愚昧又是源自于自作聪明。守护这条边界的是天使长乌列尔。

上帝在太古的中央堆了一座山，每年夏天都有大群大群的金龟子飞到山上来。于是人们把这山丘称为金龟子山。须知创造是上帝的事，而命名则是凡人的事。

由西北向南流淌的是黑河，它与白河在磨坊下边汇合。黑河水深而幽暗。它流经森林，森林在河水里映照出自己胡子拉碴的面孔。干枯的树叶顺着黑河漂游，微不足道的昆虫在河的深渊里为生存而挣扎。黑河常连根拔起大树，冲毁森林。有时黑河幽暗的水面会出现许多旋涡，因为河流也会发怒，并且不可遏止。每年暮春时节，河水泛滥开来，淹没了牧师的牧场，河水滞留在牧场上晒太阳，于是也就繁殖出成千上万的青蛙。整个夏天牧师都得跟黑河较量，要到每年七月末，泛滥的河水才会发善心导入自己的主流。

白河水浅，流得欢快。在沙砾地上流出广阔的河床，无遮无掩，看上去一览无遗。白河的水清澈得透明，纯净的沙砾河底映照出一轮明月。它仿佛是条巨大而光华灿烂的蜥蜴，在杨树林中闪烁着，顽皮恣肆地蜿蜒前行。它那调皮的游戏是难以预见的，说不定哪一年它会在赤杨林中冲出一座岛屿，然后又在数十年后远远离开树林。白河穿过灌木丛、牧场、草地。沙质的河床闪耀着金色的光。

两条河在磨坊下边汇合。它们先是并排流淌，犹犹豫豫，怯生生，彼此渴望亲近，然后就交汇在一起，彼此都失去自身的特色。从紧挨着磨坊的那个大喇叭口流出的河，变得既不是白河，也不是黑河。它成了一条大河，毫不费力地推动水磨的轮子，水磨将麦粒磨成粉末，给人们提供每日的食粮。

太古位于两条河上，也位于因两河彼此的想望而形成的第三条河上。磨坊下边那条由白河和黑河汇合而成的河，干脆就只叫河。它平静地，心满意足地继续向前流去。

格诺韦法的时间

一九一四年夏天，两名穿浅色制服、骑着马的沙俄士兵来抓米哈乌。米哈乌眼看着他们从耶什科特莱的方向慢慢向他走来。炎热的空气里飘荡着他们的阵阵笑声。米哈乌站立在自家的门槛上，身穿一袭由于沾满了面粉而发白的宽大长袍，等待着——虽说他心知肚明这些大兵所为何来。

“你是谁？”他们问。

“我叫米哈乌·尤泽福维奇·涅别斯基。”米哈乌用俄语回答，完全符合他理应回答的方式。

“嗯，我们这儿有一份意外的礼物要给你。”

米哈乌从他们手上接过一张纸条，拿去交给了妻子。妻子格诺韦法一整天哭哭啼啼，为米哈乌打理参战的准备工作。由于哭了一整天，她实在太虚弱，身心是那么地疲惫而沉重，以至于没能跨出自家的门槛，目送丈夫过桥。

当马铃薯的花凋谢，而在开花处结出一些小小的绿色果实的时候，格诺韦法肯定自己是怀孕了。她掰着手指头算月份，算出孩子该是五月末割第一批青草的时候怀上的。不错，正该是那个时候。现在令她伤心绝望的是，她没来得及把怀孕的事告诉米哈乌。或许一天天大起来的肚子是某种征兆，说明米哈乌会回来；他必须回来。格诺韦法亲自管理磨坊，就像米哈乌在的时候所做的那样。她照管工人们干活儿，给送粮食来的农民开收据。她倾听推动磨石的水的喧腾和机器的轰鸣。面粉落满了她的头发和睫毛，以致她晚上往镜子跟前一站，从镜子里看到的是个老太婆。老太婆对着镜子脱衣服，研究自己的肚子。她躺到床上，尽管身边塞了好几个小枕头，脚上还穿着毛线袜子，可她仍然睡不暖和。因为她总是像赤着脚跨进水里一样进入梦乡，久久不能入睡。于是她便有很多时间祷告。她从“我们的天父”开始，念到“圣母马利亚”，最后到了睡意蒙眬的时候，她以自己所喜爱的对守护天使的祈祷来作结。她祈求自己的守护天使关照米哈乌，因为战争中的人或许需要不止一位守护天使。后来这祷告逐渐变成了战争的画面——简单又乏味，因为格诺韦法除了太古这个地方，不知还有另外的世界；除了礼拜六在市场上的斗殴，她不知还有另一个模样的战争。常常在礼拜六这一天，那些喝得醉醺醺的男人走出什洛姆的酒馆来到市场，他们彼此揪住对方的长袍下摆，翻倒在地，在泥泞里打滚，滚一身污泥，脏兮兮，一副可怜相。格诺韦法想象的战争，就是这种在泥泞、水洼和垃圾中间的徒手搏斗，在这种搏斗中所有的问题都能一下子解决。所以她感到奇怪，战争竟然会持续这么久。

有时，她到小镇购物的时候，偶然听见人们的交谈：

“沙皇比德国人更强大。”他们说。

或者：

“到圣诞节，战争就会结束。”

但是战争既没有在圣诞节结束，也没有在接下来的四个圣诞节中的任何一个结束。

就在节日前的某一天，格诺韦法到耶什科特莱去采办过节的用品。她从桥上经过的时候，看到一个沿着河边走路的姑娘。那姑娘衣衫褴褛，赤着足。她那双光脚板勇敢地踩进了雪中，身后留下一串深深的小脚印。格诺韦法打了个寒噤，驻足不前。她居高临下望着那姑娘，在小手提包里为她找到了一个戈比。姑娘抬眼向上张望，她们的目光相遇。硬币落到了雪地上。姑娘淡淡一笑，但这微笑里既没有感激的表示，也没有欢喜的迹象，露出的是一排又大又白的牙齿，一双妩媚的眼睛闪闪发亮。

“这是给你的。”格诺韦法说。

姑娘蹲下身子，用一根手指头温婉地从雪地里抠出那枚硬币，然后转过身子，默默地向前走去。

耶什科特莱看上去似乎褪了色。一切都是黑的、白的、灰的。市场上男人三五成群，都在谈论战争。许多城市遭到破坏，居民的财产都散乱地堆放在大街上。人们为躲避炮弹的袭击纷纷逃亡。妻离子散，兄弟分隔。谁也不知究竟是俄国人更坏还是德国人更坏。德国人放毒气，一挨着毒气眼就会变瞎。青黄不接的时候将是普遍的饥饿。战争是第一灾难，其他的灾难将随之而来。

格诺韦法绕过一堆堆马粪，那些马粪融化了申贝尔特商店门前的积雪。门上钉的一块胶合板上写的是：

卫生保健品商店

申贝尔特商店

本店只卖一流产品：

肥皂、漂白内衣的群青

小麦淀粉和大米淀粉

橄榄油、蜡烛、火柴

杀虫粉……

“杀虫粉”几个字突然使她感到恶心。她想起了德国人使用的毒气，眼睛一遇上那种毒气就变瞎。如果拿申贝尔特的杀虫粉去撒蟑螂，蟑螂是否也有同样的感受？为了不致呕吐，她不得不一连做了好几次深呼吸。

“太太想买点儿什么？”一个肚子挺得老高的年轻孕妇用唱歌似的嗓音问道。她朝格诺韦法的腹部瞥了一眼，笑了起来。

格诺韦法要了煤油、火柴、肥皂和一把新的棕毛刷子。她用手指去碰了碰尖尖的鬃毛。

“过节我要大扫除，清洗地板，洗窗帘，清刷炉灶。”

“我们不久也要过节，要净化神庙祈神赐福。太太是从太古来的，对吗？是从磨坊来的吧？我认识太太。”

“现在我们两人已经彼此相识了。太太您的预产期在什么时候？”

“二月。”

“我也是二月。”

申贝尔特太太开始把一块块灰色的肥皂摆到柜台上。

“太太考虑过没有，这儿周围都在打仗，我们这些傻女人干吗还要生孩子？”

“一定是上帝……”

“上帝，上帝……那是个优秀的账房先生，照管着‘亏欠’和‘盈余’项目，必须保持平衡。既然有人丧命，就得有人降生……太太这么漂亮，准会生个儿子。”

格诺韦法拎起了篮子。

“我想要个女儿，因为丈夫打仗去了，没有父亲的男孩不好养。”

申贝尔特太太从柜台后面走了出来，送格诺韦法到门口。

“我们压根儿需要的就是女儿。倘若所有的妇女都开始生女儿，世界上就太平了。”

两个孕妇都笑了起来。

米霞的天使的时间

米霞降生的景象，在天使的眼中，跟在接生婆库茨梅尔卡的眼里完全不一样。总括来说，天使眼中的一切都与凡人不一样。天使们观察世界不是通过肉体的形式。世界不断地繁殖出肉体形式，又不断地毁灭它们，而众天使则是通过肉体形式的内涵和灵魂来观察世界的。

上帝派遣给米霞的守护天使看到的是一个筋疲力尽、痛苦不堪、衰颓至极、游移于生死之间，宛如破布般的躯体——这就是生出了米霞的格诺韦法的躯体。而天使看到的米霞则是这样的：先是一片清新、明亮、一无所有的空间，过了片刻才从这个空间出现一个惊愕的、半清醒的灵魂。当孩子睁开了眼睛，守护天使向至高无上的主表示感谢。然后天使的目光和人的目光第一次相遇，天使打了个哆嗦，就像没有肉体的天使所能做到的那样哆嗦了一下。

天使在接生婆的背后把米霞接到了这个世界上来：替她净化了生活空间，把她抱给其他天使和至高无上的主看，而他那两片无形的嘴唇还悄声说："你们瞧呀，你们瞧呀，这就是我的小小的灵魂。"他充满了不同凡响的天使的温情，爱的恻隐之心——这是天使们所能拥有的唯一的感情。因为造物主既没有赋予他们许多本能、激情，也没有赋予他们许多需求。假若他们得到了那一切，他们就再也不纯粹是精神的创造物了。天使们所拥有的唯一本能是同情。天使们的唯一感情就是无穷无尽的、厚重的、宛如苍穹一样博大无边的恻隐之心。

现在天使看到了接生婆库茨梅尔卡，她用温水把孩子周身洗了个遍，用柔软的法兰绒把孩子擦干。随后天使瞥见了格诺韦法那由于用力而布满血丝的红眼睛。

天使观察形形色色的事件如同观察流水。事件本身并不使天使感兴趣或好奇，因为天使知道事件的源流和去处，知道事件的开始和结束。天使看到了彼此相像和不相像的事件之流，看到了在时间上彼此接近和疏远的事件之流，看到了从另一些事件里衍生出来的事件和彼此毫无关系的独立事件之流。但这些对于天使一点意义也没有。

事件对于天使是某种有如梦境或一部没有开头和结尾的影片那样的东西。天使不能参与这些事件，事件对于天使是毫无用处的。人向世界学习，向纷繁的事件学习，学习有关世界和自己本身的知识；人在纷繁的事件中反思，标定自己的界线、可能性，给自己确定名称。天使无需从外部吸取任何东西，而是通过自身认识自己，他自身就包含了有关世界和自己的全部知识——上帝创造的天使就是这样的。

天使没有像人类这样的智慧，天使不对事物做结论，不进行评判。天使不进行逻辑思维。有些人或许会觉得天使是傻子。但是天使从一开始自身就拥有智慧树上的果实，拥有纯粹的知识，唯有简单的预感才能丰富这种知识。这是一种涤除了推理的智力，同时也是涤除了与推理相连的错误，以及伴随错误而来的恐惧的智力。这是一种不带成见的智慧，而成见往往是由错误的观察产生的。然而就像上帝创造的其他所有的事物一样，天使们是变幻无常的。这样就能解释为什么在米霞需要天使的时候，米霞的守护天使却经常不在她身边。

米霞的守护天使——当他不在米霞身边的时候——经常将视线调离人间世界，望着别的天使和别的世界，望着上帝赋予人世间的每样东西，每种动物和每样植物的更高级的和更低级的世界。他见过存在的巨大的阶梯，非凡的营造物和包含在营造物里面的八层世界，他也见过缠身于创造中的造物主。但是倘若有人以为米霞的守护天使常看到主的面容，那么这个人便大错而特错了。天使见过的东西比人多，但天使并非什么都见过。

在思想活动回到其他世界的同时，天使艰难地把注意力集中到米霞的世界，这个世界与其他的人和动物的世界相似，是昏暗的，充满了痛苦，有如一个混浊的长满了浮萍的池塘。

麦穗儿的时间

格诺韦法给过一个戈比的那个赤脚姑娘便是麦穗儿。

麦穗儿是在七月或八月出现在太古的。人们给她取了这么个名字，是因为她经常去拾人们秋收后留在地里的麦穗儿，她将麦穗儿放在火上烤一烤就成了自己每日的食粮。然后，到了秋天，她就去偷田地里的马铃薯，而到了十一月，地里的农作物已然收尽，再也找不到任何吃食的时候，她便经常坐在小酒店赖着不走。偶尔有人出钱给她买杯酒，有时她也会得到一片抹了猪油的面包。然而人们并不乐意请她白吃白喝，尤其是在小酒店里。于是麦穗儿开始卖淫。她让酒灌得有了三分醉意，浑身暖融融的，就跟男人走到酒店外面。麦穗儿往往为了一节香肠便能委身于男人。因为在附近这一带，她是唯一一个年轻而又如此容易上手的女子，故而男人们总像狗一样围着她团团转。

麦穗儿是个已长大成人的健壮的姑娘。她有一头淡黄色的秀发，白皙的皮肤，她那张脸太阳晒不黑。她总是肆无忌惮地直视别人的脸，连瞧神父也不例外。她有一双碧绿的眼睛，其中一只略微斜视。那些在灌木丛中享用过麦穗儿的男人，事后总感到有些不自在。他们扣好裤子，带着通红的面孔返回空气浑浊的小酒店接着喝酒。麦穗儿从来不肯按一般男女的方式躺倒在地上。她说：

“干吗我得躺在你的下面？我跟你是平等的。”

她宁愿靠在一棵树上，或者靠在小酒店的木头墙上，她把裙子往自己背上一撩。她的屁股在黑暗中发亮，像一轮满月。

麦穗儿就是这样学习世界的。

有两种学习方式：从外部学习和从内部学习。前者通常被以为是最好的，或者甚至是唯一的方式。因此人们常常是通过旅行、观察、阅读、上大学、听课来进行学习——他们依赖那些发生在他们身外的事物学习。人是愚蠢的生物，所以必须学习。于是人就像贴金似的往自己身上粘贴知识，像蜜蜂似的收集知识，人们有了越来越多的知识，于是便能运用知识，对知识进行加工改造。但是在内里，在那“愚蠢的”需要学习的地方，却没有发生变化。

麦穗儿是透过从外部到内里的吸收来学习的。

如果只是将知识往身上贴，在人的身上什么也改变不了，或者只能在表面上改变人。从外部改变人，就像一件衣服换成另一件衣服那样。而那种通过领会、吸收来学习的人，则会不断发生变化，因为他会把学到的东西转化为自己的素质。

麦穗儿是通过理解来接受太古和周围一带平庸、肮脏的农民的，而后变成了他们那样的人，跟他们一样喝得醉醺醺，和他们一样让战争吓得半死，跟他们一样冲动。不仅如此，麦穗儿在小酒店后面，在灌木丛中接受他们的同时，也接受了他们的妻子，接受了他们的孩子，接受了他们环绕金龟子山的那些空气污浊、臭烘烘的小木头房子。在某种程度上她接受了整个村子，接受了村子里每一种痛苦，每一种希望。

这就是麦穗儿的大学。日渐隆起的肚子便是她的毕业文凭。

地主太太波皮耶尔斯卡得知麦穗儿的命运，吩咐把她带进府邸。她朝那大肚子瞥了一眼。

“你近期内就该生产了。你打算怎么过日子？我要教你缝衣、做饭。将来你甚至可以在洗衣房工作。如果一切安排得当，说不定你还能把孩子留在身边哩。”

可是，当地主太太看到姑娘那双陌生的、肆无忌惮的眼睛大胆地顺着画幅、家具、壁纸滴溜溜地转动的时候，她犹豫了。当她看到姑娘那种放肆的目光移到了她的儿女们无邪的脸上时，她的口气改变了。

“在别人需要的时候提供帮助是我们的义务。但别人必须希望得到帮助。我正是这样一种提供帮助的人。我在耶什科特莱办了个收养院，你可以把孩子送到那里去，那儿很干净，而且非常舒适。”

“收养院”这个词儿吸引了麦穗儿的注意力。她朝地主太太瞥了一眼。波皮耶尔斯卡太太增强了自信心。

“我在青黄不接的时候分发衣服和食物。人们不希望你留在这里。你带来了混乱和伤风败俗。你的行为有失检点。你应该离开这里。”

“难道我无权待在我愿意待的地方？”

“这儿一切都是我的，土地和森林都是我的。”

麦穗儿咧开嘴巴笑了，露出一口雪白的牙齿。

“一切都是你的？你这个可怜的、瘦小的、干瘪的坏女人……”

地主太太波皮耶尔斯卡的脸僵住了。

“出去！”地主太太平静地说。

麦穗儿转过了身子，现在可以听见她那双赤脚在地板上踏得啪嗒啪嗒响。

“你这个婊子！”弗兰尼奥娃说。她是府邸的清洁工，她的丈夫夏天给麦穗儿搅得发疯发狂，她抬手便扇了麦穗儿一记耳光。

麦穗儿踉踉跄跄、摇摇晃晃地走在粗石子铺的车道上，几个在屋顶上干活儿的木匠在她身后吹口哨。她突然撩起裙子，冲他们露出光屁股。

她走到园林外面便站住了。她思索了片刻，想想自己该往哪里去。

她的右边是耶什科特莱，左边是森林。森林吸引了她。她一走进森林里，便立刻感觉到身边的一切所散发出的气味完全不同：更浓烈，更清新。她朝韦德马奇一栋废弃了的房屋的方向走去。她有时在那儿宿夜。房屋是某个被焚毁的残址，如今已是森林环绕，草木丛生。她那双由于负重和烤炙而肿胀的脚已感觉不到松球的坚硬。她走到河边就感到第一阵遍及全身的陌生的疼痛。渐渐地，惊慌便笼罩了她。“我要死了，我就要死了，因为这时候没有任何人能帮我一把。”她惊恐地想道。她站立在黑河的中央，不想再向前挪动步子。冷水冲刷着她的双脚和下腹。她从水中看到一只野兔，那兔子立刻便藏进了蕨丛中。她羡慕那只野兔。她看到一条鱼在树根之间绕来绕去地游。她羡慕那条鱼。她看到一只蜥蜴爬到了石头下面。她也羡慕那蜥蜴。她又感到了疼痛，这一次更加强烈，也更加可怖。“我要死了。”她想，“这会儿我干脆就死。我要生了，没有一个人来帮我。”她想躺倒在河岸上的蕨丛中，因为她需要阴凉。但她不顾身体的不适，继续往前走。麦穗儿第三次感觉到阵痛。她知道，她的时间已经不多了。

位于韦德马奇的废弃房屋只剩下四堵墙和一小片屋顶。屋子里面是长满了荨麻的瓦砾场。潮气带有一股霉臭味。瞎眼的蜗牛在墙上爬移。麦穗儿撕下一些牛蒡的大叶子，给自己铺个地铺。阵痛反复出现，一阵紧似一阵。有时片刻之间简直无法忍受。麦穗儿明白，她必须做点什么，把那疼痛从自己身上排挤出来，抛到荨麻和牛蒡的叶子上。她咬紧牙关，开始使劲。“疼痛从哪里进去，就得从哪里挤出来。”麦穗儿思忖着，坐到了地上。她撩起了裙子，没有看到任何特殊的东西：只有大肚皮和大腿。身子仍然是紧绷绷的、封闭的。麦穗儿试图从那儿瞧瞧自己内里的动静，但是肚子妨碍了她。于是她试着用两只因疼痛而哆嗦的手去摸那个地方，孩子该是从那儿出来的。她用手指尖儿感觉到了鼓胀的阴户和粗糙的阴毛，但她的会阴感觉不到手指的触摸。麦穗儿触摸着自己就像是触摸着别人的什么东西，仿佛触摸着什么身外之物。

疼痛加剧了，它搅浑了各种感觉。思绪断裂了，犹如腐烂的织物。词语和概念分崩离析，渗入地里。因生育而发胀的躯体只好听天由命，听其自然。由于人的躯体是靠着各种希望来生存的，因此各种希望就纷至沓来，充满了麦穗儿半清醒的头脑。

麦穗儿觉得，她似乎是在教堂里生产，在冰冻的地板上，在一幅图画的前面。她听见了管风琴镇痛的轰鸣声。稍后，她又觉得她就是一架管风琴，她在演奏，她自身有许多许多的响音，只要她愿意，就能将自身所有的响音一齐释放出来。她觉得自己是强大的、全能的。可后来一只苍蝇，一只紫色的大苍蝇在她耳畔的普通嗡嗡声，立刻就把她这全能摧毁了。疼痛以新的力量撞击麦穗儿。“我要死了，我要死了。”她呻吟道。“我死不了，我死不了。”过了一会儿她又呻吟道。汗水粘住了她的眼睑，蜇痛了她的眼睛。她啜泣起来，双手撑在地上，开始绝望地使劲。经过一番努力之后，她感到一阵轻松。有什么东西扑哧一声从她的身子里涌了出来。麦穗儿现在已是开放的了。她跌落在牛蒡叶子上，并在牛蒡叶子中寻找孩子，可是那儿什么也没有，只有一摊温热的水。于是麦穗儿再次积蓄力量，重新使劲。她闭起眼睛，拼命使劲。她吸了口气，再使劲。她哭喊着，睁开眼睛望着上方。在腐朽的木板之间她看到了纯净无云的蓝天。又在那儿看到了自己的孩子。孩子摇摇晃晃地撑持了起来，靠他的双脚站立。孩子望着她，从来不曾有人像这样望过她：饱含着莫大的无法形容的爱。那是个男孩。他从地上捡起一根树枝，而她却变成了一条小小的赤练蛇。麦穗儿是幸福的。她躺在牛蒡叶子上，坠入了一口幽暗的深井之中。思绪回来了，平静地，袅袅而至，通过她的头脑源源不断地涌来。“就是说房子里有口井。就是说井里有水。我要住在井里，因为井里既阴凉又湿润。孩子们在井里玩耍，蜗牛有了视力，庄稼成熟了。我会有食物喂养孩子……孩子在哪儿？”

她睁开眼睛，吓了一大跳，原来时间停滞了，原来没有任何孩子。

又是一阵剧痛，麦穗儿喊叫了起来。她喊叫的声音是那么大，以至于破烂房屋的墙壁都在颤抖。鸟儿受惊，牧场上搂干草的人都抬起了头，在胸口画着十字。麦穗儿给噎住了，把喊声吞了下去。现在她冲着内里喊叫，冲着自己喊叫。她的叫喊声是如此强有力，以至于腹部都给震动了。麦穗儿感觉到两腿之间有个什么新的陌生的东西。她用手撑着抬起了身子，朝自己孩子的脸上瞥了一眼。孩子的眼睛痛苦地紧闭着。麦穗儿又使了一把劲，孩子生出来了。她由于用力过度而浑身哆嗦，她试图把孩子抱到手上，可她的手触不到眼睛看到的形象。尽管如此，她还是轻松地舒了一口气，让自己滑入一派黑暗之中。

当她惊醒过来的时候，她看到自己身边的孩子：已经蜷缩成一团，没有了生命！她试着把孩子移到自己的乳房上。她的乳房比孩子还大，胀痛而充满生机。苍蝇在她的头顶上方盘旋。

整个下午，麦穗儿都在想法子让那死了的孩子吸奶。黄昏时分再次阵痛，麦穗儿产下了胎盘。然后她又睡着了。在梦中她喂孩子，但不是用奶，而是用黑河的水。孩子变成了幽灵，坐在乳房上，要吸干人的生命之液。孩子要吸血。麦穗儿的梦变得越来越使人不安宁，越来越沉郁，但她无法从梦幻中醒来。梦中出现了一个高大的女人，像棵树。麦穗儿清清楚楚地看到了她，她脸上的每个细节，她的发式和衣着都看得纹丝不漏。她有一头鬈曲的黑发，像个犹太女子。她有一副出奇清晰的面孔。麦穗儿觉得她是个美人儿。麦穗儿以整个身心渴慕她，但这并不是那种她过往所知的欲念，那种来自腹部下方，来自两腿之间的欲念。这种欲念来自身体内部的某个地方，来自腹部以上，靠近心脏的地方。高大的女子探身在麦穗儿的上方，抚摸她的脸颊。麦穗儿从近处瞥见了她的眼睛，在那对眼睛里她看到了某种她迄今从未见过，甚至也从未想过人世间还会存在的东西。“你是我的。”那高大的女子说，抚摸着麦穗儿的脖子和鼓胀的乳房。手指触到哪里，麦穗儿身体的那个部位就变得讨人喜欢，变得永恒。一个部位接着一个部位，麦穗儿整个儿都受到了这种触摸。后来女子抱起了麦穗儿，搂在胸口，贴到了乳房上。麦穗儿干裂的嘴唇找到了奶头。奶头有股动物毛皮的香味儿，有股甘菊和芸香的气味儿。麦穗儿吸吮着，啜着……

一个响雷打碎了她的梦，她突然发现自己仍然躺在破屋里，躺在牛蒡叶子上。周围灰蒙蒙的一片。她不知道是黎明，还是黄昏。第二次，在很近的地方又响起了一阵雷。顷刻之间，滂沱大雨从天而降，雨声淹没了接下来的雷声。水从屋顶稀稀落落的木板缝里灌下来，冲刷着麦穗儿身上的血和汗，让她那滚烫的躯体降一降温，给她提供了饮用的水和食物。麦穗儿喝着直接从天上来的水。

太阳出来的时候，她已爬到了破屋的前面。她开始挖坑，然后从泥土里拔出缠绕的树根。泥土松软，容易摆布，似乎是想帮助她举行葬礼。她把新生儿的尸体放进了不平整的坑中。

她久久地抚平坟墓上的泥土。当她抬起眼睛环顾周围的时候，一切都已变成了另一种样子。这已经不是那个由彼此相挨着存在的物体、东西和现象组成的世界。现在麦穗儿看到的东西成了一大团，一大块，一个硕大无朋的野兽，或者是一个巨人，为了生长、死亡和再生，它有许多形态。麦穗儿周围的一切是一个大躯干，她的躯体是这个大躯干的一部分。这个大躯干硕大无朋，能力无边，无法想象地强大，在每个动作、每个声响中都显现出它的威力。它能按自己的意志从空无一物中创造出某种东西，也能把某种东西化为乌有。

麦穗儿头昏脑涨，她背靠着一堵颓垣断壁观看。凝望如酒般将她灌醉，使她头脑发晕，激起她腹中某处的笑声。看起来似乎一切都跟往常一样：一块不大的绿色牧场，穿过牧场的是一条多砂的路，牧场外边长着松树林，松林边缘长满了榛树。微风吹拂着青草和树叶。这里那里，螳螂在嬉戏，发出唧唧的叫声，苍蝇嗡嗡叫。别的什么也没有。可是，这时麦穗儿看到，螳螂正以某种方式跟天空结合成一体，麦穗儿看到天空跟林间小道旁的榛树相连接。她看到的东西还更多。她看到一种渗透万物的力量，她理解这股力量的作用。她看到铺陈在我们世界上方和下方的其他世界和其他时代的轮廓。她还看到许多无法化成语言的东西。

恶人的时间

早在发生战争以前，恶人就出现在太古的森林里，虽说很难理解人怎能永远生活在森林里。

先是有一年的春天，有人在沃德尼察找到了布罗内克·马拉克半腐烂的尸体。本来大家都以为他到美洲去了。警察从塔舒夫过来，验过出事地点，然后便把尸体搬到大车上带走。警察们还来过太古好几次，但是没有得出任何结论，没有找到凶手。后来有谁含糊地说了一句，说他在森林里见过一个陌生人，赤身裸体，长了一身毛，像只猴子。他在树木之间一闪而过。这时其他一些人也回想起，说他们在森林里见过一些古怪的迹象——在地里挖的洞穴，沙土小径上留下的足迹，被抛弃的动物尸体。有人还说听见从森林里传出的嗥叫，非常可怕，半像是人的呐喊，半像是野兽的哀嚎。

于是人们开始议论，恶人是从哪里来的。恶人在成为恶人之前，是个普通的庄稼汉，他犯下了可怕的罪行，不过谁也不清楚他犯下的是什么罪行。

他究竟犯了什么罪行无关紧要，重要的是他的良心受到了谴责，使他食不知味，寝不安席，而且总是有个声音在折磨他，使他不得不逃避自己。直到有一天，他终于在森林里找到了平静。那一次他在森林里游荡，最后迷了路。那时他觉得，太阳似乎在天上跳舞——由此他便迷失了方向。他原以为，朝北去的大路肯定会把他送到什么地方。但他后来产生了疑虑，便向东走，同时相信森林最终定会在东边结束。可当他走到东边，疑虑又控制了他。他神不守舍地站住了，对方向没有了把握。于是他便改变了计划，决定往南走。但是走在通向南方的路上，他又迟疑了，立刻折向西。走着走着，他发现原来自己回到了先前出发的地点——大森林的正中心。第四天，他对世界的方向丧失了信心。第五天，他不再相信自己的理智。第六天，他忘记了自己来自何处，为什么要走进森林。第七天，他忘记了自己的姓名。

从这时起，他变得跟森林里的动物相似。他靠野果和蘑菇活命，后来他开始猎捕小动物。每过一天都从他的记忆中抹去更大的一块——恶人的大脑皮层变得越来越平滑。他忘记了自己曾经使用过的语言文字。他忘记了每天晚上该如何祷告。他忘记了如何点火，如何用火。他忘记了如何扣长袍的纽扣，如何系鞋带。他忘记了童年熟知的所有歌曲，忘记了自己整个的童年。他忘记了自己的母亲、妻子、孩子的面貌，忘记了奶酪、烤肉、马铃薯和酸菜疙瘩汤的味道。

这种遗忘持续了许多年，最后恶人已不像原来那个刚走进森林的男人。恶人已不是他自己，而且忘记了何谓“自己”。他的躯体开始长毛，而牙齿由于吃生肉而变得结实、白净，一如野兽的牙齿。他的喉咙如今发出的是嘶哑和哼哼的声音。

有一天，恶人在森林里见到一个捡干树枝的老头儿，他感觉到“人”对他而言是陌生的，甚至是讨厌的，于是他奔向老人，杀死了他。另一次他扑向一个赶车的农民，杀死了农民和马匹。马匹他吃掉了，但人他没有动——因为死人比活人更令他憎恶。后来他杀害了布罗内克·马拉克。

有一次，恶人偶尔走到森林边缘，瞥见了太古。看到房屋，他心中激起了某种若明若暗的感情，其中既有悲伤，也有疯狂。那时村子里便有人听见了可怕的嗥叫声，酷似狼嚎，恶人在森林边缘站立了片刻，然后背过了身子，迟疑地将两只手支撑在地上。他惊诧地发现，以这种方式活动要舒适得多，快捷得多。他的眼睛如今更接近地面，看到的东西更多，也更真切。他那尚不够灵敏的嗅觉可以更好地捕捉到土地的气息。一座唯一的森林胜过所有的村庄、所有的道路、桥梁、城市和塔楼。于是恶人便回到了森林，永远生活在森林里。

格诺韦法的时间

战争在世界上创造混乱。普瑞伊梅森林被焚毁，哥萨克枪杀了海鲁宾夫妇的儿子，男丁缺少，无人收割地里的庄稼，没有可吃的东西。

耶什科特莱的地主波皮耶尔斯基将财物装上大车，消失了几个月，后来才回来。哥萨克将他的家和地窖洗劫一空。他们喝光了百年老酒。见到这一幕的老博斯基说，有一种葡萄酒是那么老，哥萨克们必须用刺刀切，像切果冻一般。

当磨坊还在运转的时候，诸事由格诺韦法亲自照料。她黎明即起，监管一切。她检查上工是否有人迟到。然后，当一切各自以有节奏的、轰轰隆隆的方式运转的时候，格诺韦法突然感到，有股像牛奶般温暖而轻松的浪潮涌上她的心头。就是说，一切都在顺利进行，她有了安全感。于是她便赶回家里，为睡得很香的米霞准备早餐。

一九一七年春天，水磨停止了转动。没有粮食可磨。人们吃光了所有储备的麦子。太古少了熟悉的轰隆声。水磨是推动世界的动力，是使世界运行的机器，如今听到的只有河水的哗哗声。河水的力量白白浪费了。格诺韦法在空空如也的磨坊里走着走着，哭了起来。她漫无目的地溜达来溜达去，像个幽灵，像个滚了一身面粉的白色贵妇。傍晚时分，她坐在屋子的台阶上，眼望着磨坊。她夜里常做梦，在梦中，磨坊成了一艘鼓满白帆的轮船。在船体内有许多巨大的，因为涂了润滑油而油乎乎的柱塞，它们来来回回地移动着。轮船喘着粗气，噗噗噗地喷出蒸汽。从轮船的内部喷出热。格诺韦法渴望它。她从这样的梦境惊醒的时候，总是浑身大汗淋漓，而且焦虑不安。她得等天大亮以后才起床，坐在桌边绣自己的壁毯。

一九一八年霍乱流行的时候，人们犁出了各个村庄的边界，村民彼此不相往来。那时麦穗儿来到了磨坊。格诺韦法见到她围着磨坊转悠，朝窗子里探头探脑地张望。她的模样看起来虚弱至极，疲惫不堪。她很瘦，所以看上去非常高。她那头淡黄色的秀发变成了灰色，像块肮脏的头巾盖住了她的背部。她的衣服破破烂烂。

格诺韦法从厨房里观察她，而当麦穗儿朝窗口张望时，她就赶紧往后退缩。格诺韦法害怕麦穗儿。所有的人都害怕麦穗儿。麦穗儿疯了，说不定还染上了霍乱病。她说话胡言乱语，张口就骂人。这会儿她围着磨坊转悠，看起来就像条饥饿的母狗。

格诺韦法朝耶什科特莱的圣母画像瞥了一眼，在胸前画了个十字，走出了屋子。

麦穗儿转身把脸冲着她，格诺韦法打了个寒噤。这个麦穗儿的目光多么吓人！

“放我进磨坊。”她说。

格诺韦法转身进屋去拿钥匙，随后一言不发地把磨坊的门打开了。

麦穗儿冲在她前面走进阴凉的过道，双膝跪倒，把撒在地上的麦粒和一堆堆曾经是面粉的尘土集拢。她用瘦削的手指集起麦粒，往自己的嘴里塞。

格诺韦法一步一步跟在她后面走着。麦穗儿佝偻的身子从上面看酷似一堆破烂。麦穗儿胡乱地大吃一顿麦粒之后，往地上一坐，痛哭起来。泪水顺着她那肮脏的面颊流淌。她闭着眼，嘴角却露出了笑意。格诺韦法嗓子眼儿紧缩了一下。她住在哪里？她是否有什么亲人？圣诞节她干什么？她吃什么？格诺韦法面前这个女人的身子是多么虚弱，她同时回想起战前的麦穗儿。那时她是个健壮、美丽的姑娘。此刻她望着麦穗儿的一双赤脚，她看到的是一双有着和野兽脚爪一样的坚硬指甲的脚掌。她伸出手去抚摸那灰色的头发。这时麦穗儿睁开了眼睛，直视格诺韦法的眼睛，甚至不只是直视她的眼睛，而是直视她的灵魂，直直望进她的内心深处。格诺韦法缩回了手。这不是人的眼睛。她跑到了磨坊外面，看到自家的房屋、锦葵、在醋栗树之间闪烁的米霞的连衣裙、窗帘，她轻松地舒了一口气。她从家里拿了一个大面包，回到了磨坊前边。

磨坊的门敞着，麦穗儿从屋内的黑暗里显露了出来，拎着满满的一小包儿麦粒。她望着格诺韦法背后的什么东西，她的脸立刻豁然开朗，容光焕发。

“多可爱的娃娃。”她对走到篱笆跟前的米霞说道。

“你的孩子怎么样啦？”

“死了。”

格诺韦法伸出双手把大面包递给她，但麦穗儿却朝她走得非常近，接过面包后，把嘴唇贴在她的嘴上。格诺韦法使劲地挣脱出来，跳开了。麦穗儿笑了起来，把面包塞进了麦粒包里。米霞哭了起来。

“别哭，可爱的娃娃，你爸爸已在向你走来了。”麦穗儿嘟哝道，朝村庄的方向走去。

格诺韦法用围裙擦嘴巴，把嘴巴都擦成了暗红色。

这天夜里她已难以入睡。麦穗儿不会弄错。麦穗儿知道未来，关于她能预卜未来的事，大家都清楚。

于是，从翌日起格诺韦法便开始等待。但跟她以往的等待不同的是，现在她是一个钟头一个钟头地等。她把煮熟的马铃薯放到羽绒被子里，让它不致凉得太快。她铺好床。她把水倒进脸盆，好让丈夫刮脸。她把米哈乌的衣服搭在椅背上。她等待着，就像米哈乌是到耶什科特莱买烟草去了，马上就会回来。

她就这样等待了整个夏天、秋天和冬天。她没有离开家，没有上教堂。二月份，地主波皮耶尔斯基回来了，他给磨坊送来了活计。谁也不知道他是从哪里弄到磨面粉的麦子的。他还借给农民秋播的种子。塞拉芬夫妇生了个孩子，是个小姑娘，大家都以为这是战争结束的征兆。

格诺韦法不得不雇新手到磨坊干活儿，因为许多老手都去打仗没有回来。地主向她推荐沃拉来的涅杰拉当管理员和助手。涅杰拉办事敏捷、认真。他在磨坊上上下下奔波，忙得团团转。

他冲农民吼叫。他用粉笔在墙上记下磨好的面粉袋数。每当格诺韦法来到磨坊，涅杰拉的动作便更加敏捷，叫嚷的声音也更响亮。他一边忙活，一边还老爱捋捋自己那稀疏的小胡子，他这可怜的小胡子与米哈乌浓密的漂亮胡子真没得比。

她并不乐意经常到上面去。除非是有事非去不可，比方说，粮食收据出了错，或者机器停转了。

有一次，她去找涅杰拉，见到背面粉口袋的农民。他们都没穿上衣，赤裸的上身沾满了面粉，像是一个个大大的甜面包。面粉口袋遮住了他们的头部，所以他们看起来一模一样。她看不出他们是年轻的塞拉芬还是马拉克，她看到的只是——男人。他们赤裸的上身吸引了她的视线，激起了她的不安。她不得不扭过头看着别处。

有一天涅杰拉带来一个犹太小伙子。那小伙子非常年轻，模样儿看起来不超过十七岁。他有一双黑眼睛，乌黑鬈曲的头发。格诺韦法看到了他的嘴巴——宽宽大大，线条优美，比她熟悉的所有嘴巴的颜色都深。

“我又雇了一名工人。”涅杰拉说着，吩咐小伙子加入搬运工的行列。

格诺韦法跟涅杰拉谈话时心不在焉，管事离去后，她找了个借口留下不走。她看到小伙子如何脱下亚麻布的衬衫，叠得整整齐齐，搭在楼梯的扶手上。当她看到他那赤裸的胸膛竟然激动不已。那胸膛——清秀，虽说肌肉发达，黝黑的皮肤下面搏动着血脉，跳动着一颗心。她回家去了，但此后却经常借故来到大门口，那里总有人接收一袋袋小麦，或送走一袋袋面粉。她或者是在午餐时刻到来，那时男人们都到下边吃饭。她望着他们粘满面粉的背脊、青筋突起的双手、被汗水弄得湿乎乎的亚麻布裤子。她的目光总是在下意识地寻找他们中间那唯一的一个，一旦找到了他，她便感到自己周身的血涌到了脸上，弄得她浑身燥热。

那个小伙子，那个埃利——她听见别人这么叫他——在她心中激起了恐惧、不安与羞惭。一看到他，她那颗心便怦怦跳个不停，呼吸也变得急促。她竭力装作漠然地看他。乌黑、鬈曲的头发，刚劲、端正的鼻子，奇特的深红色嘴巴。当他抬手擦去脸上汗水的时候，腋下露出黑色的腋毛。他走路的时候摇摇晃晃。有几次他和她的目光相遇，他吓了一大跳，宛如一只走得离人太近的野兽，惶惶然起来。终于有一天，他俩在狭窄的门口相互撞到了一起。她冲他粲然一笑。

“给我送袋面粉到家里去。”她说。

从此，她不再等待丈夫。

埃利把面粉口袋放到地板上，摘下了棉布帽子。他把帽子捏在被面粉弄白了的手上，揉得皱巴巴。她向他表示感谢，可他没有走。她看到他在咬嘴唇。

“你想喝点儿糖煮水果汤吗？”

他点了点头。她给他一杯水果汤，望着他喝。他垂下了长长的少女般的睫毛。

“我想请求你一件事……”

“是吗？”

“你晚上来给我劈柴。你能来吗？”

他点了点头，走了出去。

整个下午，她都在等待。她用发针别住头发，反反复复照镜子。终于他来了，劈好了柴。她给他端上酸奶和面包。他坐在树墩上吃了起来。她自己也不知道是何缘故，竟给他讲起了去打仗的米哈乌。他说：

“战争已经结束了。所有的人都会回家来的。”

她给了他一小袋儿面粉，请他第二天再来，第二天她又请他明天再来。

埃利劈柴，清扫炉膛，做些细小的修理活儿。他俩很少交谈，交谈的话题也是无关紧要的。格诺韦法总在偷偷地观察他，而她看他的时间越长，她的目光就越是紧紧盯在他身上。到后来她已不能不看他。她的目光贪婪地、牢牢地盯住了他，总看个没够。夜里她梦见自己在跟一个男人做爱，那个男人既不是米哈乌，也不是埃利，而是某个陌生人。醒来后她觉得自己肮脏，于是便从床上爬起来，倒了一盆水，把整个身子洗了个遍。她想忘却那梦境。后来她从窗口看到工人们纷纷走进磨坊。她见到埃利在偷偷朝她的窗口张望。她躲在窗帘后面，生自己的气，怪自己这颗心怎么跳得就像刚跑过步。“我再也不想他，我发誓。”她下了决心，便去找点儿事情做。将近正午的时候，她去找涅杰拉，阴差阳错她总能遇上埃利。她请他到家里去，她对自己的声音惊诧不迭。

“我给你烤了个小白面包。”她说，指了指桌子。

他怯生生地坐了下来，把帽子放在自己面前。她坐在他对面，望着他吃。他吃得很拘谨，吃得很慢。白色的面包屑留在他的嘴唇上。

“埃利？”

“嗯。”他抬起目光望着她。

“好吃吗？”

“好吃。”

他隔着桌子冲她的脸伸出一只手，她猛地往后一缩。

“别碰我！”她说。

小伙子垂下了头。他的手回到了帽子上。他沉默不语。格诺韦法坐稳了。

“告诉我，您想碰我什么地方？”她悄声问道。

他抬起头，朝她瞥了一眼。她似乎在他的眼里看到了一道红色的闪光。

“我想碰碰你这儿。”他指了指自己脖子上的一个部位。

格诺韦法伸手去摸脖子，手指触摸之处，她感觉到温柔的皮肤和跳动的血管。她闭上了眼睛。

“然后呢？”

“然后我想摸摸你的胸……”

她深深舒了一口气，把脑袋向后仰。

“告诉我，详细地说，是什么地方。”

“就是那个……最柔嫩，最温暖的地方……我求你……允许我……”

“不。”她说。

埃利跳将起来，站到了她面前。她感觉到了他的气息散发着小白面包和牛奶的香甜，一如幼儿的气息。

“你不能碰我。你要向你自己的神发誓，说你不会碰我。”

“娼妇！”他声音嘶哑，悻悻地说，同时将揉皱了的帽子扔到了地上。他身后的门砰地一声关上了。

夜里，埃利折返回来。他敲门的声音很轻，可是格诺韦法知道是他。

“我把帽子忘在这儿了。”他悄声说，“我爱你。我发誓，在你自己想让我碰你之前，我决不碰你。”

他俩坐在厨房的地板上。一缕红色的烈焰照亮了他们的脸。

“必须先弄明白米哈乌是否还活着。我毕竟是他的妻子。”

“我会等，可你得告诉我，要等多久？”

“我不知道。不过你可以瞧瞧我。”

“那你就让我瞧瞧你的乳房。”

格诺韦法从肩上脱下睡衣。一道红色的亮光在赤裸的乳房和腹部闪烁。她听到埃利屏住了呼吸。

“现在也让我瞧瞧你有多想要我。”她悄声。

他解开了裤子，格诺韦法一眼就看见那勃起的硬邦邦的阴茎。她感受到那梦中的快感。那是对她所有的把持、窥视和急促呼吸的圆满回报。这种快感超越了一切监督，无以遏制。此时表现出的一切是那么极端，那么可怕，那么令人难以忍受，因为除了这么做就再也不能做别的什么。就这么完事了，实现了，漫溢开了。结束了，同时也开始了。从今以后所发生的一切就都变得乏味而令人厌烦。而饥饿，一旦被人唤醒，就将前所未有的强烈，索人性命。

地主波皮耶尔斯基的时间

地主波皮耶尔斯基失去了信仰。他没有停止信仰上帝，但上帝及其余的一切都成了某种缺乏表现力且单调的东西，就如他那本《圣经》里的插图。

当佩乌斯基夫妇从科图舒夫乘车到来的时候，当他每天晚上玩惠斯特[①]的时候，当他谈论艺术的时候，当他盘桓于自家酒窖的时候，当他修剪玫瑰的时候，他觉得一切正常。当他闻到衣柜里飘散出的熏衣草香味儿的时候，当他坐在自己的橡木书桌边，手里握着金黄色笔杆的自来水笔的时候，当晚上妻子给他按摩疲乏的后背的时候，他觉得一切正常。可只要他一出门，只要一离开自己的家到别的地方去，哪怕是到耶什科特莱肮脏的市场或是到附近的村庄，他的肉体便会失去对世界的承受力。

看到那些坍塌的房屋、腐朽的篱笆、那些被时间磨光的铺路的石头，他心中思忖："我生得太晚了，世界正在走向尽头。一切都玩儿完了。"他脑袋涨痛，视力减退。地主觉得，看什么都比先前昏暗，脚也冻僵了，某种不确定的疼痛穿透

① 惠斯特，一种类似桥牌的牌戏。

了他全身。只有空虚和绝望。哪里都找不到救援。他回到府邸，躲进自己的书房——这样似乎可以在一段时间里止住世界的崩溃。

然而世界却依然崩溃了，是的，崩溃了。地主为了躲避哥萨克匆忙逃跑，回来后看到自家被洗劫的酒窖，便充分意识到这一点。酒窖里的一切都遭到破坏，酒桶被砸碎，被劈坏，被践踏，被倒空。他去检查损失，踩在淹至足踝的葡萄酒里。

“毁灭和混乱，毁灭和混乱！”他喃喃说。

他躺在遭到洗劫的家中床上，心想：“世界上的恶是从哪里来的？上帝既然是善良的，为什么允许恶存在？莫非上帝不是善良的？”

国家发生的变化成了医治祖传忧郁症的良药。

一九一八年，百废待兴，要做的事多如牛毛，但无论什么都不像行动那样能有效地医治忧伤。整个十月份，地主都在逐步开展社会工作。到了十一月份，忧郁症便离他而去，他处于忧郁的另一端：现在为了变革，他几乎连觉都不睡，连吃饭的时间都没有。他走遍全国，访问了克拉科夫，他见到这座城市宛如从梦中醒来的公主。他组织了首次的议会选举，成了几个协会、两个政党和小波兰[①]鱼塘主联合会的创建者。翌年二月，

① 小波兰，指维斯瓦河上游的大片历史地域，包括克拉科夫地区和桑多梅日地区在内。

小宪法[①]通过的时候，地主波皮耶尔斯基患了感冒，重又待在自己的卧室里，躺在自己的床上，脑袋冲着窗口——他又回到了自己原先出发的地点。

他从得肺炎到康复，犹如经历了一次远游归来。他读了很多书，并且开始记日记。他渴望跟某个人交谈，但他周围所有的人在他看来都是平庸无味、缺乏吸引力之辈。他吩咐将藏书室的书籍和邮件送到他的床前，还吩咐订购新书。

三月初他病后首次走出家门，到公园里散步，重又看到了丑陋的灰色世界，充满崩溃和毁灭的世界，独立[②]帮不上忙，宪法也帮不上忙。走在公园的小径上，他看到从融化的积雪中露出的一只红色儿童手套，不知何故这个景象深深印入了他的记忆之中，铭刻在他的心上，顽强而盲目地、一次又一次地再生。生与死的无序。非人道的生命机制。

去年重新建设一切的努力付诸东流。

地主波皮耶尔斯基的年龄越大，世界在他看来便越可怕。人年轻的时候，忙于焕发自己的青春，忙于自身的发展，锐不可当地向前，不断地扩大生活的边界：从小小的儿童床到房间的四壁，到整幢房子、公园、城市、国家、世界。然后，进入

① 小宪法，指一九一九年二月通过实施的波兰立法议会议案。它授权约瑟夫·华苏斯基继续执掌波兰国家最高权力机构，确定通过宪法前波兰最高权力机构的组织和工作范围。

② 指波兰在经历了一百二十三年遭受俄、普、奥三国瓜分、瓦解、灭亡之后于一九一八年恢复独立。

成年，进入梦想时期，幻想某种更伟大、更崇高、更美妙的东西。四十岁左右出现转折。青春在自己的紧张努力和狂潮行为中自我折磨。某天夜里，或者某个清晨，人越过了边界，达到自己的巅峰并且向下迈出了第一步，走向了死亡。那时问题便会出现：是面对黑暗泰然自若地朝前走，还是回头走向过往，保持一副矫饰的外观，装作自己面临的不是黑暗，只是有人关掉了房间里的灯。

然而，看到肮脏的积雪下露出的一只红手套却使地主深信，青春时代最大的骗局是乐观主义，是认为事物总是在发生变化、在改善，认为各方面都在进步的顽强信念。他总是在心中揣着个容器，犹如揣着毒芹，现在他心中的容器绝望地炸裂了。地主环顾四周，看到的是痛苦、死亡、瓦解、崩溃，它们像污垢一样无处不在。他走遍整个耶什科特莱，看到供应符合犹太教规的清洁食物的肉店，看到肉钩上挂着的不新鲜的肉，在申贝尔特商店前面看到冻僵的乞丐，看到走在儿童棺材后面小小的送殡队伍，看到低垂的乌云悬在市场周边低矮的房屋上方，看到已经无处不在、笼罩着一切的黑暗。这一切使他不由想起缓慢的、不停顿的自焚，在这种自焚中，人的命运和全部生活都成了抛给时间烈焰的牺牲品。

返回府邸的时候，他经过教堂，于是便走进去，但在教堂里他一无所获。他看到一幅耶什科特莱圣母的画像，但是教堂里没有能让地主恢复希望的上帝。

耶什科特莱圣母的时间

耶什科特莱的圣母被封闭在华丽的画框内，她对教堂的视野受到限制。画像悬挂在教堂的侧廊，因此圣母既看不见祭坛，也看不见立着圣水盆的教堂入口处。教堂的圆柱给她遮住了布道台。她看到的只是络绎前来的一个一个的人，他们进教堂来祷告，有时也看到一长串一长串的人，他们到祭坛前面领圣餐。在望弥撒的时候，她看到数十人的侧面——有男有女，有老有少。

耶什科特莱的圣母最纯洁的意愿是帮助有病和有残疾的人。她是画入画里显示上帝奇迹的力量。当人们把脸转向她，当他们翕动着嘴巴，把手压在腹部或者交叉放在胸口，耶什科特莱的圣母就会赐给他们力量，让他们恢复健康。她把力量赐给所有的人，无一例外，不是由于发善心，而是因为她天性如此——将恢复健康的力量赐给需要恢复健康的人。至于后来的情况如何，则由人自己决定。所谓谋事在天，成事在人。有些人让这力量在自己身上起作用，于是就恢复了健康。他们后来带着物品返回教堂还愿，还愿物品有银铸的，铜铸的，甚至有黄金铸造的，多是身体康复部分的微型铸品，也有人带来珊瑚，有人还带来项链，人们用这些还愿物品装饰画像。

另一些人却让圣母赐予的力量从他们手上溜走了，漏掉了，犹如从有窟窿的器皿中漏掉一样，渗入到地里去。那些人后来便不再相信奇迹。

地主波皮耶尔斯基遇到的就是类似的情况，他出现在耶什科特莱圣母的画像前。圣母看到他如何跪倒在地，如何尝试着祈祷。可他不能虔心祷告，就这样他恼怒地站立起来，望着贵重的还愿物品和圣像画上鲜明的色彩。耶什科特莱的圣母看到，他非常需要为自己的肉体和灵魂求得良好有益、有帮助的力量，她也赐予了他这种力量，浇灌他，让他沐浴在这种力量里。然而，地主波皮耶尔斯基却是渗不透的，活像一颗玻璃珠。于是那股良好有益的力量就顺着他的身子，流到了教堂冰凉的地板上，使教堂打了个轻微的、几乎感觉不到的哆嗦。

米哈乌的时间

一九一九年的夏天，米哈乌回来了。这是一个奇迹，因为在这个战争破坏了一切法规、准则的世界上，奇迹不再那样罕见。

米哈乌花了三个月的时间回家。他动身的那个地方，几乎是位于地球的另一边——一座外国的海滨城市——符拉迪沃斯托克。就是说，他是被一个东方政权——混乱之王——释放的，但因凡处在太古边界之外的任何东西都是模糊不清的，都像梦似的容易流逝，所以米哈乌一踏上太古的桥就不再去想它。

米哈乌回来时病恹恹的，精疲力竭，肮脏透顶。他脸上长满了黑色的硬毛，头发里是成群结队的虱子。被打垮了的军队的破烂制服穿在他的身上，犹如挂在棍子上一般。他浑身上下没有一枚纽扣。米哈乌将那些刻有沙俄双头鹰的闪闪发光的制服扣子拿去换了面包。他发烧、腹泻，而且有种预感在折磨着他：他担心自己离开时的那个世界已不复存在。当他站立在桥上，看到黑河和白河以永远不变的婚姻关系结合在一起，他便重新有了希望。两条河都在，桥也在，能烤裂石头的炎热天气也同样存在。

米哈乌从桥上看到白色的磨坊和窗口红色的天竺葵。

磨坊前面有个孩子在玩耍。小姑娘有两条粗发辫，大概是三岁或四岁的样子。她周围几只白色的母鸡踏着庄重的步子踱来踱去。一双女人的手打开了窗户。“会遇到最难堪的局面。”米哈乌心想。反射在活动的窗玻璃上的阳光霎时使他目眩。米哈乌朝磨坊走去。

他睡了一整天又一整夜，在梦中他计算了最近这五年所有的日子。他那疲惫而昏沉沉的头脑经常算错，徘徊在梦的迷宫，故而米哈乌不得不总是从头算起。在这段时间里，格诺韦法留神察看被尘土弄得僵硬的制服，触摸浸透了汗水的领子，把手伸进散发着烟草味儿的衣兜。她抚摸着背包的扣环，但不敢将它打开。然后她将制服挂在栅栏上，这样所有在磨坊附近走过的人都会看见。

第三天天亮的时候，米哈乌醒来了，他反复细瞧熟睡的孩子。他看到的部位都能准确地叫出名称来：

“她有一头浓密的褐发，黑眉毛，深色的皮肤，小小的耳朵，小小的鼻子，所有的孩子都有的小鼻子，小手……胖乎乎的孩子的手，但看得清指甲，圆圆的。”

然后，他走到镜子前面，反复观察自己。他看到的是个不认识的陌生人。

他围着水磨走了一圈，抚摸着转动中的巨大磨盘。他拈了一小撮面粉，用舌尖尝了尝味道。他把手浸到水里，将一个手指头顺着栅栏的木板儿溜了一遍，又闻了闻花的香气，发动了铡草机。铡草机吱吱嘎嘎地响了起来，把一饼压缩的荨麻叶子切碎了。

他走到磨坊后边高高的草丛中，撒了泡尿。

他回到住屋，大着胆子冲格诺韦法瞥了一眼。她没睡，望着他，说道：

“米哈乌，没有任何男人碰过我。”

米霞的时间

米霞，像每个人一样，一出生就分成了一些部分，不是完整的，而是分成一些小部件。她身上的一切各有各的功能——视、听、理解、知觉、预感和接受的功能。米霞未来的全部生活就在于将这一切连接成一个整体，然后任其分解、衰退。

她需要这么一个人，这个人得能站立在她面前，成为她的一面镜子，她可以作为一个整体在这面镜子里反照出来。

米霞最早的回忆是与这样一幅景象联系在一起的，那就是一个衣衫褴褛的男人出现在通向磨坊的路上。她的父亲步履蹒跚，摇摇晃晃地走着，他后来经常是在夜里偎在妈妈的怀里哭泣。因此米霞把他看成一个与自己同等的人。

从此她感到成年人和儿童之间在任何方面都没有区别。这一点确实很重要。儿童或成年人——只是一种过渡状态。米霞细心地观察到，自己是怎样在不断地发生变化，她周围的人也在怎样地不断发生变化，但她弄不清楚是朝什么方向变，变化的目的又是什么。她在一个硬纸盒里保存着自己留下的纪念品，先是很小的米霞，后来是稍大一点的米霞用过的一些衣物——毛线织的婴儿鞋，小小的帽子——那帽子似乎是缝给拳头戴的，而不是给孩子的脑袋戴的，亚麻布的衬衣，第一条小小的连衣裙。后来她经常将自己六岁的脚放在毛线织的小鞋子旁边，她感受到时间吸引人的规律。

自父亲归来，米霞便开始睁眼看世界。在此之前，一切对于她都是模糊的，不清晰的。父亲归来之前，米霞不记得自己，仿佛自己压根儿就不存在。她只记得一些单独存在的事。那时磨子在她看来只是一个巨大的、与其他东西没什么两样的形体，没有开头，没有结尾，没有下边和上边。后来她便以另一种方式——用脑筋——来看磨子，磨子便有了意义和形式。她对待其他的事物也一样。曾几何时，米霞想到“河”的时候，它只意味着某种冷的和温的东西。现在她看到，河从哪儿流来又流向哪里，看到桥的前边和后边流的是同一条河，并且知道还有别的河……剪刀曾经是一种奇怪的、复杂的并且难以使用的工具，妈妈变魔术似的用它剪东西。自打父亲坐到桌边之后，米霞看到剪刀不过是由两块有着锋利刀口的铁片合成的简单的玩意儿罢了。她用两根扁平的小木条做了个类似的东西。后来，有好长一段时间，她重新试着把东西看成先前看到的那种样子，但是办不到。父亲改变了世界，他把世界永远地改变了。

米霞的小咖啡磨的时间

人们以为他们比动物，比植物，而尤其是比物品活得更艰难。动物觉得比植物和物品活得更艰难。植物臆想自己比物品活得更艰难。而物品总是坚持着保持在一种状态。这坚持是比任何别的生存方式都更艰难的生存方式。

米霞的小咖啡磨是某个人的手造出来的，这双手将木头、陶瓷器件和黄铜联结成一个物体。木头、陶瓷器件和黄铜将小咖啡磨的思想物质化了。磨咖啡豆，是为了用沸水冲出咖啡。没有任何一个人可以说是他想出了小咖啡磨，因为他做出了小咖啡磨只是想到了存在于时间之外的那种东西，也就是说，历来就有的一种东西。人不能从虚无中创造出东西来，因为从无中创造是上帝的权能。

小咖啡磨有个白瓷做的肚子，而在肚子里则有个洞，洞里有个木制的小抽屉用来收集劳动的果实。肚子是用黄铜帽子盖住的，帽子带个把手，把手的尾部是一节木头。帽子有个可关上的小孔洞，往这个小孔洞里可以注入沙沙响的咖啡豆。

小咖啡磨是在某个手工作坊里造出来的，而后才落到某个人的家里，人们每天上午在那儿磨咖啡。一些温暖而有生气的手拿过它。有些手曾将它紧紧贴到胸口，在印花布或法兰绒的下面跳动着一颗人的心。然后战争以自己的冲击力将它从厨房安全的架子上移到一只盒子里，跟别的许多物品装在一起，然后盒子给塞进手提包或麻袋，装进火车的车厢。人们面对突然来临的死亡威胁，仓皇逃窜，挤进火车拼命往前跑。小咖啡磨像每件物品一样接受了世界的全部混乱：频仍遭受射击的火车的惨象，缓慢流淌的血的溪流，每年都有不同的风在被抛弃的房屋窗口嬉戏。小咖啡磨吸收了渐渐冷却的人们尸体的热气，承受了人们抛弃一切熟悉东西时的绝望心情。无数双手触摸过它，那些抚摸过它的手都对它寄予过无限的深情和剪不断、理还乱的思绪。小咖啡磨接受了这一切，因为大凡是物质统统都有这种能力——留住那种轻飘飘的、转瞬即逝的思想的能力。

米哈乌在遥远的东方发现了它，把它作为战利品藏进了军人背包。晚上在途中休息处，他总要闻闻它的小盒子——它散发着安全、咖啡和家的温馨气息。

米霞抱着小咖啡磨来到房屋前面，放在有靠背的长凳上，用小手转动它。那时小咖啡磨转动得很轻松，仿佛是在跟她玩耍。米霞从长凳上观察世界，而小咖啡磨转动着，磨着空空如也的空间，可有时格诺韦法往磨子里撒进一小把黑色的咖啡豆，让她把它们磨出来。于是那只小手就转了起来，它已然转得非常平稳。小咖啡磨歪了一下，然后开始缓慢而有条不紊地工作起来，发出沙沙的响声。游戏结束了。在小咖啡磨的工作中蕴含着那么多的庄重，以至于现在谁也不敢让它停下来。碾磨成了它崇高的使命。新磨好的咖啡粉的芳香弥漫着小磨子、米霞和整个世界。

如果细心观察事物，闭上眼睛，以便不受围绕事物的表面现象的欺骗，如果不是那么容易轻信，如果允许自己怀疑，至少能在片刻之间看到事物的真实面貌。

物质是沉没于另一种现实之中的实体，在那种现实之中没有时间，没有运动。看到的只是它们的表层。隐藏在别处的其余部分才决定着每样物质的意义和价值。比如说咖啡磨。

咖啡磨是这样一块有人向其注入了磨的理念的物质。

许多小咖啡磨之所以存在是因为它能磨东西。但谁也不知道，小咖啡磨意味着什么。或许小咖啡磨是某种总体的、基本的变化规律的碎片，没有这种规律，这个世界或许就不能运转，或者完全运转成另一种样子。也许磨咖啡的小磨是现实的轴心，一切都围绕这个轴心打转和发展，也许小咖啡磨对于世界比人还重要。甚至有可能，米霞的这个唯一的小咖啡磨是太古的支柱。

教区神父的时间

晚春对于教区神父是一年中最可恨的季节。在快过圣约翰节[①]的时候，黑河肆意泛滥，淹没了他的牧场。

神父性情暴躁，在涉及自己尊严这一点上非常敏感，因此当他眼睁睁地看到一种如此无定形，如此懒散，如此无法预知、变幻无常，如此难以捉摸和怯生生的东西竟然夺走了他的牧场，他顿时怒火中烧。

跟水一起立即出现的是大量恬不知耻的青蛙，那些赤裸裸、令人极端厌恶的两栖动物不停顿地一个爬到另一个身上呆板地交配。他们发出的叫声聒噪、沉闷，由于性冲动而嘶哑，由于无法满足的情欲而颤抖。魔鬼发出的定是这样的叫声。除了青蛙，神父的牧场上还出现了大量的水蛇，它们以如此丑恶、可憎、蜿蜒曲折的动作在水面滑行，教区神父一看就感到恶心。他一想到这种长长的、滑溜溜的躯体可能触到他的皮鞋，立刻便厌恶得浑身发抖，而他的胃也就痉挛了起来。蛇的景象后来长久地留在了他的记忆之中，骚扰着他的清梦。在河水泛滥的

① 圣约翰节，天主教节日，约翰的出生纪念日，一般在六月二十四日，即夏至后的第三天。

地方也出现了鱼，教区神父对它们的态度比较好。鱼是可以吃的。因此它们是上帝创造的好东西。

三个短暂的夜晚，河水顺着牧场泛滥开来，水位在那三个晚上暴涨。河水闯入之后便休憩着，水面上映照出天空。河水就这么懒洋洋地躺上一个月的时间。在这一个月里，长得矮的青草在水下腐烂，而如果夏天炎热，牧场上方便会飘散着一种分解和腐烂的臭气。

自圣约翰节开始，神父每天都要去看黑河的水怎样淹没圣玛格丽特的花、圣罗赫的风铃草、圣克拉拉的草药。有时他觉得齐颈淹没在水中的花，它们无辜的蓝色和白色小脑袋在向他呼救。他听到了它们纤细的声音，那声音宛如他在教堂举行圣事的庄严时刻飘来的铃铛声。他无法给予它们任何帮助。他的脸涨得通红，而手却无能为力地捏紧了。

他不停地祷告。从使所有的水变得圣洁的圣约翰祈祷文开始。然而在祈祷时，教区神父常常觉得圣约翰不听他的祷告，圣约翰更感兴趣的是白天和夜晚变得一样长，是年轻人点燃的篝火，是酒，是往水里放花环，是夜晚在灌木丛中幽会发出的沙沙声。他甚至对圣约翰感到遗憾，怪他年复一年有规律地让黑河的水淹没牧场。由于这个缘故，他甚至有点儿生圣约翰的气。于是他开始直接向上帝祈祷。

第二年，在经历了更大的水灾之后，上帝对教区神父说：“你要把河跟牧场隔开。你要给土地兴修水利，你要筑一道防护堤，让河固定在它的河床范围之内。”神父谢过了上帝，开始组织人力挖土筑堤。他从布道台上召唤了两个礼拜天，召唤人们团结起来对抗大自然的力量，还提出了如下的治河安排：每个农家出一名男丁，每个礼拜用两天的时间运土筑堤。给太古规定的时间是礼拜四和礼拜五，给耶什科特莱规定的时间是礼拜一和礼拜二，给科图舒夫规定的时间是礼拜三和礼拜六。

在规定给太古的第一天，却只有两个农民上工——马拉克和海鲁宾。怒气冲天的教区神父坐上轻便马车，走遍太古的所有农舍。原来塞拉芬断了一根手指，年轻的弗洛里安诺去服兵役了，而赫利帕瓦夫妇则刚生孩子，希维亚托什得了疝气。

神父没有解决任何问题，垂头丧气地回到了私邸。

晚上祷告的时候，他再次向上帝讨教。上帝回答说：“你得给他们报酬。”教区神父听到这个回答有些局促不安。然而由于教区神父的上帝有时跟他非常相像，于是立即又补充了一句：“一天的工钱最多不超过十个格罗希，否则皮革的价钱就抵不上鞣革的工钱，你就太不划算了。全部干草的价钱最多不超过十五兹罗提[①]。”

于是教区神父重又坐上轻便马车去了太古，并且雇了几名身材高大的健壮农民去筑堤。他找来上工的是刚生了个儿子的尤泽克·赫利帕瓦，断了一根手指的塞拉芬，还有两名长工。

他们只有一辆大车，所以工作进展缓慢。神父着急了，他担心春天的天气会打乱计划。他竭尽所能催促农民干活。他自

① 兹罗提与格罗希是波兰货币的主币与辅币单位。一百格罗希等于一兹罗提。

己也撩起了教士长袍——但他很珍惜脚上那双优质的皮鞋。他在农民中间跑来跑去，把装土的麻袋摇了又摇，挥动鞭子赶马。

第二天来上工的只有断了一根手指的塞拉芬。怒气冲天的神父重又坐上轻便马车跑遍了整个村庄，结果他看到的是：雇用的农工要不就是不在家，要不就是卧病在床。

这一天，神父憎恨太古所有的农民，说他们懒惰，游手好闲，又爱钱。他在主的面前，热切地为自己这种跟上帝仆人身份不相称的感情辩解。他再次向上帝讨教。“给他们提高一点儿工钱，”上帝对他说，“你给他们一天十五个格罗希，这样一来，今年的干草虽说你不会得到任何利润，但是明年你就能弥补今年的损失。”这是一个聪明的主意。筑堤的工作有了进展。

先是用大车从小山外运来沙子，然后将沙子装进麻袋，再用麻袋将河封堵住，就像给河治伤似的。最后往堆好的麻袋上填土，再在土层上种草。

教区神父怀着欢快的心情瞧着自己的作品。现在河完全跟牧场分隔开了。河看不见牧场，牧场看不见河。

河已不再尝试从给它规定的地方挣脱出来了。河径自平静地流淌，仿佛陷入了沉思，人们看它再也不是一望无际的水汪汪的一片了。沿着河的两岸，牧场披上了绿装，然后又有蒲公英开放。

在神父的牧场上，花儿在不停地祈祷。所有圣玛格丽特的花，圣罗赫的风铃草，还有普通的、黄色的蒲公英都在祈祷。由于无休无止的祈祷，蒲公英的躯体物质性变得越来越少，黄色越来越少，越来越不结实，直到六月，它们变成了纤细的白绒球，那时上帝为它们的虔诚所感动，派来一阵阵温暖的风，把蒲公英洁白绒球的灵魂带上了天。

同样是那些温暖的风在圣约翰节送来了雨。河水一寸一寸地往上涨。教区神父夜不成眠，食不甘味。他在河滨的土堤和牧场上跑来跑去，观察河水的涨势。他用棍子量水位，悄声嘟哝着，有咒骂，也有祈祷。可是河并不顾念他。河水顺着宽阔的河床流淌，打着旋涡，从下边冲坏了不牢固的堤岸。六月二十七日，神父的牧场开始浸水。教区神父带着棍子沿着新堤奔跑，他绝望地看到，水是多么轻松地灌进了那些缝隙，顺着只有它自己知道的路线潜流，渗到了土堤下边。第二天的夜晚，黑河的水摧毁了沙土堤坝，泛滥开来，像每年一样淹没了牧场。

礼拜天，神父在布道台上将河的行径与撒旦的所作所为相提并论。他说，撒旦每天，一个钟头接着一个钟头，像水一样侵害人的灵魂。说这样一来，人就会被迫不断努力构筑堤坝。说对每天的宗教义务最轻微的忽视都会削弱这堤坝。说魔鬼的顽强可与水的顽强相比。说罪恶渗漏出来，流淌，点点滴滴汇聚在灵魂的翅膀上，而恶之凶狂会淹没人，直到人落进它的旋涡，沉到底。

作过这样的布道之后，神父还激动了许久，许久，入夜也不能成眠。他由于对黑河的憎恨而不能入睡。他对自己说，不能憎恨河，不能憎恨混沌的水流，也不能憎恨植物，憎恨动物，要恨也只能恨地区的自然地貌。他，作为一名神父怎能有如此荒谬的感觉：憎恨河？

然而这毕竟是憎恨。教区神父关心的甚至不是被淹的干草，而是黑河的不理性，是黑河愚顽的顽强劲儿，是它的麻木不仁，它的自私和无边的愚鲁。每当他这样想起黑河的时候，热血便在他的太阳穴里搏动，便在他身上循环得更快。它开始使他惴惴不安。夜里不管什么时候，他常从床上爬起来，穿好衣服，然后走出神父宅邸，走到牧场。冷空气使他清醒过来。他暗自好笑，暗自说："怎能生河的气？它不过是地上的一道普通的深沟罢了。黑河只是条河，别的什么也不是。"然而，当他站立在河岸上，所有的想法又回来了。厌恶、极端的反感和疯狂又重新控制了他。他最想干的一件事便是用土去将它填平，从发源地直到出口。他举目四望，确保没有人看到他后，折了一根赤杨树枝，狠狠地抽打河的圆柱形的、恬不知耻的巨大躯体。

埃利的时间

“你走吧。只要我看到你，我就没法儿入睡。”格诺韦法对他说。

“而我看不到你，就没法儿活。”

她那双明亮的灰色眼睛向他投去一瞥，他重又感到她用自己的目光触到了他的内心深处，啃噬到他的灵魂。她把水桶放在地上，撩开额上的一缕短发。

“拎起水桶，跟我一起到河上去。”

“你丈夫会怎么说？”

“他在地主府邸。”

“工人们会怎么说？”

“你帮我拎水桶。”

埃利拎起水桶，跟在她身后沿着石头小道走了。

“你长成个男子汉了。”格诺韦法说，头也没回。

“我们没见面的时候，你想我吗？”

“当你想我的时候，我总在想你。天天想。做梦都看到你。”

“上帝啊，为什么你不结束这一切？”埃利猛地把水桶搁在小道上，“我犯了什么罪，还是我的祖先犯了什么罪？为什么我必须受这般的折磨？”

格诺韦法站住了，望着自己的脚尖。

“埃利，别亵渎上帝。”

他俩沉默了片刻。埃利拎起了水桶，两人继续往前走。小道变得宽多了，两人现在可以并排而行。

“我们不要再见面了，埃利。我怀了孕。秋天就要生孩子。”

“这应该是我的孩子。”

“一切都再清楚不过，一切都是自行安排好了的……”

“我们逃到城里去吧，逃到凯尔采。”

“……一切都迫使我们分手。你年轻，我是个老太婆。你是犹太人，我是波兰人。你是耶什科特莱人，我是太古人。你是自由之身，我则身为人妻。你不停地在移动，我却恒久停留在一个地方。”

他们走上木板台，格诺韦法从木桶里拿出要洗的衣服。她将衣服浸在冷水里。发暗的水冒出明亮的肥皂泡。

“是你搅昏了我的头。”埃利说。

“我知道。”

她扔下了要洗的衣服，把头靠在他的肩上。他闻到了她头发的气味。

“我一看到你，就爱上了你。一见钟情。这样的爱情永远不会消逝。”

“这是爱情吗？”

她没有回答。

“从我的窗口能看到磨坊。”埃利说。

弗洛伦滕卡的时间

人们以为发疯是源自于戏剧性的大事，是基于某种无法忍受的痛苦。他们觉得，人发疯总是有什么理由：由于被情人抛弃，由于最亲近的人死亡，由于失去财产，由于窥见了上帝的脸。人们还以为，人是遇到特殊情况立刻就突然发疯的；疯狂就像一张网，一个圈套，突然落到人的头上，拴住了人的理智，搅浑了人的感情。

然而弗洛伦滕卡发疯却是极其普通的，可以说，没有任何理由。早前她或许有理由发疯，当她的丈夫喝醉酒在白河里淹死的时候，当她的九个子女死了七个的时候，当她一次接着一次流产的时候，当她没有流产却要打胎的时候，当她两次因为打胎而差点儿丧命的时候，当她的谷仓付之一炬的时候，当她剩下的一儿一女离她而去，消失在世界的某个地方，杳无音信的时候。在这些时候，她都有理由发疯而却没有发疯。

现在，弗洛伦滕卡已经上了年纪，一切经历都已成为往事。她干瘪得有如刨得薄薄的木片。嘴里没了牙齿，独自住在小山旁的一间木头小屋里。她屋子的一个窗户朝向森林，另一个窗户朝向村庄。弗洛伦滕卡剩下两头奶牛，这两头牛养活了她，也养活了她的一群狗。她有一座不大的果园，园里满是蛀虫的李子树。夏天，她的屋前开着一大丛绣球花。

弗洛伦滕卡在不知不觉中发了疯。她先是头痛，夜里总是失眠。月亮妨碍她睡觉。她曾对几个女邻居说，月亮总是在窥察她，而月亮的光辉则在镜子里，在玻璃上，在水里的反照中都给她设下了陷阱。

后来，每当夜幕降临，弗洛伦滕卡便来到屋子前面等待月亮。月亮升到了牧场上方，总是这同一个月亮，虽说在不同的时间它会以不同的形态出现。弗洛伦滕卡挥拳威胁它。有人看到举向天空的那个拳头，他们说：她疯了。

弗洛伦滕卡的身体矮小而瘦弱。经历了女性在育龄时期没完没了地生育之后，她留下了一个又鼓又圆的肚子。现在看起来很可笑，简直就像在裙子下边塞了一个大面包。在经历了女性的生产期之后，她嘴里连一颗牙齿都没剩下。俗话说："一个孩子一颗牙"，真个是一个换一个。弗洛伦滕卡的乳房——准确地说，它说明了时间对女性的乳房干了些什么——又扁又长，紧贴在身体上。乳房的皮肤使人想起圣诞树上彩色玻璃球的薄纸，透过它能看到纤细的蓝色静脉——那是弗洛伦滕卡还活着的标志。

想当年，女人死得比男人早，母亲死得比父亲早，妻子死得比丈夫早。因为女人历来都是人类繁衍生殖的器具。孩子如同鸡雏儿一般破卵而出。这卵后来还得自行粘合复原。女人越是强壮，生的孩子就越多；生的孩子越多，女人也就变得越发虚弱。到了生命的第四十五个年头，弗洛伦滕卡的身子才从不断生育的圈子里解放出来，自行达到了不育的寂灭境界。

自从弗洛伦滕卡疯了以后，她身边开始出现越来越多的猫和狗。人们不久便把她当成了挽救自己良心的慈善所，他们不再淹死小猫或小狗，而是把它们扔在绣球花丛下。两头奶牛借助弗洛伦滕卡的双手养活了一群动物弃婴。弗洛伦滕卡总是以谦和尊重的态度对待动物，如同对待人一样。清早起来，她对它们说“早安”，而每当她摆上几盆牛奶，她也从没忘记说声“祝你们用餐愉快”。不仅如此，她提起狗和猫从来不说“这些狗”或“那些猫”，因为这样听起来就像说物品似的。她说的是“狗儿们”和“猫儿们”，就像说马拉克们或赫利帕瓦们一样。

弗洛伦滕卡根本就不认为自己是个疯婆子。月亮使她不得安宁，她就把月亮看成跟每个折磨过她的普通的迫害者一样的东西，仅此而已。但是有天夜里，奇怪的事发生了。

像往常一样，那天正值满月，弗洛伦滕卡带着自己的狗儿们爬上小山丘去咒骂月亮。狗儿们环绕着她蹲在青草地上，而她则仰头冲着天空叫嚷：

“我的儿子在哪里？你是用什么东西迷住了他？你这肥肥胖胖的银色的癞蛤蟆！你诱骗了我的老头子，使他产生了错觉，把他拉进了水中！今天我在井里看到了你，把你当场抓住——你往我们的水里下毒……”

塞拉芬夫妇屋子里的灯亮了，一个男人的声音冲着黑暗吆喝道：

“安静点儿，疯婆子！我们想睡觉。”

“你们睡好了，让你们一直睡到死！你们当年干吗要出生，就是为了现在睡觉？”

男人的声音静止了，而弗洛伦滕卡跌坐到了地上，仰望着自己的迫害者那张银盘大脸。那张脸布满皱纹，眼睛溃烂流脓，滴滴答答地流着泪水，满脸是得了某种宇宙天花之后留下的斑痕。狗儿们蹲在青草地上，在它们黑色的眼中也反射出一轮满月。它们很安静地蹲着，后来老妇人把一只手放在一条长毛大母狗的头上。那时她在自己的脑海里看到的不是自己的思想，甚至不是思想，而是思想的轮廓、意象、印象。对于她的思维而言，这是某种陌生的东西，不仅因为——像她感觉到的那样——它是来自外部的，而且因为它完全是另一种东西：单色的、清晰的、深刻的、感性的、有气味儿的东西。

在这种东西里头，有天空和相互挨着的两个月亮。有条河——寒冷、欢快。有房屋——既诱人，同时又吓人。一排树林——充满着奇怪的、刺激的景象。青草地上躺着木棍儿、石头及饱含想象与回忆的树叶。在它们旁边，像小径一样延伸着一道道充满意义的光带。在地下——有许多温暖而有生命的走廊。一切都是另一种模样儿。只有世界的轮廓还是原来的样子。那时弗洛伦滕卡以自己身为人的理性理解到，人们是有道理的——她是疯了。

“我是不是在跟你交谈？”她问那条把脑袋靠在她膝盖上的母狗。

它知道，不错，确实如此。

她带着她的狗儿们一起回家去。弗洛伦滕卡把傍晚剩下的牛奶倒进几只小盆里。她自己也坐下来进餐。她将一片面包放在牛奶里泡软，用没有牙齿的牙床咀嚼。她边吃边望着一条狗，试着对它形象化地说点什么。她开始动脑筋，“想象出”某种哲理：“我吃故我在。”狗抬起了头。

就在这天夜里，不知是由于月亮——迫害者的作祟，还是由于自己的疯狂，弗洛伦滕卡学会了跟自己的那些狗和猫交谈。谈话的实质在于传递各种形象的画面。动物脑海里的一切不像人说的那么严密和具体。在它们的世界里没有深思熟虑。然而事物却都是它们从内里看到的，不像人类经常会产生带有陌生感的距离。这样一来世界也就显得更为友好。

对于弗洛伦滕卡，最重要的是，动物想象的画面里有两个月亮。令她感到奇怪的是，动物看到的是两个月亮，而人只看到一个。弗洛伦滕卡对此无法理解，因此最后她也不想去理解。月亮是有各种不同特征的，在某种意义上甚至是相互对立的，但同时又是完全一样的。一个月亮是软绵绵的，略有点儿湿润，令人感到亲切。另一个月亮是硬邦邦的，像银子一样，发出欢快的响声，而且闪闪发光。弗洛伦滕卡的迫害者，它具有两面性的本性，这样一来它对她的威胁也就更大。

米霞的时间

米霞十岁的时候是班上最矮小的，因此坐在第一排。女教师在课桌之间来回走动的时候，总爱抚摩她的脑袋。

在教学回家的路上，米霞经常为她的洋娃娃收集各种东西：栗子壳当小碟子，橡树果壳作茶杯，苔藓作枕头。

但是回到家里之后，她总是犹豫不决，不知该玩些什么才好。她一方面很想玩洋娃娃，给它们换小连衣裙，喂它们各种菜肴——那些菜肴虽然看不见，但却是存在的。她很想把它们一动不动的身体包在襁褓里，给它们讲各种简单的、老掉牙的故事哄它们睡觉。后来，当她把那些洋娃娃抱在手上时，她却一点儿也不想玩儿了。已经没有了卡尔米拉、尤蒂塔，也没有了博巴谢克。米霞的眼睛看到的，只是画在那些红扑扑的小脸蛋儿上的扁平的眼睛，染红了的面颊，永远闭着的嘴巴——对它们不存在任何喂食的问题。米霞把她曾经看成是卡尔米拉的那个玩意儿翻了个身，打它的屁股。她感到自己是打在用布包着的锯木屑上，洋娃娃既不哭叫也不抗议。于是米霞把它们红扑扑的脸蛋儿贴在窗玻璃上，不再对其感兴趣。她跑去翻弄妈妈的梳妆台。

偷偷溜进父母的卧室是很好玩的。米霞坐在双扇的镜子前面，这镜子甚至会让她看到平常看不到的东西：角落上的影子，她自己的后脑勺儿……米霞反复试戴那些珊瑚项链、戒指，打开一个又一个的小瓶子，久久探究化妆品的秘密。有一天，她对自己的卡尔米拉们特别失望，便将唇膏举到嘴边，将双唇涂成了血红色。唇膏的红色推移了时间，米霞看到了几十年后的自己，也就是自己快要死去时的那副模样儿。米霞猛地把嘴唇上的口红擦去，回到了洋娃娃们那里。她将那些粗糙、呆板、用锯木屑填充的小手抓在手里，让它们无声地鼓掌。

但她还是经常回到母亲的梳妆台前。她一再试穿母亲的丝缎胸罩和高跟鞋。镶花边的衬裙穿在她身上宛如拖地的连衣裙。她在镜子里照出了自己，突然觉得自己非常可笑。“若是给卡尔米拉缝件舞会服装岂不更好？”她心想，受到这种想法的鼓舞，她回到了洋娃娃那里。

有一天，当米霞在母亲的梳妆台和洋娃娃之间的十字路口徘徊的时候，她发现了厨房桌子的一个抽屉。这个抽屉里什么玩意儿都有，有整个世界。

首先，这里放了许多照片。其中一张是父亲穿着俄国制服跟某个伙伴在一起。他们彼此相拥着站在一块儿，像是好朋友。父亲有一把从左耳到右耳的络腮胡。背景上是一座正喷射着一串串水珠的喷泉。在另一张照片上是爸爸和妈妈的脑袋。妈妈穿着白色的婚纱，爸爸的脸上仍是一把黑色的络腮胡。米霞特别喜欢一张妈妈剪短发、额头上扎了一条缎带的照片。妈妈在这张照片上看起来像个真正的贵妇人。在这儿米霞也有自己的照片。她坐在屋子前面一张有靠背的长凳子上，膝盖上放着个小咖啡磨。丁香花在她的头顶上方盛开着。

第二，按米霞的理解，这里躺着的是家里最珍贵的一件物品——她把它叫作“月亮石”，是父亲当年在田地里捡到的，他说它跟所有平常的石头都不一样。这块石头几乎是溜圆的，它的表层沉积了许多闪闪发光的细小微粒，看起来就像圣诞树上的点缀物。米霞将它贴在自己的耳朵上，等待石头发出某种响声，给她某种征兆。然而天上来的石头沉默着，一点儿声息都没有。

第三，一支旧温度计，里头的水银管已被损坏。因此水银可以顺着温度计自由流动，不受任何刻度的束缚，也不受温度的影响。它时而拉长变成一条小小的溪流，时而又缩成一个小球待着一动不动，像头被吓趴了的野兽。它时而看起来像是黑色的，时而又同时是黑色的、银色的和白色的。米霞喜欢玩温度计，连同封闭在温度计里的水银。她认为水银有生命。她把它称为火星儿。每当她拉开抽屉的时候，总要悄声地说一句：

“你好，火星儿。”

第四，被随意扔进抽屉里，陈旧、破损、不流行的人造珠宝饰物，全是赎罪节上难以推却而购买的物品：扯断了的小项链——它那金黄色的表层磨掉了，露出灰色的金属；被扔在抽屉里的角质胸饰：刻有鸟儿帮助灰姑娘从灰堆里拣出豌豆的精巧的透花细工。在一些纸张之间，还闪烁着一些从集市上买来的、已被遗忘了的装饰戒指的玻璃珠、耳坠、各种形状的玻璃珠串。米霞惊叹它们那简单而毫无用处的美。她透过戒指的绿色玻璃珠子看窗口。世界变成了另一种样子，变得美了。她总是无法确定自己究竟更乐于生活在哪一种世界：是绿色的，红宝石色的，蔚蓝色的，还是黄色的。

第五，在各种物品中间藏着一把不让小孩找到的弹簧刀。米霞害怕这把刀，虽说有时她想象自己或许也会使用它。比方说，一旦有什么人想欺负爸爸，她就会拿起这把刀保卫爸爸。刀的模样看起来是不伤人的。深红色的胶木刀柄，里面狡诈地暗藏着刀头。米霞曾见到过父亲如何用一根手指头轻轻一动，就让刀尖伸了出来。那“刺”的一响，听起来就像是搞什么袭击，使米霞不由打了个寒噤。所以她觉得，哪怕是偶一为之，她也不能去触动那把刀。她把刀留在原来的地方，深深地掩藏在抽屉的右角，放在许多圣像下面。

第六，盖在弹簧刀上面的是长年来收集的一些小小的圣像图画，那些图画是教区神父挨家挨户去唱圣诞节祝歌时分发给孩子们的。所有的图画画的不是耶什科特莱圣母，就是身着短汗衫的小耶稣——他正放牧着一只羊羔。主耶稣胖乎乎的，有一头淡黄色的鬈发。米霞爱这样的主耶稣。图画中有一张画的是个大胡子上帝天父，他威严地坐在天国的宝座上。上帝手中握着一根折断了的手杖，米霞好长时间弄不清那是什么。后来她明白了，知道这位天主上帝握的是雷霆，便开始害怕他。

图画中间还弃置了一枚小纪念章。这不是普通的纪念章。它是由一个戈比的硬币做成的。一面是圣母肖像，另一面是一头张开翅膀的鹰。

第七，抽屉里有些咔咔作响的细小的猪踝骨，拿它们可以抛着玩“抓拐”[①]。每回，母亲拿猪脚做肉冻的时候，米霞总要在一旁照看着，让母亲不要扔掉那些踝子骨。规则的小踝骨得仔细弄得干干净净，然后放在炉灶上烤干。米霞喜欢把它们捏在手里玩耍——它们是那么轻，那么相像，即使是来自不同的猪，也是同样大小。米霞常常暗自思忖，圣诞节或复活节杀的所有的猪，世界上所有的猪，怎么会有一模一样的可以玩“抓拐”的踝子骨？有时米霞想象那些猪活着时的模样儿，心里不免为它们感到难过。它们的死亡至少还有光明的一面，它们身后留下了可供人玩耍的踝子骨。

第八，抽屉里有些旧的、用完了的伏特牌干电池。起先米霞压根儿就不去碰它们，就像不去碰弹簧刀一样。父亲说，那些干电池或许还有未用光的能量。能量封闭在小小的、扁平的小盒子里，这样的概念是那么特别、富有吸引力，令她神往。这使她想起禁锢在温度计里的水银。不过水银可以看到，而那种能量却是看不到的。能量是什么样子？米霞把干电池拿在手里掂了掂。能量是有重量的。在这小小的盒子里准是有许多能量。准是有人把能量塞进了电池，像做酸白菜那样，用手指使劲压。后来米霞用舌尖碰了碰黄色的电线，感到有点麻麻的，像是有蚂蚁爬过一样——这是残留下来的、看不见的电能从电池里释放了出来。

① 抓拐，一种类似抛沙包的儿童游戏。

第九，米霞在抽屉里找到了各种各样的药品，她知道这些玩意儿是绝对不能放进嘴里的。那儿有妈妈的药丸，爸爸的药膏，特别是妈妈装在小纸袋里的白色药粉更令米霞崇敬。妈妈在没用过这种药粉之前，总是脾气很坏，怒冲冲的，还叫嚷头痛。可是后来，当她吞下了这种药粉时，便平静了下来，并且开始摆弄单人纸牌阵。

第十，在那抽屉里，有许多可以用来摆单人纸牌阵和玩小桥牌的纸牌。所有的纸牌的一面看上去完全一样——清一色的绿色植物装饰花纹，而当米霞把那些纸牌翻过来，便出现了肖像的画廊。她花了好几个钟头的时间端详那些国王和王后的面孔。她试图深入探究他们彼此之间的关系。她猜想，只要她一关上抽屉，他们就会进行长时间的交谈，为臆想的王国相互争论不休。她最喜欢的是黑桃王后。她觉得黑桃王后最美，而且模样儿最忧伤。黑桃王后有个坏丈夫。黑桃王后没有朋友，所以非常孤独。米霞总是在妈妈摆好的牌阵中寻找她。妈妈拿纸牌算命的时候，她也总是在寻找黑桃王后。可是妈妈经常花了太长的时间，盯着摊开的纸牌看个没完没了。当桌面上一派死寂，没什么动静，什么事也没发生的时候，米霞往往感到很郁闷、单调。这时她便返回去翻弄抽屉——抽屉里有她的整个世界。

麦穗儿的时间

在位于韦德马奇的麦穗儿的小屋里，栖息着一条蛇、一只猫头鹰和一只老鹰。这些动物彼此间从来不相侵扰，互不妨碍。蛇留在厨房里，靠近炉灶，麦穗儿常在那儿给它放上一小盆牛奶。猫头鹰蹲在小阁楼上，蹲在用砖砌死了的窗户所留下的壁龛里。它看起来像尊小塑像。老鹰待在屋顶的拱顶上，待在屋子的制高点，不过它真正的寓所是天空。

麦穗儿驯养蛇所花的时间最长。她每天给它放上牛奶，一点一点把小盆儿往屋子里面移。终于有一天，蛇爬到了她的脚边。她把蛇捧在手上，大概是她那散发着青草和牛奶芳香的温暖的皮肤吸引了它，使它着了迷。蛇缠绕着她的手臂，瞪着一对金黄色的眼珠子，注视着麦穗儿明亮的眼睛。她给蛇取了个名字，叫金宝贝。

金宝贝爱上了麦穗儿。她那温暖的皮肤温暖了蛇冰冷的躯体和冰冷的心。它梦寐以求的是她的气味，渴求她的皮肤天鹅绒般的接触，世上再也没有什么能与这种接触媲美。当麦穗儿将它捧在手上的时候，它便觉得，它，一条普普通通的爬虫，变成了某种别的东西，变成了某种特别了不起的东西。它把自己捕猎的老鼠作为礼品带回来送给麦穗儿，它送的礼品还有河岸上找到的漂亮的乳白色小石子、小块儿树皮。有一次它给麦穗儿带回一个苹果，这女人将苹果和蛇一起举到了脸上，笑了起来，她的笑散发着丰富的气味。

“你这个诱惑人的魔鬼！”她温柔地对它说。

有时她把自己衣服的某一部分搭到蛇身上，那时金宝贝便蜷缩在连衣裙里，尽情吸吮着麦穗儿肉体的余香。它在她所走过的所有羊肠小道上等待她，关注她的每一个动作。她允许它白天躺在自己的被窝里。她将它盘在自己的脖子上犹如戴着一条银项链，她将它围在腰上当腰带，把它缠在手上代替手镯。夜里，她睡觉的时候，它观察着她的睡眠状态，偷偷舔她的耳朵。

每当这女人跟恶人做爱的时候，金宝贝总是很痛苦。它感觉到，恶人对人和动物而言，都是陌生的，都是心怀敌意的。那时它总是钻进树叶里，或者昂起头直视着太阳。在太阳里住着金宝贝的守护天使。蛇的守护天使是龙。

有一回，麦穗儿脖子上缠着蛇，走遍河滨的牧场寻找草药。她在那里遇到教区神父。神父一见到这阵势便吓得连连后退。

“你这个巫婆！”他吼叫道，一边儿挥舞着手杖，“你离太古和耶什科特莱远点儿，离我的教区远点儿！你竟敢在脖子上缠绕着魔鬼到处走？难道你没听说过《圣经》上是怎么讲的？难道你不知道上帝对蛇说过些什么？他说，我要叫你和女人彼此为仇，女人要伤你的头，你要伤她的脚跟”。

麦穗儿粲然一笑，一面撩起裙子，露出赤裸的下腹。

“滚！滚！魔鬼！”神父吼叫着，一连画了好几个十字。

一九二七年夏天，麦穗儿的小屋前面长出了一株欧白芷。自打它从地里伸出饱满、粗壮而挺拔的幼芽的那一刻起，麦穗儿就开始观察它，看它如何慢慢舒展开自己肥大的叶片。整个夏天它都在生长，日复一日，每时每刻都在长大。有一天它终于够到了小屋的屋顶，在小屋的上方张开了自己的华盖——茂密的伞形花序。

“嗯，怎么样，小伙子？”麦穗儿嘲讽地对它说，“你那么使劲儿往上伸，那么使劲儿向天上蹿，现在你的种子只好在屋顶上，而不是在地里发芽啦。”

欧白芷有两米高，叶子是那么宽阔、肥大，以至于遮住了周围一些植物的阳光。到了夏末，任何挨着它的植物就都无法生长。在圣米迦勒节的时候，欧白芷开了花。由于空气里弥漫着一股又甜又酸涩的气味儿，麦穗儿有好几个炎热的夜晚无法入睡。植物强劲结实的躯干，在辉耀着银色月光的天空衬托下，显露出清晰的边缘。有时，一阵清风将那些伞形花序吹得沙沙作响，凋谢了的花朵纷纷飘落。听到那沙沙声，麦穗儿警觉地支起胳膊肘抬起身子，谛听着植物怎样生活。整座屋子充满了诱人的芳香。

而当麦穗儿终于睡着了的时候，她眼前出现了一个浅黄色头发的年轻人。他身材高大，魁梧而健壮。他的两臂和大腿看上去仿佛是抛光了的木头。月光照耀着他。

“我一直从窗口观察你。”他说。

“我知道，你香得令人晕眩。”

年轻人走进屋子中央，向麦穗儿伸出了双手。她偎依在他的两臂之间，脸贴紧着他那宽阔、坚硬的胸膛。他把她轻轻举了起来，让他们的嘴巴相互够得着。麦穗儿从眯缝的眼皮下看到了他的脸——粗糙，犹如植物的茎杆。

“整个夏天我都好想要你。”她对着他的嘴巴说，那嘴巴散发着糖果、蜜饯和下雨时泥土的香气。

“我也想要你。”

他们躺倒在地板上，像地里的草儿那样相互蹭着，摩擦着。后来欧白芷让麦穗儿坐在他的大腿上，有节奏地往她体内扎根，他扎得越来越深入，直至渗透了她整个躯体，渗入到她体内的每一个角落，吸吮着她体内的体液。他吸吮着她的体液直到清晨，直到天色已然蒙蒙亮，鸟儿已在枝头婉转歌唱。那时欧白芷浑身颤抖，接着硬邦邦的躯体便僵死不动，犹如一段木头。伞形花序沙沙作响，干燥的、满是针刺的种子纷纷撒落到麦穗儿赤裸、疲惫的肉体上。后来浅黄色头发的年轻人回到了屋子前面，而麦穗儿则是一整天都在从头发里捡出散发着香味儿的种子。

米哈乌的时间

米霞是个漂亮的小姑娘，自打米哈乌头一次在屋子前面看到她在沙坑里玩耍的那一刻起，她总是那么漂亮。他立刻就爱上了她。她俨然合缝地填补了他灵魂深处的那个荒芜的小小角落。他将自己作为战利品从东方带回的小咖啡磨送给了她。连同小磨他将自己也交到了小姑娘手上，希望从此一切重新开始。

他看到她是在怎样一天天长大，看到她怎样掉下了第一颗乳牙，又在掉牙的地方怎样长出了新的牙齿——皓白、配她的小脸蛋儿略微嫌大的牙齿。他带着一种感官的欣愉瞧着她晚上松开发辫和梳头时徐缓的梦一般的动作。米霞的头发起先是栗色的，而后变成了深棕色，这两种颜色总含有一种红色的闪光，如血，如火。米哈乌不许剪掉米霞的头发，即便是在她生病的时候，头发都贴在一起粘到了枕头上。那时耶什科特莱的大夫说，米霞兴许过不了这一天。米哈乌听后便晕倒了。他从椅子上滑落了下来，倒在了地板上。很清楚，米哈乌这一倒说明了什么——如果米霞活不成，那他也会死。的确如此，实实在在，没有丝毫可怀疑之处。

米哈乌不知如何表达自己的感情。他觉得一个人既然爱了，就该不断地给予。他常常赠送她意想不到的礼物。他会到河里去为她寻找闪闪发光的石头，他会用柳枝为她削笛子，他会拿鸡蛋给她制造装饰圣诞树的鸡蛋壳，他会拿纸给她折叠小鸟，他会到凯尔采给她买各种玩具——只要能让小姑娘喜欢的事他都干。但他更看重的是大的东西，一些耐久的、同时也是漂亮的东西，那种比人更能经受时间考验的东西。那种东西也许能在时间上永远留住他的爱，让他的爱永远留在米霞的时间里。由于有那些东西，他们的爱也许就能成为永恒的。

假如米哈乌是个强大的统治者，他就会为米霞在山顶上建座大厦，建座富丽堂皇的大厦，坚不可摧的大厦。然而米哈乌只是个普通的磨坊主，所以他只好给米霞买衣服，买玩具，折纸鸟。

在周围一带所有的孩子中，米霞的连衣裙最多。她穿得跟地主府邸的小姐们一样漂亮。她有真正的洋娃娃——在凯尔采买的，会眨眼睛，会翻身，会像婴儿啼哭那样尖叫的洋娃娃。米霞有给洋娃娃准备的木质小童车，两辆中的一辆甚至是带活动车篷的。米霞有给洋娃娃住的双层小房子，还有好几个长毛绒玩具熊。米哈乌无论走到哪里，总是想着米霞，总是思念她。米哈乌从来没有对米霞提高嗓门说过话。

“你倒是打她一次屁股呀。”格诺韦法抱怨说。

一想到会去揍那个细小的、信赖他的小身子，就使米哈乌感到一阵晕眩，就像曾使他昏厥的晕眩那样。所以每遇到母亲生气的时候，米霞常常往父亲身边躲。她像头小兽躲藏到父亲给面粉弄白了的西服上衣里。在这种时候，他总是一动不动，一再为她那纯洁无瑕的信赖感到震惊。

到了米霞上学读书的时候，米哈乌从此每天都要短暂中断磨坊里的工作，以便走到桥上看她放学回家。她那小小的身影出现在杨树林荫道上，这情景可以让米哈乌自清早米霞出门后失去的一切重新返回。然后他查看她的练习本儿，帮她做功课。他还教她俄语和德语。他拉着她的小手按所有字母的顺序念了一遍又一遍。他为她削铅笔。

后来事情开始发生了变化。这已是一九二九年的事，那时伊齐多尔已经出生。生活的节奏和韵味就在这一年变得与前不同。有一回米哈乌看到她们母女俩，看到米霞和格诺韦法在绳子上晾晒洗过的衣服。她俩的个头儿几乎一般高，头上都戴着白色的头巾，绳子上晾着内衣。汗衫、胸罩、衬裙，都是女人的衣物，只是一些比另一些的尺码稍小。刹那间他暗自思忖，那些尺码小点儿的衣物是谁的呢？当他明白过来之后，竟然像个年轻小伙子一样心慌意乱。直到现在，米霞衣服的小模样总是在他心里勾起阵阵温情。而现在他看到绳子上晾晒的衣物，却不由无名火起，恨时间竟然过得如此之快。他宁愿不要看到这样的内衣。

也就在此时，或许稍晚一点儿，有天晚上在入睡之前，格诺韦法用一种昏昏欲睡的声音对米哈乌说，米霞已经有了月经。随后她便偎依在他怀里睡着了，睡梦中她发出声声叹息，像个老年妇女。米哈乌无法入睡。他躺在床上，望着自己面前的一片黑暗。后来不知什么时候，他总算是睡着了，做了个梦，做了个断断续续、稀奇古怪的梦。

他梦见自己在田埂上行走，田埂两边长着庄稼或者是高高的枯黄了的牧草。他看到麦穗儿踏着枯黄的牧草走了过来。她手里握着镰刀，并且用这镰刀割草穗。

“你瞧，”她对他说，“它们在流血。”

他弯下腰，果然看到被割下的草茎上挂满了血珠。他觉得是那么不自然，那么吓人。他感到害怕。他想赶紧离开那个地方，可是，当他一转身，却看到米霞躺在草中。她身上穿的是自己的校服，闭着眼睛躺着一动不动。他知道，米霞得伤寒病死了。

“她活着。”麦穗儿说，“不过总是先有死而后才有生，历来如此。”

他俯身在米霞身上，套着她的耳朵说了句什么。米霞惊醒了。

“走吧，我们回家去。”米哈乌抓住女儿的手说，他试图拉起女儿跟自己走。

但是米霞已经不是从前的米霞，她似乎尚未清醒过来。她看都不看他一眼。

“不，爸爸，我有这么多的事要做。我不走。”

这时，麦穗儿伸出一个指头指着米霞的嘴巴说：

“你瞧，她讲话时，嘴巴没有动。”

梦里的米哈乌明白，在某种意义上说，米霞是死了，这是某种不完全的、却跟真正的死亡一样能使人昏死过去的死亡。

伊齐多尔的时间

一九二八年的十一月多雨又多风。格诺韦法生自己的第二个孩子的时候，正是这么一个苦雨凄风的日子。

接生婆库茨梅尔卡刚一进屋，米哈乌便把米霞送到塞拉芬夫妇家里去。塞拉芬将一瓶酒摆在了桌子上，过了片刻其他邻居也纷纷来了。大家都想为米哈乌·涅别斯基的后代降生喝上一杯。

就在这同一时间，接生婆库茨梅尔卡忙于烧热水和准备床单。格诺韦法一边发出单调的呻吟，一边在厨房里走来走去。

就在这同一时间，在晚秋的苍穹里，土星像一座巨大的冰山爬到人马星座上。巨大的冥王星，那颗能帮忙逾越所有边界的行星陷进了巨蟹星座里。这天夜里，它将火星和温和的月球搂进了自己怀中。天使们敏锐的耳朵在八重天的和谐中捕捉到清越的声响，那有如一只细瓷杯掉到地上，裂成小得像罂粟籽的碎片时发出的响声。

就在这同一时间，麦穗儿打扫了自己的小屋，蹲伏在屋角里的一堆去年的干草上。她开始生孩子。整个产程只持续了几分钟。她生下了个大块头的漂亮婴儿。屋子里弥漫着欧白芷的馨香。

就在这同一时间，在涅别斯基夫妇家里，婴儿刚露出小脑袋，格诺韦法就出了麻烦。产妇昏厥过去了。接生婆库茨梅尔卡吓得六神无主，急忙打开窗户，冲着黑暗叫嚷道：

“米哈乌！米哈乌！来人呀！”

但是狂风淹没了她的叫声，库茨梅尔卡明白，她只有靠自己想办法。

“孱弱的货色，你还是个女人吗？”她冲昏厥的产妇吼叫道，为的是给自己壮胆、打气，“跳舞你在行，可生孩子就不行。你要憋死孩子了，要憋死……”

接生婆冲着格诺韦法的脸甩了一记耳光。

“耶稣，醒醒！醒醒！”

“女儿？儿子？”格诺韦法神志不清地追问，疼痛使她醒了过来，她开始使劲。

“儿子，女儿，有什么区别？再使点儿劲儿，再使点儿劲儿……”

孩子扑哧一声落到了库茨梅尔卡的手上，格诺韦法再次昏厥过去。库茨梅尔卡忙于照料孩子。婴儿轻轻地啼哭了起来，像只小鸡雏。

“是女儿？”格诺韦法恢复了神志，问道。

“是女儿？是女儿？”接生婆滑稽地模仿着她的口吻，“可怜的家伙，真不是个女人。”

几个气喘吁吁的妇女走进屋子。

“你们去吧，去告诉米哈乌，他喜得贵子啦。”库茨梅尔卡吩咐道。

孩子取名叫伊齐多尔。格诺韦法情况却不妙。她发烧到不能给小家伙喂奶。她在谵妄中叫嚷说别人换掉了她的孩子。她一苏醒过来立刻就说：

“把我的女儿给我。”

“我们生的是儿子。”米哈乌回答她说。

格诺韦法久久望着婴儿。是个小男孩，个头大，脸色苍白，眼睑很薄，透过皮肤看得见蓝色的血管。他的脑袋看起来似乎太大，太沉重。这孩子一会儿也不安静，只要有点儿最轻微的响动，便哭闹起来，蹬动着两条腿，扯开嗓门儿叫嚷，用什么办法都不能让他安静下来。地板的吱嘎声，时钟的嘀嗒声都能把他惊醒。

“这都是喂牛奶造成的。”库莰梅尔卡说，“你必须给他喂奶。”

“我没有奶，没有奶。”绝望的格诺韦法呻吟道，“得尽快找个奶妈。”

“麦穗儿刚生过孩子。”

“我不要麦穗儿。”格诺韦法说。

在耶什科特莱找到了奶妈。那是个犹太妇女，她的一对双胞胎死了一个。米哈乌不得不每天两次，用马车接她到磨坊来给新生儿喂奶。

用人奶喂养的伊齐多尔照旧爱哭。格诺韦法常常是一整夜把他抱在手上，在厨房和房间里走来走去。有时她实在熬不住了，也试着躺一会儿，无视他的啼哭。为了不让他吵醒米霞，米哈乌只好悄悄爬起来，用毛毯包住小家伙，把他抱到屋外，抱到繁星璀璨的天空下。他抱着儿子登上小山，或是沿着大路向森林走去。因为抱在手上摇，也因为松树的芳香，孩子安静了下来。但是只要米哈乌抱他回家，一迈进门槛，孩子重又扯起嗓门儿大哭。

有时米哈乌装作睡着了，从眯缝着的眼皮底下偷看妻子，只见她站立在摇篮上方，注视着孩子。她不带感情，冷冷地望着摇篮里的婴儿，就像望着一样东西，一件物品，而不是望着一个人。孩子仿佛感觉到了这种目光，哭得更厉害，更伤心了。米哈乌不知道在母亲和孩子的脑袋里究竟发生了什么事，只是有天夜里，格诺韦法悄声对他倾诉了心曲：

“这不是我们的孩子。这是麦穗儿的孩子。库茨梅尔卡曾告诉我生的是‘女儿’，我记得她是这么说的。定是后来出了什么差错。麦穗儿有可能诱骗库茨梅尔卡干了什么事，因为在我清醒过来后，发现是个儿子。”

米哈乌坐了起来，亮了灯。他看到妻子那给泪水弄得湿淋淋的脸。

“盖妞希[①]，不能这样想。这是我们的儿子，伊齐多尔。他长得像我。我们不是想要个儿子吗？”

涅别斯基两口子之间这场深夜的、短暂的交谈留下了疙瘩。现在夫妻俩都在观察孩子。米哈乌寻找孩子与自己的相似之处。

① 盖妞希是格诺韦法的昵称。

格诺韦法暗地里检查儿子的手指头，观察他背上的皮肤，研究他耳朵的形状。孩子长得越大，她也找到了越多的证据，说明这孩子不是他们的血脉。

伊齐多尔满一周岁还没长出一颗牙齿。他刚会坐，个头儿也没有长大多少。很显然，他的个头全都长在了脑袋上，虽说伊齐多尔的小脸蛋仍然不大，可他的脑袋却从眼睛以上开始一个劲地往横里纵里长。

儿子三岁的那年春天，他们两口子带着他去了塔舒夫看医生。

“可能是脑水肿，孩子多半会死。我对此毫无办法。”

医生的话成了咒语，唤醒了格诺韦法心中被猜疑凝固了的爱。

格诺韦法爱伊齐多尔，如同人们爱狗，爱猫，或是爱什么有残疾的可怜的小动物。这是一种最纯粹的人类的同情心，爱心。

地主波皮耶尔斯基的时间

地主波皮耶尔斯基遇上了财运亨通的好时光。每年他都增添一口鱼塘。池塘里的鲤鱼又大又肥。到了捕鱼季节，鱼简直是自动朝渔网里跳。地主最喜欢在鱼塘的堤坝上散步，沿着堤坝转圈子，望望水，又望望天空。鱼的丰产消解了他的神经紧张，鱼塘使他在自己所有的努力中体味到某种意义。鱼塘越多，他体味到的意义也就越多。地主波皮耶尔斯基的头脑完全给鱼塘占满了，他有许多的事要做：他得规划、思考、计算、建设、动脑筋、想点子。他可以把所有的时间都用来考虑鱼塘的事，那时地主的思路便不会拐向那黑暗、寒冷的区域，那种地方会像沼泽一样把人拉住，让人陷入其中。

到了晚上，地主往往把时间奉献给他的家人。他的那位颀长清瘦、娇嫩如菖蒲的妻子，常常向他抛来雨点般的、在他看来都是一些琐碎而无关紧要的问题，涉及的无非是仆人、晚宴、孩子们的学校、小汽车、金钱、养老院之类的日常事务。晚上她跟丈夫一起坐在客厅里，以自己单调的声音掩盖了收音机里的音乐。曾几何时，妻子还有兴致给他的背部做按摩，使地主感到十分幸福。而今，妻子纤细的手指只会花上个把钟头，翻弄一本她读了一年老是读不完的书。孩子们一天天长大，地主对他们的了解也越来越少。他的长女总是轻蔑地撇着嘴巴，她的在场使父亲感到局促不安，她对于他简直是形同陌路，甚至像个敌人。大儿子变得沉默寡言，而且胆怯，已经不再坐在他的膝盖上，也不再拽他的八字胡了。小儿子是子女中最小的一个，也是最受宠爱、最娇生惯养的一个，因此他固执而任性，动不动就大发脾气。

一九三一年，波皮耶尔斯基夫妇带着孩子们去意大利过暑假，休假回来后，地主波皮耶尔斯基发现，他终于找到了自己狂热的爱好：对艺术的追求。他开始收集画册，而后则是越来越频繁地去克拉科夫，到那儿购买各种名画。不仅如此，他还经常邀请艺术家们到他的府邸作客，跟他们讨论艺术，喝酒。清晨他常把所有的客人领到自己的池塘边，请他们欣赏那些巨大的鲤鱼橄榄色的背脊。

第二年，地主波皮耶尔斯基突然发疯地爱上了玛丽亚·舍尔。她是克拉科夫的一位最年轻的女画家，未来派的代表人物。如同所有突然坠入爱河的人一样，在他的生活中也出现了各种意味深长的巧合，出现了许多邂逅相逢的共同的熟人，也使他经常拿出一些必须突然出远门的理由。地主波皮耶尔斯基由于玛丽亚·舍尔而爱上了现代艺术。他的情妇，如同她的未来派一样，充满了活力、疯狂，虽说在某些事情上又是魔鬼般地清醒。她的躯体有如塑像——光滑而又坚挺。每当她俯身在巨幅画布上作画的时候，总有一缕缕淡黄色的头发粘在她的额头上。她是地主妻子的对立面。跟她相比，他的妻子会令人想起一幅十八世纪的古典主义风景画：细节丰富，和谐，令人伤感的平静。

地主波皮耶尔斯基在生命的第三十八个年头突然感觉到自己发现了性。这是一种粗野的、疯狂的性，有如现代艺术，有如玛丽亚·舍尔一般的性。在工作室里，床边立着一面巨大的镜子，镜子里反照出玛丽亚·舍尔和地主波皮耶尔斯基作为女人和男人的全部过程。镜子里照出了翻得底朝天的被褥、山羊皮、给油彩染污了的赤裸的肉体、面部痉挛的怪相、赤裸的胸部、肚子、涂抹上一道道口红的后背。

地主波皮耶尔斯基开着崭新的小汽车从克拉科夫返回府邸，一路上盘算着要带自己的玛丽亚逃往巴西，逃往非洲，但当他一跨进自家的门槛，便为一切都井然有序，一切都是老样子，一切都显得安全可靠而感到由衷的高兴。

经历了六个月的疯狂之后，玛丽亚·舍尔向地主宣布，她要去美洲。她说，那里一切都是新的，充满了冲击力和活力。她说她要在那里创造自己与未来派油画毫无二致的生活。女画家走后，地主波皮耶尔斯基得了一种多症状的怪病，别人为了简化，将这种病称为关节炎。他在床上躺了一个月，也只有躺在床上，他才能平静地忍受痛苦。

他躺了一个月，与其说是由于疼痛和虚弱，不如说是由于近年来他力图忘记的一切又回来了——由于世界行将毁灭，现实有如朽木枯枝分崩离析，霉变自下而上地腐蚀了物质，这一切的发生都没有任何意义，也不意味着什么。地主的肉体投降了，它同样也已溃散、瓦解；他的意志也已崩溃。时间在做出决定和采取行动两者之间给挤得满满的，简直没有回旋的余地。地主波皮耶尔斯基的喉咙肿胀、梗塞。这一切都意味着他仍然活着，意味着在他体内的某些生理过程仍在正常地运行，血液在循环，心脏在跳动。“我受到了打击。”地主思忖道，同时试图从床上用目光搜索什么，但是他的目光变得呆滞，不自然：目光顺着房间里的家具飘游，竟会像苍蝇似的停留在家具上。倒霉！目光停在一堆书籍上，那些书是地主叫人弄来的，可他并没有读过。倒霉！目光漂移到药瓶上。倒霉！目光漂移到墙上的一块污渍。倒霉！目光漂移到窗外的天空。看到别人的面孔使他痛苦。他觉得那些面孔都是如此飘忽不定，如此神色多变。要去看那些面孔，必须集中全部的注意力，死盯住不放，而地主波皮耶尔斯基已经没有力气集中这种注意力了。他转移了视线。

地主波皮耶尔斯基有一种不可抗拒的悲惧感，他总觉得世界在消失，世上的一切，无论好的还是坏的都在消失；爱情、性、金钱、激情、远游、价值连城的名画、聪明睿智的书籍、卓尔不群的人们，一切都从他身边匆匆地过去了。地主的时间在流逝。那时，在突发的绝望中，他想从床上跳起来，跑到什么地方去。可是跑向何方？为什么要跑？他跌落在枕头上，因无法哭出心中的郁闷而憋得喘不过气来。

春天又依稀给他带来了得救的希望。一个月后他才下床走动，虽说拄着拐杖，却能站立在自己喜爱的池塘边上，给自己提出第一个问题："我是怎么来的？"他不安地挪动了一下身子。"我是从哪里来的？我的源头在哪里？"他回到家里，艰难地强迫自己读书。读古代史，读史前史，读有关考古发掘和克里特文化的书籍，读有关人类学和纹章学的书籍。但是所有这些知识都不能给他提供任何结论。于是他又给自己提出了第二个问题："从根本上讲，人能知道些什么？从获取的知识中又能得到些什么教益？人对事物的认识能够到达尽头吗？"他想了又想，花了好几个礼拜六，跟前来打桥牌的佩乌斯基就这个题目进行探讨。从这些探讨和思考中，他得不出任何结论。随着时间的推移他再也不想开口。他知道佩乌斯基会说些什么，他也知道他自己会说些什么。他有个印象，似乎他们谈的总是同一件事，总是在重复自己的问题，仿佛是在扮演某种角色，就如飞蛾接近一盏灯，然后又赶紧逃离那个可能把它们烧死的现实。于是他最后给自己提出了第三问题："该怎么办？怎么办？该做些什么？不做些什么？"他读完了马基雅维里的《君主论》，读了梭罗、克鲁泡特金①、科塔尔宾斯基②的著作。整个夏天他读了那么多的书，以至于几乎没有走出自己的书房。波皮耶尔斯基的太太对他的举动深感不安，一天傍晚她走进了他的书房，说道：

"大家都说耶什科特莱的拉比③是位神医。我去找过他，请

---

① 克鲁泡特金（Pyotr A. Kropotkin，1842—1921），俄国政治活动家、政论家。

② 科塔尔宾斯基（Tadeusz Kotarbiński，1886—1981），波兰哲学家。

③ 拉比是犹太人对师长、教士、权威的尊称。

他到我们家来。他同意了。”

地主淡淡一笑，他被妻子的天真解除了武装。

谈话跟他想象的不大一样。跟拉比一起来的还有个年轻的犹太人，因为拉比不会讲波兰语。地主波皮耶尔斯基没有兴致向这古怪的一对倾诉自己的苦恼。于是他便向老者提出了自己的三个问题。虽然，老实说，他并不指望能得到满意的回答。蓄着犹太人长鬓发的年轻小伙子将明白清楚的波兰语句子翻译成拉比的古怪的、喉音很重的语言。这时，拉比一开口便使地主大吃一惊。

“你在收集问题。这很好。我再给你的收集增加最后的一个问题：我们要向何处去？时间的尽头是什么？”

拉比站起身。他告别时，以一种很有文化修养的姿势向地主伸出了手。过了片刻，他走到门边又含混不清地说了句什么，小伙子把它翻译成波兰语：

“某些部族的时间已到了大限。所以我给你某种东西，这种东西如今应该成为你的私产。”

犹太人这种诡秘的腔调和庄重的神态很使地主开心。一个月来，他破天荒第一次胃口极好地吃了晚餐，还跟妻子开玩笑。

“为了给我治好关节炎，你抓住所有的魔法、妖术不放。看来对于有病的关节，最好的药物就是那个以问题回答提问的犹太老头。”

晚餐吃的是鲤鱼冻。

翌日，蓄犹太人长鬓发的小伙子带着一只大木盒到地主家里来了。地主好奇地打开了盒子。盒子里有几个小格。在一个小格中放着一本旧书，书名是用拉丁文写的《Ignis fatuus[①]，即给一个玩家玩的有教益的游戏》。

在下一个铺了丝绒的小格子里，放着一颗八面体的桦木色子。每一面孔眼的数目都不相同，从一个孔眼到八个孔眼。地主波皮耶尔斯基从未见过这样的游戏色子。在其余的那些小格子里放着一些黄铜做的微型人物、动物和物品的塑像。在格子的下面他找到了一块折叠成许多层、磨破了边儿的亚麻布。地主对这古怪的礼物越来越好奇，他把亚麻布放在地板上铺展开来，它几乎占满了书桌和书橱之间的空地。这是某种游戏，是某种大的、环形迷宫形式的中国棋类游戏。

① 拉丁语，意为：难以忍受之火。

溺死鬼普卢什奇的时间

溺死鬼是个名叫普卢什奇的农夫的阴魂。普卢什奇在八月的某一天掉进池塘里淹死了，只因喝下的酒把他的血液浓度稀释得太稀。他从沃拉赶着大车回家，给月亮的阴影吓得突然受惊的马匹翻了车。农夫掉进了浅浅的水中，而马匹则羞愧地离去了。池塘岸边的水暖融融，那是给八月的暑气烤热的，普卢什奇躺在水中感到一种说不出的惬意。他没有意识到自己会死。当那暖融融的水进入喝得醉醺醺的普卢什奇的肺里时，他哼了一声，但没有清醒过来。

禁锢在醉倒了的肉体里的阴魂——不曾被除罪恶的阴魂——没有通向上帝之路的地图，便只好像狗一样，跟躺在芦苇丛中僵化的肉体留在一起。

这样的阴魂是盲目的，面对眼前的处境是束手无策的。它固执地想回到肉体里面，因为它不知道除此之外还有别的存在方式。然而它思念自己出身的那个国度，它先前始终是待在那个国度里的，是从那里给驱赶到物质世界来的。它记得那个世界，它总是在回忆那个世界，它痛哭，它思念，但它不知如何回到那里去。绝望的浪涛一阵紧似一阵地袭扰着它。于是它便离开了那个已经腐烂了的肉体，靠自身的力量寻找归路。它在歧路上徘徊，在大道上游荡，试图在路边抓到机会。它变换着各种形态。它进入各种各样的物体和动物体内，有时甚至进入不太清醒的人的体内，可在任何地方它都待不长久。在物质世界它是一名被流放的犯人，精神世界也不想要它。因为进入精神世界需要一张地图。

在经历了这些毫无希望的游荡之后，阴魂回到了肉体，或者说回到了它离开肉体的地方。然而冰冷的、没有生命的肉体之于阴魂就与房屋的废墟之于活人一样。阴魂尝试着使没有生命的心脏搏动一下，使没有生命的麻痹了的眼睑动弹一下，但它既缺乏力量，又缺乏决心。没有生命的肉体根据上帝安排的秩序说："不。"于是人的肉体便成了可憎的房屋，而肉体死亡的地方便成了阴魂可憎的监狱。溺死鬼的阴魂在芦苇丛中发出沙沙的响声，伪装成阴影，而有时还向雾借来某种形态，它渴望借助这种形态跟活人交往。它不明白为什么活人都在躲避它，为什么它会在人们心中唤起恐惧。

普卢什奇的阴魂在自己的癫狂中也是这么想的：它仍然是普卢什奇。

随着时间的推移，在普卢什奇的阴魂里产生了某种绝望情绪，产生了对活人所有的反感。在阴魂里，错综复杂地纠结着某些旧时的、人的，甚至是动物的思想残余，以及某些回忆和画面。于是它相信，它会再次赢得惨祸发生的时刻，普卢什奇或别的什么人死亡的时刻，并且相信正是死亡会帮助它获得解放。所以它才如此强烈地渴望重新使某些马匹受惊，使某辆大车翻倒，使某个人溺死。于是，溺死鬼也就这样从普卢什奇的阴魂里诞生。

溺死鬼选择有堤坝和小桥的森林池塘，同时也选择被称为沃德尼察的整座森林，以及从帕皮耶尔尼亚直到韦德马奇的牧场作为自己的驻地，那里也是经常笼罩着特别稠浓的大雾的处所。溺死鬼在自己的领地徘徊游荡，茫然而空虚。只是有时当它碰上人或动物的时候，激愤之情才使它活跃起来。也就在那时，它的存在才有了意义。它不惜一切代价，力图给遇到的生灵造成某种祸害，大小都成，只要是祸害。

溺死鬼不断地重新认识自己的能耐。起先它认为自己是很虚弱的，无力自卫，只不过是某种气旋、薄雾、水洼而已。后来它发现自己能够靠思想活动而快速挪动，比任何人所能估计的都要快速得多。它一想到某个地方去，立刻就能置身于那里，就在转瞬之间。它还发现，雾是听从它的指挥的，它可以随心所欲地支配雾。它可以从雾那里得到力量或者形态，可以移动一团团浓雾，用雾遮盖太阳，用雾使地平线变得模糊不清，用雾使黑夜延长。溺死鬼断言自己是雾的统治者，并从此开始这样看待自己——雾的统治者。

雾的统治者在水下感觉最佳。它年复一年躺在水面下由泥淖和腐叶铺成的床上。他从水下看着一年四季的变换，看着太阳和月亮的此出彼落。它从水下看到雨，看到飘落的秋叶，看到夏天蜻蜓的飞舞，看到在水中沐浴的人们，看到野鸭橙红色的小脚。有时，有点儿什么把它从这种似梦非梦的境遇中惊醒，有时，任什么都不能弄醒它。它没把这些放在心上，仍然照老样子过日子。

老博斯基的时间

老博斯基一生待在府邸的屋顶上。府邸很高，屋顶很大，充满了斜面、陡坡和棱角。整个屋顶盖着漂亮的木瓦。假如将府邸的屋顶展开，弄平整，平铺在地上，它便能盖住博斯基全部的田地。

博斯基将耕种自家那片田地的农活儿交给了妻子和孩子们，他有三个女儿和一个男孩。小伙子名叫帕韦乌，聪明能干，魁梧端庄。老博斯基每天一早就爬上地主府邸的屋顶，换掉开始腐坏的或朽烂了的木瓦。他的活计没有完结，也没有开头。因为博斯基不是从某个具体的地方着手干活儿的，不是朝某个具体的方向边干边移动的。他是跪着，一米一米地研究木屋顶，一会儿移到这里，一会儿挪到那边。

正午时分，妻子拎着双瓦罐给他送来午饭。一只瓦罐里装着酸菜面疙瘩汤，另一只瓦罐里装的是马铃薯，或者是带猪油渣的麦糕和酸奶，或者是白菜和马铃薯。老博斯基没有下来吃午饭，而是由妻子将双瓦罐放进小桶里用绳子吊给他，小桶是经常用来吊木瓦往上面送的。

博斯基吃着午饭，一边咀嚼，一边环视周围的世界。他从府邸的屋顶观看牧场、黑河、太古的房顶以及人们细小的轮廓，一切都显得那么小，那么脆弱，以至于老博斯基真想冲它们吹口气，将它们像垃圾一样吹出这个世界。他这么想着，又往嘴里塞了一口食物，而他那张晒黑的脸上显露出了怪相，这种面部的扭曲或许可以看成是微笑。博斯基喜欢每天的这个时辰，喜欢自己这种把人吹向四面八方的有趣的想象。有时他的想象略有变化：他呼出的气变成了飓风，刮掉房屋的屋顶，吹倒树木，把果园里的全部果树吹得成片儿横七竖八地躺倒；平原都灌进水，而人们都在匆忙赶造船只——为的是挽救自己和自己的财物。地面上出现了许多火山口，火从火山口往外冒；天空下弥漫着火与水搏斗产生的蒸汽。一切都在底座上颤动，最后全都坍塌，如同破旧房屋的屋顶。人们不再妄自尊大，不再摆架子。博斯基想毁灭整个世界。

他咽下了一口食物，发出一声叹息。幻象飘散了。现在他给自己卷了一根纸烟，朝近点的地方观瞧，他看到府邸的庭院、园林、防护沟，看到天鹅和池塘。他先是观察到乘轿式马车来府邸的人们，稍后是乘汽车前来的。他从屋顶上看到贵妇们的帽子，老爷们的秃头，看到骑马闲游归来的地主，和总是挪动着小碎步走路的地主太太。他看到柔弱、清秀的小姐和她那些在村子里引起恐怖的狗。他看到许多来来往往的人的永恒的运动，看到他们见面和告别时打的手势和面部表情，看到他们彼此交谈和听别人说话的情景。

可他们跟他又有何关系？他抽完了一根自卷的纸烟，目光又执拗地回到木瓦上，让目光像河里的无齿蚌那样紧紧地贴在木瓦上。只有木瓦才让他赏心悦目，得到充分的满足。他心里想的是锯断和磨光木瓦。他的午餐休息就这样结束了。

他的妻子拿走用绳子放下来的双瓦罐，穿过牧场回到了太古村。

帕韦乌·博斯基的时间

老博斯基的儿子帕韦乌，一心想当个“有地位”的人物。他担心，如果不赶快行动起来，他就会成为一个“无足轻重”的人物，像他父亲一样，永远只能在某个屋顶上安装木瓦。因此一满十六岁，他便离开了家，在家里是他那几个不漂亮的姐妹在称王称霸。他在耶什科特莱受雇于一个犹太人，在他那里干活。犹太人名叫阿巴·科杰尼茨基，做木材生意。开头，帕韦乌只是个普通的伐木工和装卸工，想必是他设法让阿巴中意，因为不久，老板就委他以对木材进行筛选、分级和标号的重任。

甚至在筛选木材的时候，帕韦乌·博斯基也总是着意于未来，过去已引不起他的任何兴趣。他一想到眼下的工作能造就他的未来，能影响到他将来成为自己企盼已久的那种人物，他便激动得不知所以。有时他也考虑，这一切究竟是怎么回事？

假如他是出生在地主府邸，作为波皮耶尔斯基家的后代，他会像现在这样吗？他会像现在这样思考问题吗？他会喜欢上涅别斯基家的米霞吗？他仍然会想当个医士吗？或许他会有更高的志向——当个医生？当个大学教授？

年轻的博斯基对一样东西是深信不疑的，那就是知识。知识和教育的大门对每个人都是敞开的。但很显然，进入这个大门，对另一些人会更容易些，对所有的波皮耶尔斯基们以及他们那一类的人都更容易些。而这是不公正的。但从另一方面讲，他也能学习，虽说要花更大的力气，因为他必须挣钱养活自己，并且帮助双亲。

于是下工后，他经常进乡图书馆，到那儿去借书。乡图书馆能提供的图书不多。缺乏百科全书，也缺乏词典。书架上塞满了什么《国王们的女儿》《没有嫁妆》之类的、专门给娘儿们读的书。回家后他把借来的书藏在被窝里，防备他的姐妹们发现。他不喜欢姐妹们动他的东西。

所有的三个姐妹都是大姑娘，大块头，身体强壮，粗俗愚笨。她们的脑袋看起来很小。她们的额头都很低，浓密的浅黄色头发有如麦草。她们中最漂亮的是老大斯塔霞。每当她嫣然一笑，晒得黝黑的脸上便露出皓白的牙齿。但她那双粗笨的八字脚走起路来却一摇一摆，跟鸭子似的，从而大大损害了她的姿色。三姐妹里居中的托霞已经跟科图舒夫的一个种田人订了婚，而佐霞，大个子，健壮有力，近日内就要去凯尔采当女仆。她们都要离开家，帕韦乌为此感到高兴，虽说他不喜欢自己的家庭，就像不喜欢自己的姐妹一样。

他嫌恶那些钻进老木头房子裂口、地板缝隙和塞进指甲壳里的污垢。他嫌恶那牛粪的臭气，一走进牛栏，那股臭气便被吸进衣服里。他嫌恶喂猪的马铃薯散发出的气味——那种气味弥漫了整个屋子，扩散到屋里的每件东西，渗透了头发和皮肤。他嫌恶双亲说的乡下佬的方言，那种土话有时也影响到他自己的语言。他嫌恶亚麻布、原木、木匙子、赎罪节的圣画、姐妹们的粗腿。偶尔他会把这种嫌恶集中到上颌和下颌之间，那时他便感到自身强大的力量。他知道，他将拥有他所渴望的一切，他将奋力向前，谁也无法阻挡他。

游戏的时间

画在亚麻布上的迷宫由被称为“世界”的八圈或八层球面组成。离中心越近，迷宫的曲径似乎就越密，里面的死胡同和不能通行的狭小巷道就越多，相反地，那些外层给人的印象就显得比较清晰，比较宽敞，迷宫的小径似乎也比较宽，也不那么杂乱——仿佛是在邀请玩家去漫游。迷宫中心的一层——最黑暗，最纠缠不清的一层——被称为“第一世界”。不知是谁的不熟练的手用铅笔挨着这个世界画了个箭头，上面写着“太古”。“为什么是太古？”地主波皮耶尔斯基感到惊诧不迭。“为什么不是科图舒夫、耶什科特莱、凯尔采、克拉科夫、巴黎或者伦敦？”羊肠小道、交叉、分岔和田野，复杂的系统弯弯曲曲地引向唯一的一条通道，到达被称为“第二世界”的下一个环形层次。同中心密密麻麻的曲径相比，这里显得略微宽敞一些。有两个出口通向“第三世界”。地主波皮耶尔斯基很快就弄明白了，在每一个“世界”里都能找到比前一个“世界”多一倍的出口，他用自来水笔的笔尖，仔细地数着迷宫最外层的所有出口。数出的数目一共是一百二十八个。

标题为《Ignis fatuus，即给一个玩家玩的有教益的游戏》的小书，简而言之就是用拉丁语和波兰语写的游戏细则说明。地主一页一页地翻着它，在他看来，一切都显得非常复杂。说明书挨个儿描述了掷色子后每一种可能出现的结果、每次走动、每个小卒——棋子的作用和八层世界中的每一层世界。他觉得这些说明不连贯，而且还满是离题的枝节话，最后地主猜想，摊在自己面前的是某个狂人的作品。

这是一种寻找出口道路的游戏，在道路上，时不时会出现某种选择。

——小册子开头的几句话是这么说的。

选择是色子自身进行的。但有时，游戏者会产生一种印象，以为是他在有意识地进行选择。这种印象或许会使游戏者产生恐惧，因为他会感到自己对棋子走到哪里、会碰到些什么问题是有责任的。

游戏者看到自己的道路犹如见到冰上的裂痕——路线以令人头晕的速度分叉，拐弯，改变方向。或者就像天上的闪电，以无法预见的方式在空中寻找它的去路。一个相信上帝的游戏者会说：这是“上帝的判决”，是“上帝的手”，是造物主全能的权威性的结论。如果玩家不相信上帝，他就会说，这是一种“偶然”，是一种“巧合”。有时游戏者会使用“我的自由选择”这句话，但可以肯定的是，他说这句话时的声音会更轻，更缺乏自信。

游戏的实质是找到逃跑的地图。从迷宫的中心开始。游戏的目的是通过所有的层次，从八个世界的羁绊中解脱出来。

地主波皮耶尔斯基匆匆看完了对小卒子和对游戏开头战略的描述，一直读到对“第一世界”特征的表述。他读道：

一开始没有任何上帝。既没有时间，也没有空间。只有光明与黑暗。这是好的。

他有一种感觉，这些话似曾相识。

光本身会动，会照耀。光柱投向黑暗，在黑暗中找到从来不动的物质。光束以全力打击黑暗，直到惊醒黑暗里的上帝。上帝尚未全然清醒，还无法肯定自己究竟是什么，他环顾四周。由于除了自己，他谁也没有看到，于是就承认自己是上帝。由于自己不能给自己取名，自己对自己不能理解，于是他便产生一种求知的热望。而当上帝首次认清自己，便产生了“道”——上帝觉得，认识就是给自己取名。

就这样，“道”从上帝嘴里滚滚涌流出来，并分裂成上千份，这些部分就成为孕育各层“世界”的种子。从这一刻起，各层“世界”都在长大，而上帝就从各层“世界”里反映了出来，如同从镜子里反映出来一样。上帝研究了自己在各层“世界”里的反映，越来越多地察看自己，越来越清晰地认识自己。就这样，认识丰富了上帝，同时也丰富了各层“世界”。

上帝通过时间的流逝认识自己，因为只有难以捉摸的、变幻莫测的东西才最像上帝。上帝通过由于酷热而从海里露出水面的岩石认识自己，通过热爱阳光的植物认识自己，通过一代又一代的动物认识自己。当人出现的时候，上帝恍然大悟，首次懂得该怎样称呼黑暗与白天的微妙而脆弱的分界线；由此分界线，光明开始变成黑暗，而黑暗则开始变成光明。从此以后，上帝始终用人的眼光观察自己。上帝看到自己的上千种面孔，像试戴假面具那样出现的各种面孔，就如一个演员。顷刻之间，上帝也变成了戴假面具的人。他用人的嘴巴自己向自己祈祷，同时也发现了自身的矛盾，因为镜子里出现的是真实的反映，而真实则变成了镜中的影子。

“我是谁？”上帝问，“是上帝还是人？莫非我同时是前者又是后者？抑或两者都不是？是我创造了人，还是人创造了我？”

人诱惑着上帝，于是上帝偷偷溜上情人们的床铺，在那里他找到了爱。上帝偷偷溜上老人们的卧榻，在那里他找到了消逝。上帝偷偷溜上弥留者的病床，在那里他找到了死亡。

“为什么我不能试一试？”地主波皮耶尔斯基心想。于是他翻回到书的开头，在自己面前摆开了那些黄铜的棋子。

米霞的时间

米霞注意到，博斯基家这个身材魁梧、浅黄色头发的小伙子在教堂里老是打量她。而后，每当她做完弥撒走出教堂的时候，又总是发现他站立在教堂外面对她看了又看，一直盯住不放。米霞感觉到他的目光有如一件不合身的衣裳黏附在自己身上。她害怕随便地活动，害怕深呼吸。他使她局促不安。

整个冬天，从圣诞节到复活节都是如此。等到天气稍微转暖，米霞每个礼拜都上教堂，穿着也较单薄一些，她便更加强烈地感觉到帕韦乌·博斯基的目光紧盯在自己身上。到了圣体圣血节①，那目光触到了她赤裸的后颈和袒露的双肩。米霞感觉到那目光非常柔和，令人愉快，像猫的亲热，像鸟羽，像蒲公英的绒毛。

这个礼拜天，帕韦乌·博斯基走到米霞跟前，问是否可以送她回家。她点头表示同意。

一路上，他都在不停地说话，他所说的，令她惊诧。他说，她小巧玲珑，像只精美的瑞士手表。米霞在此之前从未想过自

---

① 圣体圣血节，天主教节日，表示对耶稣圣体圣血的崇敬。时间在每年复活节后第八个礼拜的礼拜四，在这一天常举行圣体巡行。

己是小巧的。他说，她的头发有种最贵重的黄金的颜色。米霞向来认为，她的头发是古铜色的。他还说，她的皮肤有股香子兰的香味儿。米霞不敢承认她刚烤过糕点。

在帕韦乌·博斯基的话语中，所说的种种都重新发现了米霞。她回家后什么活儿也干不了。但她不是在想帕韦乌，而是在想她自己："我是个漂亮的姑娘。我有双小脚，像个中国女子。我有一头漂亮的秀发。我笑起来很有女人味。我有股香子兰的芳香。人们会想念我，渴望见到我。我是个女人。"

放暑假之前，米霞就对父亲说，她已不想再上塔舒夫的师范学校，说她没有计算和书法的头脑。她跟拉海娜·申贝尔特仍然是好朋友，可现在她们的谈话已与过去不同。她俩一起沿着官道走进森林。拉海娜劝说米霞不要辍学，并向她许诺会帮助她学好算术。但米霞向拉海娜谈起了帕韦乌·博斯基。拉海娜作为朋友，耐心听米霞诉说，不过她有不同的见解。

"我将来要嫁个医生，或者嫁给这一类的人。我将来最多只要两个孩子，我不想破坏自己的身材。"

"我将来只要一个女儿。"

"米霞，坚持到师范毕业吧。"

"我想出嫁。"

米霞常跟帕韦乌沿着同一条路一起散步。到了森林边上，他俩拉起了手。帕韦乌的手又大又热。米霞的手又小又凉。他俩从官道拐向某一条林间小道，那时帕韦乌便站住了，用那只大而强有力的手把米霞搂进了自己怀中。

帕韦乌有股肥皂和太阳的香气。那时米霞变得软弱、顺从、驯服。穿着浆过的白衬衫的男子在她看来是那么高大、魁伟。她的个头只达到他的胸部。她停止了思考。这可是一个危险的时刻。当她的胸口已然赤裸，而帕韦乌的嘴巴在她的腹部漫游的时候，她突然清醒了过来。

“不。”她说。

“你迟早得嫁给我。”

“我知道。”

“我会来向你求婚。”

“好吧。”

“什么时候？”

“不久。”

“会同意吗？你父亲会同意吗？”

“没什么同意不同意的。我想嫁给你不就结了？”

“可是……”

“我爱你。”

米霞整理好头发。他俩回到官道上，仿佛他们从来不曾离开过官道似的。

米哈乌的时间

米哈乌不喜欢帕韦乌。或许可以说，他只是长得英俊，仅此而已。每当米哈乌望着他那宽阔的肩膀，穿着马裤的强健的腿和擦得铮亮的军官皮靴，便痛心地感到自己已经老了，萎缩了，像只干苹果。

帕韦乌现在经常到米霞家来。他坐在桌子旁边，翘着二郎腿。母狗洋娃娃蜷曲着尾巴反复闻他那擦亮的军官皮靴。他谈他跟科杰尼茨基一起做的木材生意，谈他已经注册的医士学校，谈自己对未来的宏图大计。他眼望着格诺韦法，整个时间都是笑眯眯的。他一笑便能清楚地看到他那满口整齐的洁白牙齿。格诺韦法对他赞赏不已。帕韦乌给她带来了小礼品。她面带红晕将花插进花瓶里。糖盒的玻璃纸沙沙响。

“女人是多么幼稚。”米哈乌心想。

他有这样一种感觉，他的米霞似乎已成为帕韦乌·博斯基雄心勃勃的生活计划的一小部分。帕韦乌追求米霞是有所图的。由于米霞是他唯一的女儿，实际上是独生女，因为伊齐多尔可以忽略不计。由于米霞将有一份漂亮的妆奁，由于她是出自比较富有的家庭，由于她是那样与众不同，那样优雅大方，穿着讲究，待人和蔼可亲。

有时当着妻子和女儿的面，米哈乌似乎是不经意地顺便提起老博斯基，说他一生讲过的话不超过一百句，或者两百句，说他把自己全部时间都花在地主府邸的屋顶上，提起帕韦乌的姐妹时，总是说那是些不称心的丑姑娘。

“老博斯基是个老实人。”格诺韦法说。

“那又怎样，他不能为自己子女的长相承担责任。”米霞补充道，同时意味深长地望着伊齐多尔，“其实谁家里都难免会有个这样的人。”

礼拜天下午，米哈乌经常假装读报，那时他的女儿总是打扮得花枝招展，跟帕韦乌一起去跳舞。她总要花上个把钟头的时间对镜梳妆，修饰自己。他看到她如何用母亲的黑铅笔描眉毛，如何偷偷细心地往嘴上抹口红。他看到女儿如何站在镜子前面，仔细检查乳罩的效果，如何往耳朵后边喷洒自己平生第一次拥有的紫罗兰香水——那还是她十七岁生日的时候求得的礼物。格诺韦法和伊齐多尔在窗口目送她，眼巴巴地望着她远去的背影。做父亲的他却一声不吭。

“帕韦乌向我提起过婚嫁。他说，他现在就想求婚……”在某个这样的礼拜天，格诺韦法说。

米哈乌甚至不想听完她的话。

“不行。她还年轻。我们送她去凯尔采，把她送进比塔舒夫更好的学校。”

“她压根儿就不想读书。她想出嫁。难道你没看到吗？”

米哈乌把头摇得像拨浪鼓。

“不行，不行，不行。为时还太早。她干吗要什么男人和孩子，让她好好地享受生活……他们将来住在哪里？帕韦乌将来在哪里工作？要知道，他也在上学。不行，还得等一等。”

“等什么？莫非要等到生米煮成熟饭，迫不得已才匆匆忙忙举行婚礼？”

那时米哈乌想到了房子。他想给女儿找块好地，盖幢又大又舒适的房子。要在房子周围种上果树，房子要有地窖和花园。他想建一幢这样的房子，以便米霞无须嫁出家门，以便他们所有的人都能住在一起。屋子里会有许多房间足够给大家住，房间的窗户将朝向世界的四个方向。房屋将建在砂岩的基础上，墙壁要用真正的砖砌，外层还要用最好的木板保暖。房屋将有底层和楼层，有阁楼和地下室，有镶玻璃的门廊，有给米霞的凉台，让她在圣体圣血节时能从凉台上观看沿着田野行进的圣像巡行。在这样的房屋里，米霞将来就能儿女成群。屋子里还要有仆人住的下房，因为米霞应该有丫鬟、仆妇。

第二天，他早早就吃过午饭，围着太古村走了一圈寻找盖房的地点。他想到了小山丘，想到了白河岸边的草地。一路上他都在计算，盖一幢这样的房屋至少得花上三年的时间，那么米霞的婚期也能推迟三年。

弗洛伦滕卡的时间

在苦难的礼拜六[①]，弗洛伦滕卡带着自己狗群中的一条狗走进了教堂，为的是给食物洒圣水。她将一玻璃罐牛奶放进篮子里，那是养活她和她的狗群的食物，因为她家里只有牛奶可用于充饥。她用新鲜的萝卜叶子和长春花盖住玻璃罐。

在耶什科特莱，装祝圣食物的小篮子都摆放在耶什科特莱圣母的侧祭坛上。妇女应操持这件事，从准备食物到祈福消灾，全由女性包办。上帝——是个男人——脑子里装的是更重要的事：战争、灾变、征服、远征……妇女则料理食物。

因此人们把小篮子拎到耶什科特莱圣母的侧祭坛，然后坐到祈祷席上，等待神父拿着洒水刷子进来。每个人都坐得离另一个人远远的，沉默不语，因为在苦难的礼拜六，教堂是幽暗的、寂静的，宛如岩穴，宛如混凝土的防空洞。

弗洛伦滕卡带着自己的狗走到侧祭坛，狗的名字叫山羊。她把自己的小篮子放在别的小篮子中间。在别的小篮子里放的是香肠、糕点、奶油拌的萝卜、五颜六色的彩蛋、烤得很漂亮的白面包。啊，弗洛伦滕卡饿得多么厉害，她的狗饿得

① 苦难的礼拜六，指复活节前的礼拜六。

多么难耐！

弗洛伦滕卡望着耶什科特莱圣母的画像，看到她光洁的脸上露着微笑。“山羊”闻了闻不知是谁家的小篮子，从篮子里叼出了一段香肠。

“你就这么悬挂在这儿，善良的圣母，你笑着，而狗吃掉了你的供品。”弗洛伦滕卡悄声说，“有时人难以理解狗。你，善良的圣母，你肯定对动物和人都同样理解。可以肯定，你甚至也了解月亮的思想……”

弗洛伦滕卡叹了口气。

“我去向你的夫君祈祷，而你得给我照看好狗。”

她把狗拴在了圣像前边的小栏杆上，就拴在许多篮子中间，篮子上都盖有线织的花巾。

“我马上就回来。”

她在第一排给自己找了个座位，置身于耶什科特莱的那些华装艳服的妇女中间，她们不引人注目地挪了挪身子，使自己离她远点儿，彼此还心照不宣地交换了眼色。

这时，教堂的执事来到了耶什科特莱圣母的侧祭坛跟前，他的责任是维持教堂里的秩序。他先是注意到有某种动静，但他的眼睛久久没能把目光集中到所看到的东西上。后来他终于弄明白，这就是那条片刻之前叼着祝圣的食物在过道里跑来跑去的可恶的癞皮狗！他一下子气得打了个趔趄，热血涌上了他的脸颊。他为这种亵渎神圣的恶行所震撼，一个箭步扑上前去，想赶走那目空一切、不知羞耻的畜生。他抓住了拴狗的绳索，用气得哆嗦的手去解开绳结。那时，从圣像画上传出了一个女性的声音对他说：

“别动这条狗！我受太古来的弗洛伦滕卡所托照看它。”

房屋的时间

挖出的地基是个端端正正的正方形。它的四条边对应于世界的四个方向。

米哈乌、帕韦乌·博斯基和工人们首先是用石头砌墙——这是墙基——然后改用原木垒砌。

他们给地下室盖上了拱顶之后，说起这个地方时，便开始使用“房屋”这个词，然而直到盖好了屋顶，插上了一束青草以示庆祝，那时才能算是完成了房屋的建筑。因为只有当房屋的墙壁封住了一块空间时，它才成为名副其实的房屋。那块封闭的空间是房屋的灵魂。

他们花了两年的时间盖好房屋。一九三六年夏天，他们将一束青草插上了屋顶。他们还在屋前照了张相。

房屋有好几个地下室。其中的一个有两扇窗户，它将用作地下活动室，同时也作夏天的厨房用。第二个地下室只有一扇窗户，他们将它用作储藏室、洗衣间和存放马铃薯的地方。在第三个地下室没有窗户——这里将用作藏身之处，以备万一有什么急需。米哈乌又吩咐在这第三个地下室下边再挖一个，即第四个地下室——地窖，这个地窖又小又冷——用于储存冰，还用于存放别的林林总总的东西。

房屋的底层很高，建在石头基础上，人们踏着台阶进入这底层，台阶上搭着木头的柱形栏杆。有两个入口。一个入口从门前的道路经过门廊，直接进入一个宽敞的门厅，从门厅里可以进入各个房间。第二个入口经过走廊进入厨房。厨房有个大窗户，在门对面的墙下方立着炉灶，炉灶贴了米霞在塔舒夫选购的蓝色瓷砖。炉灶装了黄铜包角，炉灶上方带有许多挂钩。厨房有三个门：第一个门通向最大的房间，第二个门通往到地下室的楼梯，第三个门通向一个小房间。底层由一圈大大小小的房间构成。如果敞开所有的门，可以来回兜圈子。

从门厅有通往二楼的楼梯，二楼有四个房间尚待完工。

二楼上面还有一层，那便是阁楼。沿着狭窄的木楼梯可以上去。阁楼使小伊齐多尔着迷，因为那儿有四个窗户朝向世界的四方。

房屋从外边钉有一些排成鱼鳞形状的木板。这是老博斯基的构思。屋顶也是老博斯基安上的，跟地主府邸的屋顶同样漂亮。屋前生长着一棵丁香树，它在房子没盖之前就在那里。现在它从窗玻璃里映照了出来。丁香树下安放了一张有靠背的小长凳。太古的人们经常站在丁香树下，对新落成的房屋赞叹不已。周围一带还没有一个人盖过如此漂亮的房子。地主波皮耶尔斯基也骑马来了，他亲热地拍着帕韦乌·博斯基的后背。帕韦乌邀请他参加婚礼。

礼拜天米哈乌驱车去请教区神父，让他来给房屋洒圣水、祝圣、消灾祈福。神父站立在门廊处，赞赏地环顾四周。

“你给女儿盖了栋漂亮房子。”他说。

米哈乌耸了耸肩膀。

最后开始往房子里搬家具。其中多数都是老博斯基亲手打造出来的，不过也有些家具是用大车从凯尔采运来的。比方说大立钟、房间的餐具柜，和带有雕花桌腿的橡木圆桌。

米霞看到房屋周围的环境，眼神变得忧郁起来。平坦的、灰蒙蒙的土地盖满了干枯的牧草，这样的草通常都是生长在休耕地上的。因此米哈乌给米霞购买了许多树种。他只花了一天的时间便在房屋四周栽种了那些树木，有朝一日那儿就会变成一座果园。所栽的树木有苹果树、梨树、李子树和意大利核桃树。在这果园的正中心，他栽种了两棵一模一样的苹果树，这种树结的果实曾经诱惑过夏娃。

帕普加娃的时间

母亲去世后，斯塔霞独自跟父亲生活在一起，她的两个妹妹均已出嫁，而帕韦乌则跟米霞结了婚。

跟老博斯基一起过日子是很艰难的。他总是对什么都不满意，而且脾气暴躁。每回她午饭送得晚了一点，他便总是用什么重物狠狠地揍她。那时斯塔霞便走进黑醋栗丛中，蹲在灌木林里哭泣。她竭力使自己的哭声轻而又轻，以免惹父亲更加生气。

自打博斯基从儿子口中得到有关米哈乌·涅别斯基买了土地准备给女儿建房子的消息后，他便再也睡不着觉。过了几天，他搜出了自己的所有积蓄，也购买了一块地，紧挨着米哈乌买的宅基地。

他决定在那里给斯塔霞盖栋房子。他坐在地主府邸的屋顶上，对这件事思考了许久。“为什么米哈乌·涅别斯基能给女儿盖房子，而我，博斯基，就不能？”他反复思量，“为什么我就不能盖栋房子？”

于是，博斯基也开始盖房子。

他用一根棍子在地上划了直角四边形，第二天就动手挖地基。地主波皮耶尔斯基给他放了假。这是他博斯基平生第一个假期。后来博斯基从附近的地方，背来大大小小的石头，背来一些白色的石灰岩，他把这些石头平平整整地铺在挖好的坑里。这工作持续了一个月。帕韦乌来到博斯基身边，抱怨那挖好的坑。

“爸爸在干些什么呀？爸爸想到哪里去搞钱？请爸爸千万别丢人现眼，成为大家取笑的对象。请爸爸千万别在我的鼻子底下盖什么鸡埘。”

“你这么快就已经给弄昏了头？我这是在给你姐姐盖栋房子。”

帕韦乌知道，已没有任何一种办法能够说服父亲了，最后他只好用大车给他送来一车木板。

现在两栋房子几乎是在同时成长。一栋大而整齐，线条流畅，房间宽敞，大窗户；另一栋小而低矮，比地面高不了多少，弯腰驼背，小窗户。一栋房子立在开阔的空间，背景是森林与河流；另一栋房子挤在官道和沃拉路之间的楔形地带，隐藏在黑醋栗和野丁香丛中。

当博斯基忙于盖房子的时候，斯塔霞的日子比往常要过得平静得多。正午之前她必须喂完家畜、家禽，然后就是做午饭。先是走到田间，从沙质的土地里挖出马铃薯。她常幻想，说不定会在灌木丛里找到用破布包着的珠宝，或者是一只装满美元的罐头盒子。她在削那些丁点儿大的马铃薯时，又想象自己是个巫医，而那些马铃薯都是来找她看病的病人，她给他们驱病消灾，消除他们身上所有的污物。然后她把削好的马铃薯放进开水里，并且想象自己是在熬某种美容神汤，一旦她喝下这种有神效的饮料，她的生活就会一下子全变个样子：在官道上会有什么医生或是从凯尔采来的律师看到了她，送给她好多好多的礼物，会有人像爱上一位公爵小姐那样爱上她。

所以一顿午饭，她做了那么长的时间。

想象归根结底是一种创造，是连接物质和精神的桥梁。尤其是在一个人经常紧张地想入非非的时候，那时想象往往会变成一滴物质，融入生命之流。有时，想象里会发生点什么扭曲和变化。人的所有欲望，如果够强烈，那么便往往都能实现。然而所实现的结果，并非总是人们所预期的那样。

有一次，斯塔霞在屋前泼脏水，看到一个陌生的男人，跟她幻想中的情景可以说是一模一样。那人来到她跟前，向她打听去凯尔采的路怎么走，她告诉了他。几个钟头过后，那人回来了，又遇上斯塔霞。这一次她肩上扛着扁担，他帮她扛，两人交谈了许久。诚然，他既不是律师，也不是医生，而是个邮政工人，他的工作是安装一条从凯尔采至塔舒夫的电话线。斯塔霞觉得这个人快活而自信。他跟她相约礼拜三去散步，礼拜六去跳舞。令人感到奇怪的是，这个人让老博斯基喜欢。这位天外来客名叫帕普加。

从这一天起，斯塔霞的生活开始沿着另一条轨道运行。斯塔霞容光焕发，神采奕奕，像朵盛开的鲜花。她常去耶什科特莱，到申贝尔特夫妇的商店采购，而所有的人都看到，帕普加如何用敞篷四轮马车载着她出门。一九三七年的秋天，斯塔霞怀孕了，圣诞节时他们举行了婚礼。她变成了帕普加娃。他们在刚落成的小屋唯一的房间里举行了简朴的婚宴。第二天，老博斯基在房间里横向隔了堵木墙，这样就把屋子分成了两半。

夏天，斯塔霞生了个儿子。电话线已拉到远离太古边界的地方。帕普加只有礼拜天才在家里露面，他显得疲累、挑剔、求全责备。妻子的温情令他恼怒，动辄发脾气，说他回到家得等这么久才能吃上午饭。后来他只是隔一个礼拜才回家一次，而在万圣节的时候，他压根就没有回来。他说，他必须去祭扫双亲的坟墓，而斯塔霞对他的托词还信以为真。

她做好了圣诞节的晚餐等他回来，她看到窗玻璃里映照出自己的身影，黑夜把窗玻璃变成了一面明镜。她终于明白，帕普加是一去永不回返了。

米霞的守护天使的时间

米霞生第一个孩子的时候，天使让她看到了耶路撒冷。

米霞躺在卧室的床上，躺在洁白的被褥里，卧室里弥漫着地板洗刷过的气味，织满百合花的凸纹布窗帘把她与太阳分隔开。房间里有从耶什科特莱请来的医生、护士、格诺韦法和帕韦乌——他正在给所有的医疗器械消毒，还有天使，一位谁也看不见的天使。

米霞头脑里乱成一团，神志模糊。她疲惫不堪。疼痛一阵阵地突然袭来，她对此毫无办法应付。她常常陷入睡眠、半睡眠、醒着做梦的状态。她觉得自己小得就像一粒咖啡豆，正落入一个其大无比、宛如地主府邸般的磨子漏斗里。她滚进了黑暗的深渊，掉到正在转动的磨齿上。疼痛。她的身子在变成粉末。

天使看到了米霞的思想，同情她肉体经受的痛苦，虽说他不太明白疼痛究竟是怎么回事。于是在短暂的时间里，他把米霞的灵魂带到了一个完全是另一种景象的处所。他让她看到了耶路撒冷。

米霞看到了辽阔的、浅黄色的沙漠地带，它波浪起伏，似乎处在一种运动状态。在这沙海里，在平缓的低洼地方，躺着一座城市。城市是圆形的。有高墙环绕着它，墙上开了四座大门。第一座是牛奶大门，第二座是蜂蜜大门，第三座是葡萄酒大门，第四座是橄榄油大门。每座大门都有一条路通向城市的中心。第一条路用来赶牛，第二条路用来运狮子，第三条路用来输送鹰，第四条路用来让人行走。米霞来到市中心。石块铺砌的小市场上立着救世主的房屋。她站立在房屋的门前。

有人从里面把门敲得砰砰响，米霞吃惊地问道：

“谁在那儿？”

“是我。”有个声音回答。

“请你出来！”米霞说。那时，主耶稣走出了屋子，来到她跟前并把她搂在了怀中。米霞闻到主耶稣身上穿的亚麻布衣服的气味。她依偎在亚麻布衬衫上，感受到自己受到温馨的爱抚。主耶稣爱她和整个世界。

但是米霞的守护天使，一直目不转睛地注视着这一切的守护天使，这时从主耶稣的怀里拉走了米霞的灵魂，将它抛向了正在生产的肉体。米霞深深地叹了口气，生了个儿子。

麦穗儿的时间

秋天第一轮满月升起的时候，麦穗儿常去挖药草根——肥皂草、聚合草、芫荽、菊苣和蜀葵。这些药草有许多都生长在太古的池塘上边。麦穗儿牵着女儿，母女俩在幽静的月夜穿过森林和村庄。

有一次，她们经过金龟子小山的时候，看到一群狗围着个弯腰驼背的妇人的身影。银色的月光把她们所有在场的人和狗的头顶都照得发亮。

麦穗儿牵着鲁塔朝那妇人所在的方向走去。她们走到老妇人的跟前。狗不安地狺狺叫着。

“弗洛伦滕卡。”麦穗儿悄声叫道。

老妇朝她们母女转过脸来。她有一双憔悴的、褪了色的眼睛，那眼睛仿佛漂洗过似的。她的脸孔酷似一只干苹果。在她骨瘦如柴的背脊上搭着一条细细的白色小发辫。

母女俩挨着老妇人坐在地上。她俩像老妇人一样，仰望着月亮那张大大的、圆圆的、自鸣得意的嘴脸。

“就是这个月亮夺走了我的孩子，诱骗了我的男人，现在又把我弄得神经错乱。”弗洛伦滕卡抱怨说。

麦穗儿深深地叹了口气，仰望着月亮的脸。

一条狗突然吠叫起来。

“我做了个梦。”麦穗儿应声说，“梦见月亮敲我的窗户，并且对我说：‘你没有母亲，麦穗儿，而你的女儿没有外婆，是不是？’‘是的。’我回答。月亮又说：‘村子里有个善良、孤独的妇女，我曾欺负过她，现在我甚至不知为什么要欺负她。她既没有孩子也没有孙子。你到她那儿去，告诉她，请她原谅我。我老了，脑子也不听使唤了。’它这么说。后来它又补充说：‘你可以在小山上找到她。因为每个月，当我向世人展露我整个形象的时候，她都在那儿诅咒我。’于是我问它：‘为什么你希望她原谅你？得到某个人的谅解对你有什么意义呢？’而它对此回答说：‘因为人的痛苦会在我的脸上刻出黑色的皱纹。有朝一日，我会由于人的痛苦而熄灭。’它是这么对我说的，于是我就到这儿来了。”

弗洛伦滕卡向麦穗儿的眼睛投去犀利的一瞥。

“这是真的？”

“真的。千真万确。”

“它希望我原谅它？”

“不错。”

“月亮想让你当我的女儿，而她，当我的外孙女？”

“它是这么对我说的。”

弗洛伦滕卡抬起脸朝向天空，她那双憔悴的眼睛里有点什么东西在闪光。

“姥姥，这条大狗叫什么名字？”小鲁塔问。

弗洛伦滕卡眨了眨眼睛。

“山羊。”

“山羊？”

“不错。你摸摸它。”

鲁塔小心翼翼地伸出一只手，把手放在狗的头上。

“这是我的一位远亲。它非常聪明。”弗洛伦滕卡说，麦穗儿看到了两行泪水顺着她那皱巴巴的脸颊流淌。

“月亮只是太阳的假面具。每当太阳夜里出来照看世界的时候，就戴上假面具。月亮的记性不好，一个月前发生的事它都不记得。它脑子里总是乱成一团糟。你就宽恕它吧，弗洛伦滕卡！”

弗洛伦滕卡深深地叹了一口气。

“我宽恕它。不论是它还是我，我们俩都老了，我们还有什么好吵的？”她低声说，“我原谅你，你这个老蠢货！”她接着又冲天空叫嚷说。

麦穗儿笑了，笑得越来越响亮，以致从睡梦中惊醒的狗纷纷跳了起来。弗洛伦滕卡也笑了起来。她站起身，张开双手伸向天空。

“我宽恕你，月亮！我宽恕你对我所做的一切坏事！”她扯起有力的、刺耳的嗓门叫喊说。

蓦地，无缘无故从黑河上刮来一阵清风，吹散了老妇人的一缕白发。山下的房屋中有栋房子亮起了灯，有个男人的声音喊叫道：

“安静点儿，女人！我们想睡觉！”

“你们睡吧，叫你们睡到死！”麦穗儿背着身子，吼叫着回敬他，“人干吗要出生，就是为了现在睡觉？”

鲁塔的时间

“你可别到村子里去，因为你会给自己惹来麻烦。”麦穗儿对女儿说，“有时我想，他们那里大家都喝醉了，所有的人都是无精打采，慢腾腾的。只有发生了什么坏事才会使他们活跃起来。”

但是太古村吸引着鲁塔。那儿有磨坊，有磨坊主人和磨坊主太太，有贫穷的长工，有拿大钳子拔牙的海鲁宾。孩子们在那儿跑来跑去，个个跟她一般大。至少看上去是如此。那儿有带绿色护窗板的房屋，篱笆上晒着白色的内衣和被单、枕套一类的床上用品，那是鲁塔的世界里最洁白的东西。

每当她跟母亲一道走过村子的时候，鲁塔总是感觉到所有的人都在瞧着她俩。女人们手搭凉棚遮住眼睛挡着阳光，而男人们则是偷偷地吐唾沫。母亲对这种举动毫不在意，但鲁塔却害怕那种眼神。她走路竭力靠近母亲，紧紧抓住她那只大手。

夏天，傍晚时分，当那些坏人都待在自己家中，忙着自己的各种事务时，鲁塔总喜欢走近村庄，望着那些灰色的房舍和烟囱里冒出的白烟。后来，当她稍微长大点儿之后，勇气也大了，敢悄悄走到窗户下边朝屋子里张望。塞拉芬夫妇家中总是有小不点的孩子在木地板上爬。鲁塔常常花上几个钟头观察他们，看他们如何遇上一块木头便停住，伸出舌头去舔；看他们如何把木头放在胖乎乎的小爪子上转来转去；看他们如何把各种各样的物件塞进嘴里，去吸，去啃，仿佛那是糖果似的。他们有时钻到桌子下边，惊讶地久久凝视桌子下头的天空。

最后人们把自己的孩子们都弄去睡觉了，那时鲁塔便观察他们积攒起来的东西，各种器皿、瓦罐、砂锅、餐具、窗帘、圣像画、钟表、绣花台布、挂毯、花盆里的花、镶在框子里的照片、铺在桌子上的花漆布、铺在床上的床罩、小篮子以及诸如此类的零杂物品，所有这些东西给人造成的印象就是，各家各户都各有其特点，各不相同。她认识村子里所有的物品，她知道这些物品属于谁。弗洛伦滕卡只有网状的白窗帘，马拉克夫妇家里有一套镀镍餐具。年轻的海鲁宾太太用钩针钩出漂亮的枕头。塞拉芬夫妇家里挂着耶稣在船上布道情景的画像。只有博斯基夫妇家里才有印着玫瑰花的绿色床罩，而后来，当他们建在森林边上的新房子即将落成的时候，他们又开始往屋子里运送真正的宝物。

鲁塔喜欢这栋房子。它是全村最大、最漂亮的房屋。它有带避雷针的陡峭的屋顶，屋顶上有窗户。它有真正的凉台和玻璃门廊，还有第二个厨房的入口。鲁塔在大丁香树上给自己安了个坐垫，傍晚时分她从那里观察博斯基的家。她看到在最大的房间里铺上了柔软的新地毯，神奇的地毯犹如秋天森林的林下灌木丛。当有人往屋子里搬运一座大立钟的时候，她正坐在丁香树上，看到立钟的心左右摆动，同时指出了时间。立钟既然自己会动，想必是个有生命的活物。她看到小男孩——也就是米霞的头生子——的玩具，而后来她又看到为下一个孩子而买的摇篮。

等她认识了博斯基夫妇新家的每一样东西，每件最细小的物品之后，她这才注意到一个跟她同龄的小男孩。丁香树太矮，她没法儿看到小男孩在阁楼上的房间里做什么。她知道，那个小男孩名叫伊齐多尔，知道他跟别的孩子不一样。她不知道这不一样是好还是坏。伊齐多尔有个大脑袋，有张合不拢的嘴巴，口水从嘴里不断流到下巴。他是个高个子，瘦得就像池塘里的芦苇。

一天傍晚，伊齐多尔抓住了坐在丁香树上的鲁塔的一只脚。她从他的手中挣脱出来，逃之夭夭。但过了几天她又来了，而他正在等待她。她替他在树枝间弄了个座位，挨着她自己。他俩整个傍晚一直坐在树上，彼此没有说一句话。伊齐多尔望着他的新家怎样生活。他看到人们嚅动着嘴巴，但听不见他们说些什么。他看到他们从一个房间到另一个房间，到厨房，到储藏室，杂乱无章地走动着。他看到安泰克无声地哭泣。

鲁塔和伊齐多尔都很喜欢一道默默无言地坐在树上。

他俩现在天天见面。他们从人们的眼前消失了。他俩钻过栅栏上的洞来到马拉克的田地上，沿着沃拉路朝森林的方向走去。鲁塔常摘路边的植物：角豆树籽、灰菜、滨藜、羊蹄草。她把摘下的植物送到伊齐多尔的鼻子底下，让他闻。

“这个可以吃。这个也可以吃。这个同样可以吃。”

他们从黑河路瞧见绿色谷地的正中心有道闪光的裂缝。于是他们绕过一片幽暗的、弥漫着蘑菇香味、长满松乳菇的小树林走进了森林。

“我们别走得太远。”伊齐多尔开头还表示抗议，可后来便完全信赖鲁塔了。

森林里到处是暖融融、软绵绵的，就像在铺了丝绒的小盒子里一样，米哈乌的奖章就装在这样的一只小盒子里。随便往哪儿一躺，那儿铺了松针的森林地面便会微微弯曲，形成与身体配合默契的理想的凹槽。上面是高高悬在松树梢上的蓝天。到处弥漫着香气。

鲁塔有许多好主意。他们玩捉迷藏，玩假装树木，玩老鹰捉小鸡，用小木棍儿搭出各种造型，有的小得像手掌，有时搭出大的造型，占了一大块儿森林。夏天，他们会找到整片长满鸡油菌的黄艳艳的林中草地，观察稳重的蘑菇家族。

鲁塔爱蘑菇胜过爱植物和动物。她说，真正的蘑菇王国是藏在地下的，那里永远照不进阳光。她说，冒出地面的只是那些被判了死刑的、或是受罚给逐出王国的蘑菇。在这里，它们或死于阳光，或死于人的手，或遭动物践踏。真正的地下蘑菇王国是不死的。

秋天，鲁塔的眼睛变成黄色，像鸟的眼睛一样敏锐。鲁塔搜寻、采摘蘑菇。她说话比平常更少。伊齐多尔觉得她似乎不在自己身旁。鲁塔知道在什么地方会有蘑菇的菌丝体冒出地面，而在哪里它会对世界伸出自己的触毛。每当她一找到白蘑或哥萨克蘑，她总要躺在地上挨着这种蘑菇观察良久，然后才把它采下来。不过鲁塔最喜欢的还是蛤蟆菌。她知道这种菌类喜欢生长的所有林中草地。官道另一边的小块白桦林里，蛤蟆菌最多。这一年，整个太古的人们特别清晰地感受到上帝的存在，那时在七月初，蛤蟆菌便出现了，桦树林的林中草地长满了红色的小帽子。鲁塔在蘑菇中间蹦来跳去，但她很小心，不糟践那些红小帽。然后她躺在蘑菇中间，从它们的红衣衫下面观察世界。

“注意，它们有毒。”伊齐多尔警告说，可鲁塔却笑了起来。

她向伊齐多尔展示各种各样的蛤蟆菌，不仅仅是红色的，还有白色的，略呈绿色的，或者是那种伪装成别的蘑菇的，比方说，伪装成伞菌的蛤蟆菌。

“我妈妈常吃它们。”

“你撒谎，蛤蟆菌是能毒死人的。”伊齐多尔生气地说。

“可它们对我妈妈无害。将来有朝一日我也能吃它们。”

“好吧，好吧。注意那些白色的。它们最毒。”

鲁塔的勇敢令伊齐多尔敬佩。然而观察蘑菇对于他来说远远不够。他想更了解蘑菇，掌握有关蘑菇的知识。他在米霞的烹饪书中发现了整整一章都是讲各种蘑菇的。在某一页上画有各种食用蘑菇，而在另一页上，则画有各种非食用蘑菇和毒蘑菇的图像。下次见面的时候，他把书藏在毛衣下边带进了森林，把书里的图画指给鲁塔看。她却不相信。

“你读吧，这儿写的是什么？”她用手指头指着蛤蟆菌下的文字说。

“Amanita muscaria[①]。红色蛤蟆菌。”

“你怎么知道这里写的就是它？”

“我会认字母。”

“这是什么字母？”

“A。”

“A？再没别的？只是A？”

“这是em。”[②]

“em。”

“而这像半个m的是n。”

“你教我读书吧，伊杰克[③]。”

于是，伊齐多尔教鲁塔读书认字。首先是用米霞的烹饪书教，后来他又把一本旧年历带进森林。鲁塔学得很快，可是也同样快地厌倦了。到了秋天，伊齐多尔几乎把自己的全部学问都教给了鲁塔。

有一回，他在长满松乳蘑的小树林里等候鲁塔。他翻阅着那本旧年历，一道大大的阴影落到白色的书页上。伊齐多尔抬头一看，不禁大吃一惊。鲁塔身后站着她的母亲。她赤着一双脚，又高又大。

“你不要怕我。我对你十分了解。”她说。

伊齐多尔没有吭声。

---

① 拉丁语，意为：红色蛤蟆菌。

② em是波兰语中字母m的读音。

③ 伊杰克是伊齐多尔的昵称。

“你是个聪明的小伙子。”她在他身边跪了下来，摸着他的脑袋说，“你有颗善良的心。你在自己的人生旅途上会走得很远。”

她用一个坚定的动作将他拉进自己的怀中，搂抱着他。伊齐多尔受到麻木或恐惧的致命的一击，停止了思考，仿佛睡着了似的。

后来，鲁塔的母亲离开了他俩，鲁塔用一根小木棍在地上刨土。

“她喜欢你。她老在打听有关你的事。”

“打听我？”

“你甚至不知道她有多大的力气。她能举起大石头。”

“任何娘儿们都不可能比男人更有力气。”伊齐多尔的神志已然清醒过来。

“她知道所有的秘密。”

“假若她真如你所说的那样，你们娘儿俩就不会住在倒塌了的森林破屋里，而是住在耶什科特莱的市场旁边。你们就会足蹬皮鞋，身穿连衣裙，会有帽子和戒指戴。她就会真正是个了不起的人物。”

鲁塔低下了头。

“我给你看点儿什么，虽说这是秘密。”

他们一道走到韦德马奇后边，绕过一片幼阔叶林，现在就走在一片桦树林中。伊齐多尔先前从未到过这里。他们离家定是很远很远了。

鲁塔突然站住了。

“就是这里。”

伊齐多尔惊诧地环顾四周，围绕他们生长的全是桦树。风把它们轻柔的树叶吹得沙沙响。

“这里是太古的边界。”鲁塔说，同时向前伸出一只手。

伊齐多尔不明白她说的是什么。

“太古就在这儿结束，再远就已是什么也没有了。”

“怎么会什么也没有？不是有沃拉、塔舒夫、凯尔采吗？它们又是什么？这里应该有条路通向凯尔采。”

“凯尔采并不存在，而沃拉和塔舒夫都属于太古。一切都在这儿结束。”

伊齐多尔笑了起来，他踩着鞋后跟转了个身。

“你都在瞎说些什么？要知道有些人是经常去凯尔采的。我父亲就经常去凯尔采。他们从凯尔采给米霞运来了家具。帕韦乌在凯尔采待过。我父亲在俄罗斯待过。”

“那只不过是他们大家的错觉而已。他们出门旅行，走到边界，到了这里就僵住不动了。他们大概是在做梦，梦见自己仍在继续往前走，梦见有个凯尔采和俄罗斯。我母亲曾经指给我看过那些硬得像石头似的人。他们立在通往凯尔采的路上。他们一动不动，眼睛瞪得溜圆，模样儿非常可怕。他们好像是死了一般，过了一段时间，他们苏醒过来，便回家去，他们把自己的梦当成了回忆。一切就是这个样子。”

“现在我给你看点儿什么！”伊齐多尔叫嚷说。

他后退了几步，接着便朝鲁塔说的边界的地方奔跑。后来他突然站住了。他自己也不知道为什么站住。这里有点不对劲。他向前伸出了双手，所有的手指头都消失不见了。

伊齐多尔觉得，他似乎从内里分裂成了两个不同的男孩子，其中一个向前伸出双手站立着，这个男孩明白无误地看到自己缺了手指头。另一个男孩站在旁边，既没有看到第一个男孩，更没有看到缺少手指头。伊齐多尔同时成了两个男孩。

“伊齐多尔，”鲁塔说，“我们回去吧。”

他一下子清醒了过来，把手插进了衣兜里。他的双重性渐渐消失。他俩往回走。

“这边界在塔舒夫、沃拉和科图舒夫的城关卡外就开始了。但没有一个人能准确地知道究竟是从哪儿开始。这边界会生出现成的人，而我们便觉得他们是从什么地方来的。最让我感到可怕的是，不能从那里走出去。人就像待在罐子里似的。”

伊齐多尔一路没吭声。直到他们走上了官道，他才开口说道：

“可以打个背包，带上吃食，沿着边界走，研究研究这条边界。说不定什么地方会有个洞。”

鲁塔跳过蚂蚁窝，转向了森林。

“别担心，伊杰克，别的世界对我们有什么意义，我们干吗要去研究它们？”

伊齐多尔看到她的小裙子如何在树木之间闪烁，然后小姑娘便消失不见了。

上帝的时间

奇怪的是，超时间的上帝经常出现在时间以及时间的各种变化上。如果不知道上帝“在哪里”——人们有时会提出这样的问题——就得看看所有的会变会动的东西，所有无定形的，所有起伏不定和易消逝的，例如看看海面的涨落、日冕的飘悠、地震的颤动、大陆的漂移、雪和冰川的融化，看看流向大海的江河，看看种子的发芽，看看刻蚀群山的风，看看母腹中胎儿的生长，看看眼睛周边的皱纹，看看坟墓中尸体的腐烂，看看葡萄酒的酿熟，看看雨后冒出的蘑菇。

上帝就在每个变化过程中。上帝就在各种变化过程中搏动。有时上帝现身的次数多一点，有时少一点，而有时则干脆不出现。因为上帝甚至经常出现在没有上帝的地方。

人们——他们本身就是一个过程——害怕不稳定的东西，害怕总在发生变化的东西，所以他们妄想某种根本不存在的东西：不变性。他们认定只有永恒的、不变的东西才是完美的。于是他们把这种不变性强加于上帝。这样一来，他们也就失去了理解上帝的能力。

一九三九年夏天，周围的一切事物里都有上帝存在，于是便发生了各种离奇的、罕见的怪事。

起初，上帝创造了一切可能的事物，但他本身又同时是那些根本就不可能发生，或者很少发生的事物的上帝。

上帝出现在跟李子一般大小的浆果里，它们生长在麦穗儿的屋前，在太阳里成熟。麦穗儿摘下了一个最熟的浆果，用头巾擦了擦它那藏青色的果皮，在它的反光里，她看到了另一个世界。在这个世界里，天空是幽暗的，几乎是黑乎乎的，太阳又朦胧又遥远，森林看起来就像插在地上的一排排光秃秃的枯枝，而土地，则像喝醉了酒似的摇摇晃晃，到处都是洞，痛苦不堪。人们从地上滑进了黑暗的深渊。麦穗儿吃下了这枚不祥的浆果，舌头上感觉到了它那苦涩的味道。她明白了，她必须准备好过冬的生活用品，需要储备比先前任何时候都要多得多的用品食物。

现在每天早上，天刚破晓，麦穗儿就把鲁塔从床上拉了起来，母女俩一起走进森林，从森林里带出所有有价值的东西——一篮篮蘑菇、一箱箱草莓和浆果、鲜嫩的榛子、伏牛花、稠李、牛肝菌、山茱萸、干果仁、山楂和沙棘。她们整天整天将这些收获物放在太阳里晒，放在阴处晾。她们怀着惴惴不安的心观望，看太阳是否跟先前一样普照大地。

上帝还使麦穗儿在肉体上不得安生。他出现在她的乳房。麦穗儿的两个大奶突然神奇地涨满了奶水。当人们打听到这件事后，纷纷偷偷来到麦穗儿的家中，把身体的有病部位伸到麦穗儿的奶头下，而她则朝那些部位喷射一股股白色的乳汁。奶水治好了小克拉斯内的眼睛发炎，治好了弗兰内克·塞拉芬手掌上的赘疣，治好了弗洛伦滕卡的脓疱疮，治好了耶什科特莱一个犹太孩子的苔癣。

所有经她治好了的人都在战时死去了。上帝就是这样呈现自己的。

地主波皮耶尔斯基的时间

上帝透过游戏向地主波皮耶尔斯基显现自己。那一盒迷宫游戏是一位矮小的拉比送给他的。地主曾多次尝试过开始玩这套游戏，但他很难弄懂所有稀奇古怪的要求。他从盒子里拿出小小的说明书，读上面的使用说明，一直读到几乎能背诵出来。要能开始游戏，必须掷出色子上面的一点，可是地主每次掷出来的都是八点。这跟概率的所有原则都是矛盾的，于是地主就想，他被骗了。奇怪的八边形的色子可能有诈。但他想老老实实地玩游戏，就不得不再等一天——游戏的规则就是如此——才重新掷色子。第二天，他仍旧没有成功。就这样持续了整个春天。地主的乐趣变成了焦躁。一九三九年不平静的夏天，那个固执的一点终于出现了，地主波皮耶尔斯基舒了口长气。游戏可以往下进行了。

现在他需要很多闲暇的时间和平静。游戏很有吸引力，但同时也是很耗时的。它要求做游戏的人甚至在不玩的时候也得整天都集中精力。晚上他把自己关在书房里，铺开棋盘，手里久久抚摩着八边形的色子，或是去执行游戏的要求。使他着急的是，他不得不浪费这么多的时间，但他却又停不下来。

“要打仗了。”妻子对他说。

“文明的世界没有战争。”他回答。

“文明的世界或许确实没有战争。但这里迟早定会打仗。佩乌斯基夫妇去了美国。”

听到“美国”这个词儿，地主波皮耶尔斯基不安地动弹了一下，但是它已经没有先前的那种意义。他的心已全被游戏占据了。

八月，地主报名参军，但由于健康原因未被接纳。九月，在到处开始讲德语之前，他们天天收听广播。地主太太深夜将银器埋在了园子里。地主整夜整夜地将时间花在玩游戏上。

“他们甚至没有打就都回家来了，帕韦乌·博斯基手上压根就没有拿过武器。”地主太太哭诉着说，“费利克斯，我们输了！”

他若有所思地点了点头。

“费利克斯，我们输掉了这场战争！”

“你让我安静点儿吧。”他说着，走进了书房。

每天的游戏都向他揭示了某种新的东西，某种他所不知和不曾感受过的东西。这怎么可能呢?

在第一批要求中有一个是梦。为了能走下一步，地主必须梦见自己是条狗。“这是多么稀奇古怪的事。”他心怀不快地思忖道。可他还是躺到了床上，脑子里想着狗，想着自己或许也能成为一条狗。带着如此这般的冥想，他在入睡之前把自己想象成一条狗，一条跟踪水禽、满草地追索的猎犬。但在夜里，他的梦该怎么做还怎么做，完全不照他的心意办。在梦里他很难做到不再是人。随着他梦见池塘，才出现了某种进步。地主波皮耶尔斯基梦见自己是条茶青色的鲤鱼。他在绿色的水里游，太阳往水里投下被冲洗过的淡淡的光线。他没有妻室，没有府邸，什么都不属于他，他对什么都毫无兴趣。那是个美好的梦。

德国人出现在他府邸的那一天，地主终于梦见自己是条狗。他在耶什科特莱的市场上奔跑，在寻找着什么。他自己也不知道究竟在寻找的是什么。他从申贝尔特商店的下面刨出了残羹剩饭和零星食物，他吃得津津有味。吸引他的是马粪的臭气和灌木丛中人的粪便。从鲜血中散发出有如神仙食品般的香味。

地主醒来后惊诧不已。“这不合乎情理，太荒唐了。”他心想，但他也感到高兴，游戏可以进行下去了。

德国人很客气，彬彬有礼。来的是格罗皮乌斯上校和另一个人。地主走到屋前见他们。他竭力跟德国人保持一定距离。

“我理解先生。”格罗皮乌斯上校对他那种酸溜溜的表情评述道，“很遗憾我们是作为侵略者、占领者出现在先生面前。但我们是文明人。”

他们想买大量的木材。地主波皮耶尔斯基说，他将担负木材供应工作，但在灵魂深处，他不打算中断游戏。占领者与被占领者的全部谈话就此结束。地主回到了游戏里。他感到高兴的是，他已经当过狗，现在可以继续往前移动棋子了。

第二天夜里，地主梦见自己在读游戏的说明。文字在他睡意蒙眬的眼前跳来跳去，因为地主梦见的这一部分，他读得不熟。

“第二世界”是上帝年轻时创造的。他当时还没有经验，所以在他所创造的这个世界上，一切都是黯淡的，模糊不清的，而所有的东西也都更迅速地瓦解、分裂成齑粉。战争会永远进行下去。人们出生，绝望地相爱，迅速暴死——暴死的事例俯拾即是。生活给他们带来的痛苦越多，他们也就越是渴望活着。

太古并不存在。甚至从来就没有出现过，因为在那片或许有人能建立太古的土地上，总有成群结队的、饥肠辘辘的军队不间断地从东方向西方开拔。任何东西都没有名称。土地让炮弹炸得到处都是窟窿，两条河，两条病恹恹的、受伤的河都流淌着混浊的水，很难将它们区分开来。石头在饥饿的孩子们手上瓦解、撒落。

在这个世界上，该隐在田野遇到亚伯[①]，对他说："既没有法律，也没有法官！没有任何彼世，对义人没有奖赏，对恶人没有任何惩罚。这个世界不是在充满爱心的情况下创造出来的，统治这个世界的不是恻隐之心。否则为何你的献祭蒙上帝悦纳，而我的却遭到拒绝？一只死羊对上帝有何意义？"亚伯回答道："我的供物蒙上帝悦纳，因为我爱上帝；你的供物遭拒绝，因为你恨上帝。像你这样的人根本不该存在。"于是，亚伯杀死了该隐。

① 该隐和亚伯是《圣经·创世记》中的两兄弟。在《圣经》中，哥哥该隐是种田人，弟弟亚伯是牧人。兄弟二人各用自己的出产给上帝献祭，上帝乐于接受亚伯的供物，看不中该隐的供物，该隐为此忌恨亚伯，把他杀死在田野里。

库尔特的时间

库尔特是从运送国防军士兵的载重车里见到太古的。对于库尔特而言，太古与他在敌对的外国所经过的村庄毫无差别。他经过的所有村庄与他在寒暑假中见过的那些村庄也差别不大。这些村庄或许街道窄一点，房屋寒酸一点，歪歪斜斜的木头栅栏十分可笑，还有那些刷白的墙壁。库尔特不了解农村。他出身于大城市，他思念大城市。他把妻子和女儿留在了城市里。

他们没打算驻扎在农民家里。他们征用了海鲁宾的果园，自己动手搭建简易木头房屋。其中的一栋要用作厨房，由库尔特管理。格罗皮乌斯上校用地方上的小汽车载着他去耶什科特莱，去地主府邸，去科图舒夫和附近的村庄。他们买木材、奶牛和鸡蛋，以他们自己定的非常低的价钱付款，或者根本就不给钱。那时库尔特便从近处看到这个敌对的、被征服的国家，跟这个国家的人民面对面站在一起。他看到从储藏室里拿出来的一篮篮鸡蛋，奶油色的蛋壳上还带着鸡粪的痕迹。他看到农妇们不怀好意的凶狠的眼神。他看到那些笨拙、瘦骨嶙峋、孱弱的奶牛，他惊诧人们竟以如此的温情照料它们。他看到在粪堆上觅食的母鸡，在阁楼上风干的苹果，一个月烤一次的大圆面包，赤脚、碧眼的孩子，他们尖细的叫喊声使他想起自己的爱女。然而这一切对他都是陌生的。或许是由于人们所操的纯朴、刺耳的语言，或许是由于面部线条的陌生。有时格罗皮乌斯上校叹着气，说该把这个国家夷为平地，再在这个地方建设新秩序。库尔特觉得上校言之有理。若是果真如此，这里或许就会更干净，更漂亮。有时，他脑子里也会产生一种令人难堪的想法，以为他该回家，不要去打扰这片沙质的土地、这些人、这些奶牛和这一篮篮的鸡蛋，让他们过上安生的日子。夜里他常梦见妻子白皙、光滑的胴体，梦中的一切都散发着习惯、自如、亲切、安全的气息，与在这里感受到的大不相同。

“你瞧，库尔特。”他们再次乘车外出办食物储备的时候，格罗皮乌斯上校说，“你瞧，这儿有多少劳动力，多少空间，多少土地！你瞧，库尔特，你瞧瞧他们这些水量丰沛的江河，可以在这些立着原始的磨坊的地方建上水电站。拉上电线，建设工厂，把他们都赶去干活。你瞧瞧他们这些人，库尔特，他们根本就没那么坏。我甚至喜欢斯拉夫人。你可知道，这个人种的名称来自拉丁语的sclavus[①]，奴仆？这是个骨子里就有种奴性的民族……”

库尔特没有留神听他的话。库尔特在想家。

他们拿走落到他们手上的所有东西。有时，他们一走进农舍，库尔特便有一种印象，觉得人们刚把粮食藏进角落里。那时格罗皮乌斯上校总是掏出手枪，恶狠狠地叫嚷说：

---

① 拉丁语，意为：奴仆；奴隶。

“没收作国防军军需。”[①]

在这种时刻，库尔特总是感到自己像个贼。

晚上他常祈祷：“但愿别让我再往东走。但愿能让我留在这里，而后，沿着来的道路回家。但愿战争早早结束。”

库尔特逐渐习惯了这片陌生的土地。或多或少知道哪个农民住在哪里，甚至对他们古怪的姓氏也产生了兴趣，就像对这里的鲤鱼产生了兴趣一样。因为他喜欢动物，便吩咐把厨房所有的残羹剩饭送到他们女邻居的屋前，女邻居是个骨瘦如柴的老太婆，养了十几条瘦骨嶙峋的狗。最后他竟能使得老太婆在见面的时候咧着无牙的嘴巴，默默地冲他微笑。森林边上最后的一栋新屋子里的孩子们有时也来找库尔特。男孩比小姑娘稍大一点。他俩的头发都是浅黄色的，几乎是白色的，很像他女儿的头发。小姑娘有时还抬起胖乎乎的小手，含混不清地说一声：

“哈咿希特拉！”[②]

库尔特常给他们糖果。站岗的士兵笑眯眯地看着他们。

一九四三年初，格罗皮乌斯上校被派往东部前线。显然他没有每天晚上做祷告。库尔特升了官，可他一点也不高兴。如今升官是件危险的事，使他远离了家庭。供给越来越困难，库尔特每天带领一支人马走遍附近的村庄。他操着格罗皮乌斯上校的腔调说道：

① 此句原文为德语与波兰语混合的语言。

② 这是小孩模仿德国士兵呼喊“希特勒万岁”的发音。

“没收作国防军军需！”然后将能够拿走的东西全部拿走。

他跟手下的官兵曾多次帮助党卫军部队镇压耶什科特莱的犹太人。库尔特总是亲自监督，将抓获的犹太人装上载重汽车。这对他是件极不愉快的事，虽说他相信那些人去的是对他们更好的地方。令他感到厌恶的是，他们不得不搜遍各个地下室和阁楼，寻找犹太人逃亡者，跑遍诸多草地、牧场，追逐因恐惧而精神失常的妇女，从她们手上夺下她们的孩子。他曾下令朝那些疯癫的妇女开枪，因为除此之外别无他法。他也曾亲自开枪，必要时从不推诿。犹太人不肯上载重汽车，他们逃跑，叫喊。库尔特宁愿再也不去回想这件事。毕竟这是在打仗，战争就是战争。他每天都做晚祷：“上帝保佑，但愿我无须离开这里再往东走。但愿我能在这里坚持到战争结束。上帝，保佑我，但愿不要把我弄到东部前线去。”上帝听取了他的祈祷。

一九四四年春天，库尔特接到命令，把营房搬迁到科图舒夫，向西挪动了一个村庄，离家更近了一个村庄。人们都传说，布尔什维克在进军，虽然库尔特无法相信这一点。后来，当人们纷纷将所有的东西都往载重汽车上拼命塞的时候，库尔特经历了俄国人的空袭。塔舒夫的德国驻防军遭到轰炸，几枚炮弹落到了池塘里，一枚炮弹落到了养狗的老太婆的仓房，发了疯的狗在小山上四处奔跑。库尔特的士兵开枪射击。库尔特并没阻止他们。这不是他们开枪。开枪射击的是他们在一个陌生国家里产生的恐怖情绪，以及对家园的思念，开枪的是他们面对死亡的恐惧。因恐怖而发疯的狗群扑向了装满物资的载重汽车，啃汽车的橡皮轮胎。士兵们直接朝狗的两眼之间瞄准。射击的力量掀翻了狗的身子，看上去仿佛就像狗在翻跟头。在放慢了的翻跟头动作中，喷射出深红的鲜血。库尔特看到，他认识的那个老太婆怎样从屋子里奔跑出来，试图把那些活着的狗强行拉走，而把那些受伤的狗抱在手上送进果园。她那件灰色的围裙骤然变成了红色。她在叫嚷着什么，那是库尔特没法儿弄明白的。他身为指挥官，理应结束这种愚蠢的射击，但有个突如其来的念头困扰了他，他想，他就是世界末日的见证人，而且是属于那些必须清除世界的污垢和罪恶的天使之列。他想，某些东西必须结束，以便新的东西能重新开始。他想，这是可怕的，但必须如此。他想，已经没有退路了，这个世界注定要灭亡。

于是库尔特枪杀了相识的老妇，那老太婆见到他时总是咧开没有牙齿的嘴巴，默默无言地冲他微笑。

整个地区的军队都集中到科图舒夫，占领了空袭中幸存的所有房屋，建立了观察点。库尔特的任务就是监视太古。由于这个原因，尽管部队已转移，库尔特仍然留在那里。

现在他是隔着一定的距离，从森林及河流一线的上游方向看太古，把太古作为房屋分散的居民点来观察。他相当详尽地看到森林边上的一栋新屋，里面住着浅黄色头发的孩子。

夏末，库尔特用望远镜看到了布尔什维克。他们豌豆粒般大小的汽车，在绝对的寂静中，不祥地向前移动，像罂粟籽般从汽车里撒出多得不可胜数的士兵。库尔特觉得，这是无数能致人死命的、危险的小昆虫的入侵。他打了个寒战。

从八月到翌年的一月，库尔特每天观察太古几次。经过这段时间的观察，他熟悉了每棵树、每条小径、每栋房屋。他看到官道和金龟子山上的椴树，看到牧场、森林和幼树林。他看到人们如何坐在大车上离开村庄，消失在森林之墙的后面。他看到一些独行的夜盗，远远看去他们酷似狼人，他看到布尔什维克如何日复一日、时复一时地聚集越来越多的军队和装备。有时敌对双方相互开始射击，那射击不是为了伤害对方——须知时间尚未到来——而是为了提醒对方，自己的存在。

天黑以后，他常常画地图，把太古搬到了纸上。他怀着愉快的心情做这件事，因为，说来也怪，他开始怀念太古。他甚至想，有朝一日他清除了世界的全部混乱，他或许就能带着自己的妻女在这里定居下来，养鲤鱼，经营磨坊。

因为上帝像看地图一样地看到了库尔特的思想，而且也已习惯满足他的愿望，便允许他永远留在太古。上帝从那些一颗又一颗的、偶然巧合的子弹中给他选定了一颗。人们常说，这种子弹是上帝送来的。

就在太古的人们壮着胆儿埋葬一月攻势留下的尸体之前，春天便已经来临，因此谁也没能在德国士兵腐烂瓦解的尸体中辨认出库尔特。人们把他和其他德国士兵的尸体一起埋在了桦树林里，紧挨着神父的牧场，他至今仍躺在那个地方。

格诺韦法的时间

格诺韦法在黑河里洗白色的衣物。她的双手冻得发僵。她高高抬起双手晒太阳。她从手指缝里看到了耶什科特莱。她看见四辆军用载重汽车，它们经过圣罗赫小礼拜堂开进了市场，然后便消失在教堂旁边的栗树后面。当她重新把手浸到水中时，她听见了枪声。河水的激流从她手里冲走了白色的床单。单发的枪声变成了嗒嗒嗒的一串，格诺韦法的心也开始怦怦地狂跳起来。她沿着河岸奔跑，追赶呆滞、迟缓地顺流漂走的白色织物，直到它消失在河的拐弯处。

耶什科特莱上方出现了烟团。格诺韦法一筹莫展地站住了，她站立的这个地方离她的家，离装衣物的桶，离燃烧的耶什科特莱一样远。她想到了米霞和孩子们。她跑去拿桶的时候，她的嘴里发干。

“耶什科特莱的圣母，耶什科特莱的圣母……”她重复了好几遍，绝望地朝河对面的教堂瞥了一眼。教堂矗立着，跟先前毫无二致。

载重汽车开进了草地。从其中的一辆车里拥出一群士兵，他们排成了横向队列。然后又接连出现几辆飘着防水帆布篷的载重汽车。从栗树的阴影里浮现出一排排的人。他们奔跑着，摔倒了，又爬起来。他们有的拎着箱子，有的推着小车。士兵们把那些人往汽车里塞。这一切发生得那么突然，那么迅猛，以致身为事态见证人的格诺韦法都不明白究竟是怎么回事。由于西下的太阳使她头晕目眩，她把一只手抬到眼睛上方遮住阳光，这才看到敞着犹太人长袍的什洛姆、盖雷茨夫妇和金德尔夫妇的浅黄头发的孩子们，看到穿蓝色连衣裙的申贝尔特太太，看到她女儿手上抱着吃奶的婴儿，看到有人搀扶着小个子拉比。终于，她看到了埃利，非常清晰，看到他手上牵着自己的儿子。然后便出现了混乱，人群冲垮了士兵们的横向队列。人们朝四面八方逃散，那些已经上了载重汽车的人也纷纷从车上跳了下来。格诺韦法用眼角的余光瞥见一支枪的枪口冒火，紧接着便是许多自动步枪连射发出的震耳欲聋的霹雳声。她的目光始终紧随着那个男人，他的身影摇晃了一下，倒下了，还有别的许多人的身影也同样倒下了。格诺韦法丢下手里拎的桶，跳进了河里。激流扯拉着她的裙子，冲击着她的双脚。自动步枪静了下来，似乎是疲乏了。

当格诺韦法站立在黑河另一边的岸上时，一辆装满了人的载重汽车朝路的方向开走了。人们正在上第二辆载重汽车。默默无言，周边一派静寂。她看到车上的人如何伸手拉车下的人上车。一个士兵用零散的射击朝那些躺在地上的人补上一枪。又一辆载重汽车开动了。

突然一个身影从地上跳了起来，企图朝河的方向逃跑。格诺韦法立刻便认出，那是申贝尔特家的拉海娜，米霞的同龄人。

她手上抱着吃奶的婴儿。一个士兵蹲了下去，从容不迫地朝姑娘瞄准。她笨拙地绕着弯奔跑，试图躲过枪口。士兵开了枪，拉海娜停住脚步。她向两边摇晃了片刻，而后便倒下了。格诺韦法看到士兵跑到姑娘跟前，用一只脚将她翻了个仰面朝天。后来他又朝白色的襁褓开了一枪，回到那些载重汽车旁边。

格诺韦法双腿发软，这使她不得不跪了下去。

所有的载重汽车都开走了。她艰难地站起身，横穿过草地。她的双腿沉重，石头般僵硬，不听她使唤。水淋淋的裙子把她朝地上拉。

埃利偎依在青草里躺着。许多年来第一次，格诺韦法再度从这么近的距离看他。她坐了下去，挨着他，从此再也不能靠自己的双腿站立起来。

申贝尔特一家的时间

第二天夜里，米哈乌叫醒帕韦乌，他俩一起到什么地方去了。米霞再也无法入睡。她觉得依稀听见了枪声，遥远的、无主的、不祥的枪声。母亲睁着双眼，一动不动地躺在床上。米霞得不时检查一下，看她是否仍在呼吸。

凌晨，男人们回来了，还带回了些什么人。他们把那些人领到地下室，关了起来。

“他们会杀死我们大家的。”帕韦乌回到床上的时候，米霞套着他的耳朵说，“他们会把我们排在墙下枪毙，还会烧掉房子。”

“这是申贝尔特的女婿和他带着孩子的姐姐。没有其他幸免于难的人了。”他说。

早上米霞带着食物来到地下室。她打开门，说了声“早安”。她看到他们所有的人：一个略微发胖的健壮妇女，一个十几岁的男孩和一个小姑娘。米霞不认识他们。但她认识申贝尔特夫妇的女婿，拉海娜的丈夫。他背对她站立，一次又一次单调地把头往墙上撞。

“我们怎么办？”那妇女问。

“我不知道。”米霞回答。

他们在第四个，也是最黑暗的地下室里一直住到了复活节。

只有一次，那妇女领着女儿到上面洗了个澡。米霞帮那妇女梳理乌黑的长发。米哈乌每天傍晚带着食物和地图到地下室找他们。节日第二天夜里，他打发他们去了塔舒夫。

几天后，他跟邻居克拉斯内一起站立在栅栏旁边。他们谈起了俄国军队，说是似乎已经不远了。米哈乌没有问到克拉斯内夫妇的儿子，他在游击队里。这件事是不能说的。就在谈话快要结束的时候，克拉斯内转过身子，说：

“通往塔舒夫的路边上，在新开垦的田地里，躺着一些被杀害的犹太人。”

米哈乌的时间

一九四四年夏天，从塔舒夫来了俄国人。官道上过了整整一天的兵。尘土盖满了一切：他们的载重汽车、坦克、大炮、带篷的大车、步枪，他们的制服、头发和脸。他们的模样儿看上去就像在东方，统治者国度的童话军队。

人们沿着道路排队，夹道欢迎行军纵队的先头队伍。对民众的笑脸相迎，士兵们的面部表情没有任何响应。无动于衷的视线掠过欢迎者的脸庞。士兵们穿着稀奇古怪的制服，大衣下部撕得破烂不堪，大衣里面不时闪现出令人惊诧的颜色——紫红色的裤子、黑色的晚礼服背心和缴获的金表。

米哈乌将轮椅推到门廊，轮椅上坐着格诺韦法。

“孩子们在哪里？米哈乌，把孩子们弄回来。”格诺韦法含混不清地反复说。

米哈乌出了门廊走到栅栏外边，猛地抓住安泰克和阿德尔卡的手。他的心在怦怦地跳动。

他看到的不是这一场，而是那一场战争。他眼前重新浮现出大片土地，曾几何时他走过的那一片土地。这一定是梦，因为只有在梦里，一切才会像诗歌中的叠句那样重复出现。他做着同样的梦，无边无际，沉默，可怕，犹如军队的行军纵队，犹如受到疼痛压抑的、无声的爆炸。

“外公，波兰军队什么时候会来？”阿德尔卡问，她举着一面用木棍和破布做的小旗。

他从外孙女手中夺过小旗，把它扔进丁香丛，然后把孩子们赶回家。他坐在厨房里靠窗的地方，眼望着科图舒夫和帕皮耶尔尼亚，那儿一定驻扎着德国人。他明白，沃拉路现在成了前线。地地道道的前线。

伊齐多尔冲进厨房。

“爸爸，快去！几个军官停了下来，没往前走，他们想跟人交谈，快去！”

米哈乌一下子变得麻木了。他任伊齐多尔领着，走下台阶，来到屋前。他看到米霞、格诺韦法、邻居克拉斯内夫妇，还有整个太古村的一群孩子。人群中停下一辆敞篷军车，车上坐着两个男人。第三个男人在跟帕韦乌谈话。帕韦乌一如以往地摆出一副什么都懂的神气。看到岳父，他更加活跃了。

“这是我们的父亲。他懂你们的语言。他在你们的军队里打过仗。”

“在我们的军队里？”俄国人吃惊地问。

米哈乌看到他的面孔，感到浑身燥热。他那颗心跳到了嗓子眼里。他知道，此刻他该说点什么，可他的舌头麻木了。他在嘴里把舌头转来转去，就像含着个滚烫的马铃薯。他试图用它说出个什么词儿来，哪怕是最简单的，可他办不到，他忘记了俄国话。

年轻军官兴味盎然地打量他。军大衣下翘出黑色燕尾服的下摆。他那双吊梢眼里闪出欢快的光。

“喂，父亲，您怎么啦？您这是怎么一回事？”[①]

米哈乌觉得，所有这一切，这吊梢眼的军官，这条路，这灰头土脸的士兵行进队伍，这一切曾几何时都发生过，就连这句“您这是怎么一回事”也曾经听过，至今还依稀在耳！他觉得，时间在回转。他心中充满了恐惧。

“我叫米哈乌·尤泽福维奇·涅别斯基。”[②] 他嘴里迸出这么一句俄语，声音在发抖。

① 原文此句是用波兰语字母拼写的俄语。

② 原文此句是用波兰语字母拼写的俄语。

伊齐多尔的时间

这位年轻的吊梢眼军官名叫伊凡·穆克塔。他是位阴郁的、满目布满血丝的团长的副官。

“团长看中了你们的房子。团部要设在这里。”[1]他快活地说着，一边把团长的东西都搬进屋子里。他同时还挤眉弄眼扮鬼脸，逗得孩子们哈哈大笑。但他没能把伊齐多尔逗笑。

伊齐多尔留心地打量他，心想，这下子看到的可真正是个陌生人。德国人尽管很坏，但看上去跟太古所有的人一模一样。如果不看他们身上的制服，是无法识别他们的。同样也很难识别耶什科特莱的犹太人，他们的皮肤或许晒得更黑一点，眼睛的颜色也更深一些。而伊凡·穆克塔则完全是另一种人，跟这里的任何人都不相像。他有一张圆乎乎的大胖脸，古里古怪的肤色，仿佛是在阳光灿烂的日子里，黑河流水的颜色。伊凡的头发有时看起来像是青灰色，而他的嘴巴则令人想起桑葚。在这一切中最奇怪的，还是他那双眼睛，狭窄得像两道裂缝，藏在伸长了的眼皮底下，乌黑，锐利。恐怕谁也不会知道那双眼睛表现出什么情感。伊齐多尔很难观瞧到他那双眼睛。

① 原文是用波兰语字母拼写的俄语。

伊凡·穆克塔把自己的团长安置在楼下最大、也最漂亮的房间里，那儿有座大立钟。

伊齐多尔找到了观察俄国人的方法。他爬上丁香树，从那儿朝房间里张望。阴郁的团长不是在看铺在桌子上的地图，就是低着头，驼着背，久久俯身在餐盘上。

伊凡·穆克塔却是无处不在。他给团长送过早餐，擦过皮鞋之后，便到厨房去给米霞帮忙：劈柴，给母鸡喂食，摘黑醋栗果煮水果汤，逗阿德尔卡玩，从水井里打水。

“伊凡先生，这样做从先生方面讲当然很亲切，不过我并不需要帮忙，我自己应付得来。”开头米霞如是说，但后来她显然也开始喜欢他帮忙了。

在开头几个礼拜里，伊凡·穆克塔就学会了说波兰语。

不让伊凡·穆克塔从眼前消失，成了伊齐多尔最重要的任务。他把所有的时间都拿来观察这位副官。他担心一旦没盯牢，这个俄国人就会变得致命地危险。伊凡对米霞的挑逗也使他心烦意乱。他感到他姐姐的生活受到了威胁。于是，伊齐多尔寻找各种借口赖在厨房里不走。有时伊凡·穆克塔也试着跟伊齐多尔闲聊，但小伙子总是显得那么激动，以至于流下口水，并且加倍的口吃，结结巴巴地半天说不出一句完整的话来。

“他生来就是这样。”米霞叹息道。

伊凡·穆克塔经常坐到桌子旁边喝茶，喝大量的茶。他总是自己带糖来，要不就是砂糖，要不就是脏兮兮的糖块。他常把这种糖块含在嘴里，就着茶吃糖。那时他常讲一些最有趣的故事。伊齐多尔在这种情况下，故意以一举一动显示出自己的冷漠，但另一方面，俄国人讲的那些有趣的故事……伊齐多尔不得不装模作样，表示他在厨房里有什么重要的事情要干。尽管喝水或是往灶里添柴火很难花上个把钟头。特别善解人意的米霞常推给他一盒马铃薯，再往他手里塞把小刀，让他削马铃薯。有一次伊齐多尔深深吸了一口气，突然迸出了这么一句：

“俄国人说，没有上帝。”

伊凡·穆克塔放下手里的玻璃杯，用自己那双神秘莫测的眼睛瞥了伊齐多尔一眼。

“问题不在于有上帝还是没有上帝。不是这么回事。相信，还是不相信，这才是问题所在。”

“我相信有上帝。”伊齐多尔说，刚毅地向前伸出下巴，“如果有上帝，我相信就能指望得到上帝的保佑。如果没有上帝，而我相信有，我也不用付出什么代价。”

“你想得不错，”伊凡·穆克塔称赞说，“不过信仰并非无须付出任何代价。”

米霞用一把木匙子在酒里飞快地搅和，她干咳了一声，清了清嗓子。

“先生呢？先生怎么想？有上帝，还是没有上帝？”

“是这样。”伊凡说着，张开四个手指头举到脸的高度，而伊齐多尔觉得，俄国人眯起了一只眼睛冲他使眼色。但见伊凡弯下第一个指头：

“或者现在有上帝，过去也有上帝。”说到这里他弯下第二个指头，“现在没有上帝，过去也没有上帝。或者，”他弯下第三个指头，“过去有上帝，但现在已经没有了。最后一点，”说到这里，他用四根手指像鸡啄食似的啄了伊齐多尔一下，“或者现在没有上帝，将来会出现上帝。”

“伊杰克，去搬些儿木柴来。”米霞说，那语气就像男人们在讲淫秽的笑话时叫他走一样。

伊齐多尔走了出去，整个时间他都在想伊凡·穆克塔。他心想，伊凡·穆克塔定是有许多话要说。

几天之后，他终于得以接近伊凡，而且当时他正好是独自一个人坐在屋前的长凳上擦卡宾枪。

“你居住的那个地方是什么样子？”伊齐多尔大着胆子问道。

“跟这里一模一样。只是没有森林。有一条河，但非常大，流得很远。”

伊齐多尔没有顺着这个话题聊下去。

“你究竟是老还是年轻？我们都猜不透你有多大岁数！”

“我活到现在已有些年头了。”

“比方说，你会不会已经有七十岁了？”

伊凡笑了起来，把卡宾枪放在一块。他没有回答。

“伊凡，你是怎么想的，难道有这种可能性，真的会没有上帝？如果是这样，那么这一切又是从哪里来的？”

伊凡卷了支香烟，然后吸了一口，撇了撇嘴做了个怪相。

“你往四周瞧一瞧。你看到了什么？”

“我看到了道路，道路外边是田野，李子树，它们之间还有青草……”伊齐多尔疑惑不解地朝俄国人瞥了一眼，“而远处则是森林，那里肯定有蘑菇，只是从这里看不见……我还看到天空，下面是蓝色的，上面是白色的，还有成团的云彩。”

“那么这个上帝在哪里呢？”

“上帝是看不见的。就在这一切的下面。他统治和管理这一切，他宣布法规，使一切彼此相互适应……”

“好啦，伊齐多尔，我知道你是个聪明的小伙子，虽说你看上去不像个聪明人。我知道，你有想象力。”伊凡压低了嗓门，开始说得很慢，“现在你不妨想象一下，如你所说，在这一切下面，没有任何上帝。任何人都不管任何事，整个世界是一团大混乱，或者，还要更糟，是一部机器，是一部坏了的除草机，它只是由于自身的动量而运转……”

于是伊齐多尔按照伊凡·穆克塔的吩咐，又看了一遍。他集中了自己的全部精神，拼命瞪大眼睛，直到眼珠子蒙上了一层泪水。那时，在短暂的瞬间，他看到一切完全是另一种样子。到处是空荡荡、无边无际的空间。在这没有生气的、荒凉的空间存在的一切，凡是活着的，都是束手无策、孤立无援的。事情的发生总是带有偶然性的，而当这个偶然性出了毛病，靠不住的时候，便出现了机械学的规律，出现了有规律的大自然的机器，出现了历史的活塞和齿轮，出现了各种从中心腐烂、溃散成粉末的规律性。到处都笼罩着寒冷和忧伤。每个有生命的东西都渴望偎依点什么，紧贴点什么，或者彼此相拥相抱，但是从中得到的只是痛苦和绝望。

伊齐多尔看到的这类事物的特点，便是暂时性。在五色斑斓的外壳包裹下，一切都统一在崩溃、分解、腐烂和毁灭之中。

伊凡·穆克塔的时间

伊凡·穆克塔让伊齐多尔看到了所有重要的事物。

他首先是向伊齐多尔展示了一个没有上帝的世界。

然后他把伊齐多尔带进了森林，那里埋着被德国人枪杀的游击队员。那些牺牲的男人中，有许多人伊齐多尔都认识。从森林回来后，他便发高烧，躺在阴凉的卧室里，姐姐的床上。米霞不肯放伊凡·穆克塔进房到他身边去。

“您展示所有那些可怕的事物给他看，寻他开心。其实他还是个孩子。”

但后来，她还是让伊凡坐到了病人的床边。卡宾枪就放在他的脚旁。

“伊凡，你给我讲讲死亡，讲讲死后是怎么回事。你讲讲，我是否有个永生不死的、永恒的灵魂。”伊齐多尔请求说。

“你身上有颗小小的火星儿，它永远不会熄灭。我身上也有颗同样的火星儿。”

“我们大家都有吗？德国人也有？”

“所有的人都有。现在你得睡觉。等你康复了之后，我把你带到我们那儿去，我带你进森林。”

“请您走吧。”米霞说，同时从厨房向卧室里张望。

伊齐多尔康复后，伊凡实践了诺言，他带着伊齐多尔到俄国的部队里，他们驻扎在森林之中。他允许伊齐多尔用他的望远镜瞭望科图舒夫的德国人。伊齐多尔感到奇怪，通过望远镜看到的德国人跟俄国人毫无区别。他们的制服颜色相似，他们有一样的战壕，一样的头盔。因此他更加不能理解，为什么当伊凡挂着皮文件包，为阴郁的团长传达命令的时候，他们要向伊凡开枪射击。当伊齐多尔陪同伊凡传达命令时，他们也向伊齐多尔开枪。伊齐多尔不得不要求任何人都不讲这件事。如果父亲知道了，定会揭他一层皮。

伊凡·穆克塔还让伊齐多尔看到了某种他不能对任何人讲的事情。不是因为他不能讲，不是因为伊凡禁止他讲，而是因为一想到这件事，就会在他心中产生一种不安和羞愧感。这种事令人难以启齿，不过在心里想想倒也没什么了不起。

“所有的东西都要发生交媾，历来如此。交媾的需要是一切需要中最强烈的。只要睁眼看看就会明白。”

伊凡蹲在林间小道上，用手指指着两只用腹部交媾的昆虫。

“这是本能，是某种无法抑制的欲望。”

猝然，伊凡·穆克塔解开了裤子，抖了抖生殖器。

“这是交媾的工具。它跟女人两腿之间的窟窿儿相配合，因为这是世间的秩序。每样东西都跟另一样东西相配合。”

伊齐多尔的脸涨得通红，宛如一个红甜菜疙瘩。他不知道该说些什么。他的目光低垂盯着小径。他们走到小山后面的田野，那是德国人的射击不可及的地方。在一些废弃的建筑物旁边，有只母山羊在吃草。

“如果女人太少，像现在这样，这工具就只好去配其他士兵的手，去配屁股眼，去配在地上挖出的窟窿儿，去配各种动物。你站在这儿，瞧瞧吧。”伊凡·穆克塔说得很快，他把制服帽子和包交给伊齐多尔，跑到母山羊跟前，把卡宾枪挪到背后，脱下了裤子。

伊齐多尔看到伊凡如何紧贴着母山羊的臀部，开始有节奏地动着大腿。伊凡的动作变得越快，伊齐多尔也就越是僵住不动。

伊凡回来取制服帽子和包。伊齐多尔哭了。

“你哭什么？你可怜动物？”

“我想回家。”

“你走吧！既然你想回家，就走好了。”

小伙子一转身就跑进了森林。伊凡用手擦去额头上的汗珠，戴上了帽子，忧郁地吹起了口哨，继续朝前走了。

鲁塔的时间

麦穗儿害怕森林里的那些人。自从他们进入森林，用他们那叽里咕噜的外国话打破了森林平静的那一刻起，她便暗中观察他们。他们穿着又粗又厚的衣服，即使在炎热的夏天也不脱掉。他们身后拖着武器。他们尚未到韦德马奇来，但她预感到，这种事或迟或早总会发生。她知道他们在相互跟踪，为的是相互屠杀。她同时也反复考虑，她们母女俩逃往哪里，方能躲开这帮人。过去她们经常留在弗洛伦滕卡家里过夜，但麦穗儿住在村子里总是惴惴不安，夜里她常梦见天空是个金属盖子，谁也没有能力举起它。

麦穗儿好久没有到过太古村了，她不知道沃拉路已经成了俄国人和德国人之间的边界。她不知道库尔特枪杀了弗洛伦滕卡，而军用汽车的轮子和卡宾枪已杀死了她的那些狗，她在自己的屋前挖掩蔽洞，一旦那些穿军装的男人来了，她们母女俩也有个藏身的地方。她埋头挖避难所，忘记了一切。她太不小心了，竟让鲁塔独自到村子里去。她给女儿装了一篮子黑莓和从地里偷的马铃薯。鲁塔刚走不久，麦穗儿便明白，她犯了个可怕的错误。

鲁塔走出韦德马奇到村子里去，顺着自己常来常往的那条路线到弗洛伦滕卡那儿去。她穿过帕皮耶尔尼亚，然后踏上沿着森林边缘延伸的沃拉路。柳条篮子里装着送给老人的食物。她要去牵走弗洛伦滕卡的那些狗，提防它们受到人们的伤害。母亲对女儿说，只要是见到什么人，无论是太古的某个人还是陌生人，她都得躲进森林里，赶紧逃跑。

鲁塔一心想的只是狗。当她见到一个人正朝一棵树尿尿的时候，便站住了，慢慢向后退。那时有个非常有劲的人从背后抓住了她的两臂，反拧起来，拧得很痛。那个尿尿的人跑到她跟前，对着她的脸，狠狠扇了她一巴掌，扇得那么重，以至于鲁塔一下子就昏了过去，倒在地上。男人们把来复枪放在一边，强暴了她。起先是一个男人，后来是第二个，接着又来了第三个。

鲁塔躺在沃拉路上，那条路已成了德国人和俄国人之间的边界。她身旁躺着装满黑莓和马铃薯的篮子。第二支巡逻队发现了躺在地上的姑娘。现在这些男人穿的是另一种颜色的军服。他们也轮流趴到鲁塔身上，轮流拿着来复枪。然后，他们站立在姑娘上方，抽着香烟。他们拿走了篮子和食物。

麦穗儿找到鲁塔时已经太迟了。姑娘的连衣裙给撩到脸上，遍体鳞伤。腹部和大腿被鲜血染红，成群的苍蝇向她飞来。她失去了知觉，不省人事。

母亲抱着她，把她放进屋前挖好的洞穴里。她把女儿放在牛蒡叶子上，牛蒡的气味儿使她想起了她的头胎孩子死的那一天。她躺在姑娘身边，倾听她的呼吸。然后她爬了起来，用颤抖的手搅拌草药。草药飘散出欧白芷的芳香。

米霞的时间

八月的某一天，俄国人告诉米哈乌，要他从太古将所有的人带进森林。俄国人说，太古日内即将处于火线上。

他按俄国人的吩咐做了。他走遍了所有的农舍，告诉大家：

“太古日内即将处于火线上。”

由于跑得太快，一时收不住脚，他也跑到了弗洛伦滕卡的家。直到他见到空空如也的狗食盆，才想起弗洛伦滕卡已经不在了。

“你们怎么办？”他问伊凡·穆克塔。

“我们在打仗。这里对我们而言是前线阵地。”

“我妻子有病，走不了。我们俩留下。”

伊凡·穆克塔耸了耸肩膀。

大车上坐着米霞和帕普加娃。她们怀中都搂着孩子。米霞的眼睛都哭肿了。

“爸爸，跟我们走吧。我求你，请跟我们一起走吧。”

“我俩要在这儿照看房子。什么坏事也不会发生。我们经历过更糟糕的事。”

他们给米哈乌留下一头奶牛，另一头奶牛系在大车上。伊齐多尔把剩下的奶牛从牛栏里赶了出来，摘掉它们脖子上的绳索。那些奶牛都不肯走，帕韦乌从地上捡起一根棍子揍牛的屁股。那时伊凡·穆克塔吹了一声悠长的口哨，受惊的奶牛踏着碎步，穿过斯塔霞·帕普加娃的耕地，一溜烟跑进了田野。后来，他们从大车上看到那些牛都停住了，由于意想不到的自由而站着发呆。米霞哭了一路。

大车离开官道进入森林，车轮沿着前面驶过的大车压出的车辙前进，比他们更早进入森林的人们走的也是这条路。米霞领着孩子们跟在大车后面步行。路边生长着许多鸡油菌和牛肝菌。米霞不时停步，蹲下身子从地里连同苔藓和草皮拔出蘑菇。

“得留下根，得留点儿根在地里，”伊齐多尔不安地说，“否则它们永远再也长不出来。”

“让它们长不出来好了。”米霞说。

夜晚很暖和，因此他们都睡在地上，躺在从家里带出来的被褥里头。男人们整天挖地堡、砍树。妇女们像在村庄里一样，烧火做饭，彼此借盐给煮熟的马铃薯调味。

博斯基一家住在几棵大松树之间。在松树的枝柯上晒尿布。马拉库夫娜[①]姐妹俩在博斯基一家的旁边安置了下来。妹妹的丈夫参加了国家军[②]。姐姐的丈夫参加了“因德鲁希游击队”。帕韦乌和伊齐多尔一起为妇女们建好了地堡。

完全不用商量，人们就像住在太古一样分别安置了下来。

① 马拉库夫娜即马拉克的女儿。

② 国家军是第二次世界大战期间由流亡伦敦的波兰政府领导的反法西斯武装力量。

在克拉斯内和海鲁宾之间，甚至还留下一块空地。在太古，那里是弗洛伦滕卡的房子。

九月初的某一天，麦穗儿带着自己的女儿来到这个森林中的居住点。看得出来，姑娘有病，身体虚弱得拖着脚步走。她浑身上下青一块紫一块，还发着高烧。帕韦乌·博斯基在森林里担起了医生的责任。他拎着自己的手提包走到她们跟前，手提包里装有碘酒、纱布、治腹泻的药片和磺胺药粉，但麦穗儿不许他接近女儿。她求妇女们给点开水，她亲手给鲁塔泡草药。米霞给了她一条毛毯。看起来似乎麦穗儿希望跟大家留在一起，于是男人们也给她在地里搭了个小屋。

到了晚上，森林寂静了下来，大家坐在昏暗的篝火旁，竖起耳朵倾听森林外面的动静。有时，突然有一道闪光照亮了黑夜，仿佛有暴风雨在附近的地方肆虐。然后他们便听见压低的可怕的隆隆声穿过森林。

常有胆子大的人进入村庄。他们或是去挖在宅旁园子里已经成熟的马铃薯，或是回去拿面粉，或是仅仅因为他们无法忍受这种今日不知明日的、动荡不安的生活。最常去的是老塞拉芬诺娃[①]，她已把生命视如粪土，将危险置之度外。有时，她的儿媳会有一个跟着她进村，米霞就是从她的一个儿媳的口中听见：

“你已经没有房子啦。留下的是一堆瓦砾。”

---

① 塞拉芬诺娃即塞拉芬的妻子。

恶人的时间

自从人们离开太古逃进森林，生活在挖掘出来的地堡里，恶人便无法在森林里找到可以待的地方。人们无所不在，每个幼树林，每个林间空地，到处都挤满了人。他们挖泥炭，寻找蘑菇和核桃。他们走到匆匆建立起来的营地旁边，直接往草莓丛或是鲜嫩的草地上小解。在比较暖和的晚上，恶人常听见男男女女在灌木丛中交合的声音。他惊讶地看着人们怎样搭建简陋的避难所，这工作花费了他们多少时间。

现在他整日整日地观察他们，他观察的时间越长，便越是害怕和仇恨他们。他们喧闹、虚伪。他们不停地嚅动着嘴巴，从嘴里吐出的音响没有任何意义。不是哭泣，不是叫喊，也不是满意的嘟囔。他们说出的话起不了任何作用。他们到处留下自己的痕迹和气味。他们既狂妄放肆，又粗心大意。一旦传来那种不祥的轰隆声，夜里的天空染成了红色，他们便陷入惊慌失措和绝望的状态中，他们不知往哪里逃，往哪里躲藏。他感觉到他们的恐怖。他们一旦落入恶人设置的陷阱，便像耗子一样发臭。

笼罩在他们周围的气味刺激了恶人。但其中也不乏令人愉快的香味，虽说是新的、不习惯的香味：烤熟的肉、煮熟的马铃薯、牛奶、羊皮袄和裘皮大衣的气味，用干菊苣根、草木灰和黑麦粒配制的代用咖啡的芳香。还有些可怕的气味，非动物的、纯粹是人为的气味：灰色的肥皂、石碳酸、强碱、纸张、武器、润滑油和硫黄的气味。

恶人有时站立在森林边缘，望着村庄。村庄已是空空如也，像一具兽尸一样平静下来，渐渐冷却。有些房屋屋顶炸穿了，另一些房屋玻璃窗打碎了。村庄里既没有鸟，也没有狗。什么也没有。这样的景象让恶人喜欢。既然人们都进入了森林，恶人便走进了村庄。

游戏的时间

在《Ignis fatuus，即给一个玩家玩的有教益的游戏》一书中，对“第三世界”的描述是这样开头的：

在地和天之间存在着八层世界。它们一动不动地悬挂在空间，犹如通风晾晒的羽毛褥被。

“第三世界”是上帝很早以前创造的。他从创造海洋和火山开始，而以创造植物和动物结束。但因在创造中，没有任何壮丽辉煌和令人崇敬的东西，有的只是艰辛和劳动，上帝疲乏了，也感到失望和扫兴。他觉得新创造的世界枯燥乏味。动物不理解世界的和谐，没有对世界表示惊叹，当然也就没有赞美上帝。动物只顾吃和繁殖后代。它们没有询问上帝，为何创造出的天空是蓝莹莹的，而水是湿淋淋的。刺猬没有为自己身上的刺感到惊奇，狮子也没有对自己的牙齿感到诧异，鸟儿没有去寻思自己的翅膀。

世界就这样持续了很久，很久，使上帝厌烦得要死。于是上帝从天上到地上，将他遇到的每一个动物强行安上手指、手掌、脸、娇嫩的皮肤、理智和惊诧的能力——他想把动物变成人。然而动物根本就不想变成人，因为它们觉得人很可怕，像妖魔，像怪物一样可怕。于是它们相互勾结，串通作恶，它们抓住了上帝，把上帝淹死。这种状况就这么保留下来，延续至今。

在“第三世界”里既没有上帝，也没有人。

米霞的时间

米霞穿上两条裙子，两件毛衣，用头巾把脑袋裹得严严实实。为了不惊醒任何人，她悄悄从地堡里溜了出来。森林遮挡了远方大炮单调的轰击声。她拿起背包就要动身，突然看到阿德尔卡。孩子走到她跟前。

“我跟你一道去。”

米霞生气了。

“回到地堡里去！听话。我去去就来。”

阿德尔卡死死抓住她的裙子不松手，并且哭了起来。米霞犹豫了片刻。然后她返回地堡拿女儿的短皮袄。

当她俩站立在森林边上，心想，她们就要看到太古了。可是已经没有太古了。在昏暗的天空背景上，哪怕是最细小的一缕炊烟、一丝亮光都看不到，也听不到任何一点犬吠声。只是在西边，在科图舒夫上空，低垂的乌云时而闪烁着棕红色。米霞打了个寒战，她记起了很久以前做的一个梦，梦里见到的景象正是这副样子。“我在做梦。”她心想，“我是躺在地堡里的铺板上。我哪儿也没去。这是我梦里见到的。”而后来她又寻思，自己想必早就睡着了。她仿佛觉得她是躺在自己崭新的双人床上，身边睡着帕韦乌。没有任何战争。她做了个漫长的噩梦，什么德国人，俄国人，火线，森林，地堡，全是梦中情景。这么一想果然有效，米霞不再害怕了，她走出森林上了官道。路上湿漉漉的铺石在她的皮鞋下面嘎啦嘎啦地响。那时米霞满怀希望地寻思，那是自己更早以前做的梦。梦见她单调地转着小咖啡磨的小把手，转得很厌烦，就在磨坊前边的长凳上睡着了。她只有几岁，这会儿正做着童年的梦，梦见成年的生活和战争。

“我想醒过来！”她大声说。

阿德尔卡惊诧地冲她瞥了一眼。米霞明白了，任何小孩子都不可能梦见枪杀犹太人，梦见弗洛伦滕卡的死，梦见游击队员，都不可能梦见那些人对鲁塔的暴行，梦见轰炸，梦见强制搬迁，都不可能梦见母亲的瘫痪。

她抬眼望天：天空像只罐头盒子的底部，上帝把人封在这只罐头盒子里。

她们娘儿俩在黑暗朦胧中打某处的外缘经过，米霞猜到，那是他们家的粮仓。她走到一边，朝黑暗伸出一只手。她触到了栅栏粗糙的木板。她听见某种模糊不清、压低了的古怪声响。

“有人在拉手风琴。”阿德尔卡说。

她们站立在栅栏门的前边，米霞的心怦怦跳动。她的房子还在，她感觉到了，尽管看不见它。她感觉到自己前方立着房屋四四方方的巨大墙体，感觉到了它的重量，和它那种占满空间的方式。她摸索着打开栅栏门，走进了门廊。

音乐从屋内传了出来。从门廊通向前厅的门被木板钉死，跟她们离开时的状况一模一样。于是她们娘儿俩走向厨房的入口。

音乐变得清晰了。有人用手风琴演奏一支活泼的歌曲。米霞在胸前画了个十字，紧紧拉着阿德尔卡的手，打开了厨房的门。

音乐戛然而止。她看到自己的厨房笼罩在一片烟雾和昏暗之中。窗户上挂着毛毯。桌旁，墙角，甚至餐具柜上坐的都是士兵。他们中有个人拿起来复枪朝母女俩瞄准。米霞缓缓举起双手。

阴郁的团长从桌旁站起来。他伸手向上抓住了她的一只手，摇着她表示欢迎。

“这是我们的女领主。”[①] 他说，而米霞则笨拙地行了个屈膝礼。

伊凡·穆克塔也在士兵中间。他头上缠着绷带。米霞从他那里得知，她的父母带着一头奶牛住在磨坊。除此之外，除此之外在太古已经没有任何居民。伊凡带米霞上楼，他在她面前打开了通向朝南房间的门。米霞在自己面前看到的是冬天的夜空。朝南的房间已经不复存在，可她觉得这简直是太不重要了。既然她预料已失去了整座房屋，丧失一个房间又算得了什么。

“米霞太太，”伊凡在楼梯上说，“太太必须把自己的双亲从这儿弄走，藏进森林。在你们的节日过后，前线立即就会推移。这将是一场可怕的战役。请太太千万不要对任何人讲。这是军事秘密。”

“谢谢。”米霞说，过了片刻，她才意识到这些话隐含的全部危险。

① 原文此句是用波兰语字母拼写的俄语。

“上帝啊，我们怎么办？我们怎能在森林里过冬？伊凡先生，为什么要打这场战争？是谁在进行这场战争？为什么你们自己要去送死，还要杀死别人？”

伊凡·穆克塔忧伤地瞥了她一眼，没有回答。

米霞给稍带醉意的士兵们各人一把小刀，让他们削马铃薯皮。她拿出藏在地下室里的猪油，煎了一大盆油煎马铃薯条。士兵们没看过油煎马铃薯条。起先他们不信任地打量着这些油煎马铃薯条，直到他们尝试了第一口之后，才以越来越好的胃口吃了起来。

“他们不相信这竟是马铃薯。”伊凡·穆克塔解释道。

桌上出现了一批又一批酒瓶。奏起了手风琴。米霞把阿德尔卡安置在楼梯下边睡觉。她觉得那里最安全。

妇女在场让士兵们情绪更高涨。他们开始跳舞，先是在地板上跳，后来在桌子上跳。其余的人都在按音乐的节拍鼓掌。酒不断灌进他们的喉咙，某种突发的疯狂支配了他们——他们跺着脚，狂呼乱叫，用枪托擂打地板。这时一个淡色眼珠的年轻军官从皮套里掏出手枪，对着天花板一连开了好几枪，灰泥撒进了玻璃杯。惊呆了的米霞双手抱头。猛然间，一切都静了下来，米霞听见自己怎样叫喊。伴随她的尖叫的是楼梯下边孩子恐怖的哭声。

阴郁的团长对淡色眼珠的军官破口大骂，还伸手去摸自己的手枪皮套。伊凡·穆克塔跪在米霞身边，对她说：

“请别害怕，米霞。这只不过是闹着玩罢了。”

他们把一个完整的房间让给了米霞。她检查了两遍，看是否锁上了门。

清晨，她去磨坊的时候，淡色眼珠的军官走到她跟前，带着道歉的神情说了些什么。他让她看戴在手指上的戒指和一些纸张。跟往常一样，伊凡·穆克塔不知从什么地方突然钻了出来。

“他有妻子和孩子，都在莫斯科。昨天晚上发生的事很对不起太太。是内心的忧烦、不安使他失态。”

米霞不知自己该怎么办。一种突如其来的冲动使她走向了那个男人，把他搂在了怀中。他的军服散发着泥土的气味。

“请先生留神，竭力别让自己被打死了，伊凡先生。”她告别时对伊凡说。

他摇摇头，淡淡一笑。他的一双眼睛现在看起来就像两道黑线。

“像我这样的人不会死。”

米霞的脸上露出微笑。

“那就再见啦。”她说。

米哈乌的时间

他们跟奶牛一起住在厨房。米哈乌在门后，在那一向是放置木桶的地方给奶牛铺了个窝。白天他常去粮仓拿干草，然后喂牛，清扫奶牛身子下的牛粪。格诺韦法坐在轮椅上瞧着他干活儿。他一天两次拿来牛奶桶，坐在小凳子上尽其所能挤牛奶。牛奶不多，确切地说，勉强只够满足两个人的需要。米哈乌还要从这点儿牛奶上撇取乳皮，为的是将来有一天进森林能把乳皮带给孩子们。

白天很短，仿佛有病，没有力气把自身的风采展现到底。天早早就黑了，因此夫妻俩常坐在桌旁，桌上点着一盏若明若暗的煤油灯。他们用床罩遮住窗口。米哈乌点着了炉灶，敞开炉门，火使他们打起点精神来。格诺韦法请求丈夫把她转到火炉前面来。

“我不能动，简直是个活死人。我是你沉重的负担，这对你不公道。”有时她这么说，那声音是从腹部深处挤出来的，低沉阴郁。

米哈乌安慰她说：

“我乐于照料你。”

晚上米哈乌帮她坐便盆，给她擦洗身子，把她抱到床上，为她抚直手和脚。他觉得，她似乎是从躯体的深部看着他，似乎她是被砰的一声关在躯体内。夜里她常悄声说：

“搂住我。”

他俩一起倾听火炮的响声，最常听到的是炮弹落在科图舒夫附近的某个地方的声音，可有时一切都在颤抖，那时他们知道，炮弹打到了太古。夜里常有些古怪的响动传进他们的耳中：噼噼啪啪，嘁嘁喳喳，然后是人的或动物的急促的脚步声。米哈乌感到害怕，但他不想表现出这一点。当他那颗心跳得过猛的时候，他便翻了个身。

后来，米霞和阿德尔卡来接他们夫妇。米哈乌不再坚持留在太古。世界的磨盘停止了转动，它的机械损坏了。他们在官道上的积雪里跋涉，走向森林。

“让我再瞧一眼太古。”格诺韦法请求说，但米哈乌装作没有听见她的话。

溺死鬼普卢什奇的时间

溺死鬼普卢什奇一觉醒来，浮出水面望着世界。他看到世界波翻浪涌，空气流动得有如大爆炸激起的气浪，急剧膨胀，迅猛翻腾，一团团升起，射向天空。河水汹涌着，变得混浊不堪。打在水上的是热和火。凡是在上面的东西，现在都在下面；凡是在下面的东西，现在都奋力向上升腾。

好奇心和行动的愿望主宰了溺死鬼。他想试试自己的力量，他从河上集结起一团团的雾和烟。现在灰色的云团跟着他沿沃拉路向村庄移动。

在博斯基家的栅栏旁边，他看到一条衰弱清瘦的狗。他朝狗俯下身子，没有任何意图。狗发出一声刺耳的哀嚎，卷起尾巴逃之夭夭。这个举动惹恼了溺死鬼普卢什奇，于是他将成团的雾和烟发送到果园上空，想将其塞进炊烟袅袅的烟囱，就像他往常干的那样，可如今烟囱没有一点儿热气。普卢什奇围着塞拉芬家的房屋转了一圈，他看到那里已是一个人也没有。太古没有一个人影儿。空中激荡着狂风吹动的粮仓大门哐啷哐啷声。

溺死鬼普卢什奇渴望在人的设备、用具中间溜达、跳舞、走动，为的是让世界对他的存在做出反应。他想主宰空气，让风停息在自己雾蒙蒙的躯体中，他想假扮水的形态，想诱惑和吓唬人，想惊走动物。可是空气的剧烈运动止息了，一切都变得空虚，寂静无声。

他停了片刻，感觉到了弥漫在森林里某个地方的微弱的热气，人散发出来的那种热气。溺死鬼非常高兴，旋转了起来。他沿着沃拉路往回走，重新去惊吓那同一条狗。天空布满了低垂的阴云，这给溺死鬼增添了力量。太阳还没有出来。

已经到了森林前边，不知是什么原因使他停止了脚步。他迟疑了片刻，然后就拐了弯，朝河的方向走去，不是走向神父的牧场，而是走得更远，走向了帕皮耶尔尼亚。

稀疏的松树林被毁坏了，冒着烟。地上现出许多巨大的窟窿。昨天这里想必经历过世界的末日。高高的青草上躺着数百具渐渐冷却的人类尸体。血化为红色的蒸气升向灰暗的天空，以至于东方逐渐被染成胭脂红。

溺死鬼在这一派死亡的景象中看到了某种活动。太阳挣脱了地平线的羁绊，并且开始将灵魂从士兵们僵硬的尸体中解放出来。

挣脱了肉体的灵魂神态慌乱，困惑，傻乎乎，摇摇晃晃，像影子，像透明的小气球。溺死鬼普卢什奇高兴的程度几乎不亚于活人。他进入稀疏的树林，试图使那些灵魂旋转起来，跟它们一道翩翩起舞，吓唬它们，把它们带走。它们的数量是那么庞大，数以百计，或许是数以千计。它们飞升了起来，在大地的上方犹豫不决地摇晃着。普卢什奇在他们中间移动、吆喝、呵斥、抚摩、旋转，玩得像乳臭小儿一样高兴。但那些灵魂没有注意到他，似乎他根本就不存在。它们在晨风中摇晃了片刻，而后就像放出去的气球，向上飞升，消失在高空。

溺死鬼无法理解它们会离去，会有一个死后可以去的地方。他试图去追赶它们，但它们已遵循另一种规律，与溺死鬼普卢什奇的规律完全不同。它们对他的挑逗视而不见，听而不闻，简直是又瞎又聋。它们就像一群靠本能活动的蝌蚪，只知道洄游的方向。

树林由于它们而变白，而后又突然变得空空如也。溺死鬼普卢什奇又是孤零零的一个。他怒气冲天。他一扭身撞在了一棵树上。只有受惊的鸟发出一声刺耳的尖叫，胡乱地朝河的方向飞走。

米哈乌的时间

俄国人从帕皮耶尔尼亚将己方阵亡者的尸体收走，用大车运到村庄。他们在海鲁宾的地里挖了个大坑，把士兵的遗体埋在了那里。他们把军官的遗体放在另一边。

回到太古的所有的人都跑去观看这场没有神父、没有演说、没有鲜花的仓促的葬礼。米哈乌也去了，一不小心竟让阴郁的团长的目光正好落到了他身上。阴郁的团长拍了拍米哈乌的背，吩咐他把军官们的遗体运到博斯基家的屋前。

“不，你们别在这儿挖坑。”米哈乌请求说，“难道给你们的士兵建坟的土地还少吗？为什么要埋在我女儿的花园里？你们为什么要拔掉葱和鲜花？你们去坟地埋尸吧，我还可以给你们别的地方。”

阴郁的团长从前一向是彬彬有礼、温文尔雅的，此刻却把米哈乌猛地一推，而士兵中竟然还有人举起枪来向米哈乌瞄准。米哈乌只好退到了一旁。

“伊凡在哪里？”伊齐多尔问团长。

“他死了。”[①]

① 原文此句是用波兰语字母拼写的俄语。

“没有。”伊齐多尔说，团长的目光落在他身上停留了片刻。

“为什么没有？”[1]

伊齐多尔一转身，撒腿便跑。

俄国人在花园里，就在卧室的窗户下边埋葬了八名军官的尸体。每个人都给他们撒了一抔土。俄国人离开后，雪落了下来。

从此，谁也不愿在朝花园的卧室里睡觉。米霞卷起了羽绒被褥搬到了楼上。

春天，米哈乌砍了棵小树，削了个十字架，将它立在了窗户下。然后用木棍仔细地在土地上划出一道小沟，撒上了龙头花籽。花开得很茂盛，色彩鲜明，张开的小嘴巴朝向天空。

一九四五年夏末，太古一带已经没有战争，一辆军用“嘎斯”牌吉普车驶到屋前，车里走出一位波兰军官和一个穿便服的人。他们说，要给那些军官移葬。后来又出现了一辆坐着士兵的卡车和一乘大车，人们从地里挖出来的尸体全被安放在大车上。土地和龙头花吸干了他们的血和水分。毛料制服保存得最完好，是制服将腐烂的尸体保留完整。那些将尸体搬上大车的士兵都用大手帕扎住自己的嘴巴和鼻子。

官道上站立着太古的居民，他们试图透过栅栏把迁坟的场面尽量看清楚点，然而当大车朝耶什科特莱的方向离去的时候，他们都默默无言地后退。最大胆的是那些母鸡——它们勇敢地

① 原文此句是用波兰语字母拼写的俄语。

追着在石头地上颠簸的大车奔跑，贪婪地啄食从车里掉落到地上的东西。

米哈乌在丁香丛中呕吐。从此他再也不吃鸡蛋。

格诺韦法的时间

格诺韦法的身子在静止状态中变硬，宛如放在烧红的炭上烤干的泥罐。它任人将它摆放到轮椅上。现在这副躯体是靠别人的慈悲而存在。由人将它搬到床上，由人给它清洗，由人让它坐便盆，由人将它推到门廊。

格诺韦法的躯体是一回事，而格诺韦法又是另一回事。她是给封闭在躯体里面，给砰的一声关了起来，她被惊呆了。她能活动的只有手指尖和脸，但她已是既不会笑，也不会哭。从她嘴里冒出像小石子似的，不连贯的、别扭的、粗糙的话语。这样的话语没有权威。有时，她看到阿德尔卡打安泰克，她试图训斥外孙女，可是阿德尔卡并不太在乎她的威胁恫吓。安泰克急得直往外婆的裙子里躲，格诺韦法却没有办法把他藏匿起来，或者哪怕是把他搂在怀中。她只能束手无策地望着个头和力气都大的阿德尔卡揪住哥哥的头发，她胸中充满了愤怒，但这股怒火立刻便熄灭了，因为她无法以任何方式宣泄出来。

米霞对母亲说过许多话。她把轮椅从门边推到厨房暖和的瓷砖前，开始絮絮叨叨地说个没完。格诺韦法漫不经心地听着，女儿讲的那些事令她感到腻烦。她对谁活着，谁死了这类事情越来越不关心，弥撒、米霞在耶什科特莱的同学、豌豆保鲜防腐的方法、米霞边听边做笔记的收音机广播节目、米霞荒谬的疑虑和问题，也全都引不起她的兴趣。格诺韦法宁愿集中精力关注米霞在做什么，家里发生了什么事。于是，她看到女儿的腹部第三次隆了起来，看到米霞揉面做面条的时候，面粉像雪花似的从面板上飘落到地板，看到淹死在牛奶里的苍蝇，看到留在炉灶铁盖板上烧得通红的火钩子，看到母鸡在过道里啄皮鞋带。这是具体的、可触摸到的现实生活，这是日复一日从她身边流逝的生活。格诺韦法看到，米霞无法打理双亲作为礼品送给她的这座大房子。于是她费劲地从嘴里挤出了几句话，劝女儿找个姑娘到家里来帮忙。于是，米霞领来了鲁塔。

鲁塔长成了一个美丽的姑娘。格诺韦法望着她，顿感心脏一阵紧缩。她一直在守候她们俩，米霞和鲁塔并排站在一起的时刻，她便反复将她们俩做比较，“难道谁也看不出这一点？”她思忖道。她俩彼此是如此相像。简直就是同一样东西的两个变种。一个略为娇小，肤色也稍微黑点，另一个高一点，也更丰满点儿。一个的眼睛和头发是栗色的，另一个是蜜色的。除此之外，一切都一模一样。至少格诺韦法觉得是如此。

她望着鲁塔擦地板，把白菜头切成丝，用擦钵研磨干酪。她望着她的时间越长，对自己的看法越是肯定。有时家里洗衣服或者是做大扫除，而米哈乌又没空，米霞就吩咐孩子们把外婆推到森林里散步。孩子们小心翼翼地把轮椅搬出屋子，然后推到丁香丛外边，从屋子里已经看不见他们，于是他们便推着轮椅在官道上飞奔，轮椅上坐着躯体僵硬、神态庄严的格诺韦法。他们常常把外婆扔在一边。外婆的头发散开了，一只手无力地垂落在轮椅扶手的外边，而他们自己却跑进幼树林采蘑菇或是摘草莓。

在这种日子里的某一天，格诺韦法用眼角的余光看到麦穗儿走出森林，朝官道这边来了。格诺韦法的头动不了，因此只好等待。麦穗儿走到她跟前，好奇地围着轮椅转了一圈。她蹲在格诺韦法面前，望着她的脸。她俩彼此打量了片刻。麦穗儿再也不是当年赤脚在雪地里奔走的姑娘。她壮实了，也更高大了。她的两条粗发辫如今已变成白色。

“你换走了我的孩子。”格诺韦法说。

麦穗儿粲然一笑。将她那只瘫痪了的手放在自己温暖的手掌中。

“你抱走了一个小姑娘，给我留下了一个小男孩。鲁塔是我的女儿。”

“所有年轻妇女都是年老妇女的女儿。再说，你已经既不需要女儿，也不需要儿子了。”

“我已经全身瘫痪不能动。”

麦穗儿捧着格诺韦法瘫痪的手，在它上面亲了亲。

“你起来，走！”她说。

“不！”格诺韦法小声说，并且以无意识的动作摇了摇头。

麦穗儿大笑起来，朝太古的方向走了。

在这次邂逅之后，格诺韦法再也不想开口。她回答别人的问话仅仅是“是”或“不”。她偶尔听见帕韦乌跟米霞窃窃私语，说中风也会侵袭人的头脑。“让他们说去。”她心想，“中风会侵袭我的头脑，可我，依旧是我。”

吃过早餐后，米哈乌把格诺韦法推到屋子前边。他把轮椅放在靠近栅栏的青草地上，而后自己就在长凳上坐了下来。他掏出卷烟纸，花了很长时间用手指将烟叶揉碎。格诺韦法望着自己前方的官道，她打量着光滑平整的铺路石头，觉得这些铺路石头仿佛都是埋在地里的、成千上万的人的头颅。

“你不冷吗？”米哈乌问。

她摇摇头。

后来米哈乌抽完了烟，走开了。格诺韦法待在轮椅上，她望着帕普加娃的花园，望着在绿色和黄色的斑点之间，弯弯曲曲延伸的田间砂石路。然后她又望着自己的脚、膝盖、大腿，它们同样是那么遥远，同样不属于她，就像那些砂石、田野和花园。她的躯体是用脆性的、人的物质捣碎后捏成的泥人儿。

令她感到奇怪的是，她的手指还能动，苍白的手上手指尖还有感觉，她这双手已有好几个月不曾领略过劳动的疲累了。她把这样的两只手放在失去知觉的膝盖上，她用手指翻弄着裙子的皱褶。“我是一具活尸。”她自言自语说。而在格诺韦法的躯体内，像癌，像霉菌那样杀人的景象已在不断地扩大。屠杀的要害在于剥夺运动的权利，须知生命就是运动。被杀的躯体不能动，人就成了一具活尸。人所体验到的一切，在躯体内都有个开头和结尾。

有一天，格诺韦法对米哈乌说：

“我觉得冷。”

米哈乌给她拿来毛绒头巾和手套。她动了动手指，但已感觉不到它们。因此她不知道手指在动，还是没有动。她将目光投向官道，她看到许多死去的人回来了。他们沿着官道从切尔尼察向耶什科特莱走去，宛如大规模的圣像巡行，宛如去琴斯托霍瓦[①]的朝圣队伍。但朝圣总是伴有喧哗、单调的歌曲、如泣如诉的连祷、鞋底磨擦石头的沙沙声。而这里却笼罩着一派寂静。

他们有成千上万之数。排着不整齐的、零零落落的队列行进。他们在冰封的寂静中快步走着。他们都是灰色的，仿佛都给抽干了血。

格诺韦法在他们中间寻找埃利和申贝尔特家那个手上抱着吃奶婴儿的女儿，但是那些死难的人移动得太快，使她无法看清他们。直到后来，她看到塞拉芬夫妇的儿子，这只是由于他走得离她最近。他额头上有个褐色的大窟窿。

“弗兰内克。”她低声叫道。

他扭过头来，没有放慢脚步地瞥了她一眼。她向他伸出一只手。他的嘴巴动了动，但格诺韦法连一个字也没听见。

她看了他们一整天。直到傍晚，行进的队伍依然没有缩小。她闭上了眼睛，他们仍在继续向前移动。她知道，上帝也在瞧着他们。她看到了他的面孔——一张黝黑、可怕、伤痕累累的脸。

① 琴斯托霍瓦，波兰城市，在今西里西亚省，滨瓦塔河，那里的光明山为天主教圣地，光明山上的大教堂和修道院历来是朝圣的地方。

地主波皮耶尔斯基的时间

一九四六年，地主波皮耶尔斯基一直住在府邸，虽说众所周知，他在那里住不长久。他的妻子把孩子们送到了克拉科夫，现在她是往返于克拉科夫和太古之间做搬家的准备。

看起来，地主似乎觉得他周围发生的一切横竖是一码事。他继续做他的游戏。他日日夜夜待在书房里。他在双人沙发上睡觉。他不换衣服，不刮胡子。妻子去看望孩子们的时候，他索性不吃饭，一连三四天饿肚子。他不打开窗户，不跟任何人说话，不出门散步，甚至不下楼。有一两回，县里有人就国有化问题来找他。他们夹着装满法令和图章的皮包。他们使劲擂门，拉扯门铃。那时他便走到窗口，居高临下地朝他们瞥了一眼，搓着手。

“一切都正确无误！”他用已经不习惯于说话的嘶哑嗓音说，“我就要走到下一层了。”

有时，地主波皮耶尔斯基需要自己的书籍帮忙。

游戏要求他掌握各种各样的信息，不过他在这方面并没有麻烦，一切他都能在自己的藏书中找到。由于做梦在游戏中起了根本的作用，地主学会了按自己的意旨做梦。更有甚者，他逐渐赢得了对梦的控制，在梦中他想干什么就能干什么，这与在现实生活中完全不同。他能有意识地根据意旨做梦，另一方面，他也能同样有意识地立刻从梦中醒来，如同从栅栏上的窟窿里钻出来一样。他只需要片刻时间，就能完全清醒过来，然后便开始新的行动。

他所需要的一切，游戏都能给予他，甚至比他需要的更多。他又何必走出书房？

这时，县里来的官员夺走了他的森林、整整一季采伐的木材、耕地、池塘和牧场。他们送来了文件，文件上通知他，说他作为年轻的社会主义国家的公民，矿厂、锯木厂、酿酒厂和磨坊已不属于他。最后，府邸也不属于他。他们客客气气，甚至给他规定了移交财产的期限。他的妻子先是哭哭啼啼，后来只是祈祷，最后动手收拾东西、装箱、打包。她是那么消瘦、蜡黄，看上去就像弥留的病人床前点的蜡烛。她那突然变白的头发，在半明半暗的寒冷府邸里，同样闪烁着苍白的光。

地主太太波皮耶尔斯卡没有抱怨丈夫发了疯。让她心烦的是，她不得不自己做决定：什么东西能带走，什么东西得留下。然而当第一辆汽车开来的时候，面色惨白、胡子拉碴的地主波皮耶尔斯基走下楼来，手里拎着两只皮箱。箱子里装的是什么，他不肯给人看。

地主太太奔到楼上，聚精会神地把书房凝视了片刻。她的印象是，书房里什么也没少，书架上没有任何一点空出的地方，没有搬动任何一幅画、任何一件小摆设，什么也没动。她唤来搬运工人，而他们信手把书籍胡乱塞进硬纸箱里。后来，为了干得更快，他们从书架上把书籍成排地往下扒拉。书籍张开自己不会飞的翅膀，无力地散落成一堆。后来纸箱不够用，工人们也不去管它们，搬起装满的纸箱就下楼去了。直到事后才发现，他们搬走了从字母 A 到 L 的所有书籍。

在这段时间内，地主波皮耶尔斯基站立在汽车旁边，满意地呼吸着新鲜的空气。在封闭的环境里待了几个月之后，突然接触到新鲜的空气，这使他头晕目眩，像喝醉了酒似的。他想放声大笑，想玩乐，想跳舞。氧气在他稠浓的、缓慢流动的血液里燃烧，使干得粘结在一起的动脉膨胀开来。

“一切都像应有的那样准确无误，”他在汽车里对妻子说，他们的车子沿着官道，驶在通往凯尔采的公路上，“凡是正在进行的一切，都进行得很好。”

后来他又补充了这么一句，使得司机、工人和地主太太彼此意味深长地瞥了一眼：

“梅花八给枪毙了。”

游戏的时间

在作为游戏使用说明的《Ignis fatuus，即给一个玩家玩的有教益的游戏》的小书中，在对“第四世界”的描述里，出现了下列故事。

上帝在狂热中创造了“第四世界”，这种狂热为承受着身为上帝所必须承受的痛苦的他带来了轻松。

当他创造了人，他立刻就领悟到自己创造了奇迹——人给了他这样一种印象。于是，他便放弃了进一步创造世界。因为他想：“还能创造出什么更完美的东西？”现在，他在自己的上帝时间里，赞赏自己的作品。上帝的目光越是深入到人的内里，上帝心中便越是燃烧起对人的炽烈的爱。

然而人却十分忘恩负义，他们忙于耕种田地、生孩子，全然不把上帝放在眼里。那时，上帝的脑海中便出现了忧伤，从忧伤里发送出黑暗。

上帝对人产生了单相思。

上帝的爱，如同其他每一种爱一样，有时是赘人的、使人难以承受的。人成熟了，就决心从纠缠不放的情人怀抱里解脱出来。“请允许我离开！”人说，“让我以自己的方式去认识世界，请给我准备好上路的用品。”

“没有我，你毫无办法。”上帝对人说，“你不要离开。”

“你别烦我啦！”人说，而上帝则伤心地向他垂下了苹果树枝。

上帝独自留下，思念着人。上帝梦见是他自己将人逐出天堂的。被人抛弃的想法常使上帝痛苦万分。

“你回到我身边来。世界是可怕的，它会杀死你。你瞧瞧地震、火山爆发、火灾和洪水！”上帝从云层中发出雷鸣般的轰隆声，威胁说。

“你别烦我，我自有办法！”人回答上帝，他迈开大步走了。

帕韦乌的时间

“人总得活着，”帕韦乌说，“得养育子女，得挣钱，得受教育，得往高处走，得向上爬啊！”

他也真的是这么做的。

他跟蹲过集中营的阿巴·科杰尼茨基一道回到做木材的生意上。他们购买森林，进行采伐，组织加工和运送木材。帕韦乌买了一辆摩托车，跑遍周围所有的地方寻找订货。他给自己买了一只猪皮的皮包，里面放有订货单据和几支复写笔。

因为生意做得不错，现金像小河淌水般不断流进他的腰包。帕韦乌决定继续自己的教育。把自己培养成医生的计划已不太现实，可他作为一个卫生员和医士，总能不断提高自己的专业水平。现在帕韦乌·博斯基每天晚上都深入学习苍蝇繁殖的奥秘，钻研绦虫复杂的生活链，研究营养品的维生素含量以及肺结核、伤寒这样一些疾病的传染途径。上过几年短训班和培训班之后，他建立了一种信念，认为医学和卫生一旦从黑暗、蒙昧和迷信的桎梏下解放出来，就能改造人的生活，而波兰农村也将成为文明的绿洲，拥有许多消过毒的锅，还有很多用来苏水灭过菌的农场院子。所以帕韦乌作为周围一带的第一个人，率先将自己家里的一间房屋改造成盥洗室兼卫生间。那里干净得一尘不染：搪瓷浴盆，擦洗干净的水龙头，装垃圾的带盖的金属篓子，装药棉和木质素棉的玻璃器皿，还有带锁的玻璃柜，柜子里装有各种药品和医疗器械。他上完了一系列的培训班，取得了护理执照，现在他就在这间屋子里给人打针，同时也不忘以日常卫生为题给人们开些小讲座。

后来他跟阿巴一起做的生意垮了，因为所有的森林都已收归国有。阿巴也要走了。临行前他来告别，两人像兄弟般拥抱在一起。帕韦乌·博斯基意识到，在自己的生活中已开始了一个新的阶段，从今以后，他必须自己想办法安排好自己的生活，再者，他们还处在一个全新的环境里。靠打针无法养活一家人。

于是，他把各种培训班所有的毕业证书装进自己的皮包里，开着摩托车到塔舒夫寻找工作。他在卫生防疫站——县里消毒、灭菌和化验粪便的王国——找到了工作。从此，特别是在他入党以后，便开始逐渐而不可逆转地步步高升。

这种工作的内容是，骑着轰隆隆的摩托车跑遍周围一带的村庄，检查各个商店、饭馆和酒吧间的清洁卫生状况。他夹着装满各种文件的皮包，带着装化验粪便的试管出现在哪里，哪里便把他当成启示录的骑士大驾光临。帕韦乌只要想这么做，就可下令关闭每一个商店，每一个酒肆和饭馆。他成了一个重要人物。人们纷纷给他送礼，请他喝酒，用最鲜美的猪脚冻招待他。

就这样，他认识了乌克莱雅。此人是塔舒夫的一家糖果店的店主，而且还是另外几家不太合法的商店的所有者。乌克莱雅带着帕韦乌进入一个书记和律师们的世界。这是一个离不开酒宴、狩猎、殷勤的大胸女招待和酒精的世界，这个世界给他增添了勇气——从生活中大把大把捞取好处的勇气。

这样一来，乌克莱雅便占据了阿巴·科杰尼茨基空出来的位置，也就是每一个男子在生活中给引路人和朋友留下的位置；没有生活向导和朋友的人，便只能是一个孤立无援、在混乱和黑暗的世界里无法被人理解的斗士，而这种混乱和黑暗已充斥世界的每一个角落，只要转动眼睛朝四处看看，它随处可见，无所不在。

菌丝体的时间

菌丝体长满森林，甚至可以说，也长满了太古。在泥土里，在柔软的植被下，在草地和石头下面，形成许多细线和细绳，彼此纠结，卷成一团，它们能缠住所有的东西。菌丝体的丝具有强大的力量，它能挤进每一小块泥土之间，缠住树根，能阻挡巨大的岩石没完没了地缓慢向前移动。菌丝体的模样儿颇似霉——白、纤细，而且冷冰冰。新月形的地下花边，菌体潮湿的抽丝如刺绣，世界滑溜溜的脐带。它的生长超出牧场，在人的道路下漫游，爬到人们房屋的墙上，而有时，它的力量增长到不知不觉地侵袭人的身体。

菌丝体既不是植物，也不是动物。它不善于从太阳吸取力量，因为它的天性是与太阳为敌的。温暖的、活跃的东西不能吸引它，因为它的天性既不温暖，也不活泼。菌丝体之所以能生存，全靠吸取那种死亡、瓦解并渗入地里的东西所残余的液汁。菌丝体是死亡的生命，是衰退、瓦解的生命，是一切死去东西的生命。

菌丝体整年都在繁殖自己阴冷、潮湿的子女，但只有那些在夏天或秋天出世的子女才是最美的。在人类的道路边，长出的是大帽子、细长腿的大蒜菌。草地里白花花地长出的，是近乎完美的马勃菌和厚皮菌，而黄皮牛肝菌和多孔菌则喜欢占领病残的树木。森林里充满了黄色的鸡油菌、黄褐色的红菇和麂皮色的美味牛肝菌。

菌丝体既不压制，也不突出自己的子女，它对所有的子女都赋予生长的力量和传播小孢子的机能。它对一些子女赋予气味，对另一些子女赋予在人类的眼前隐匿起来的能力，还有一些子女，则具有让人一见就喘不过气来的外形。

在地下的深处，在沃德尼察的正中央，搏动着一大团纠缠在一起的白色菌体，它是菌丝体的心脏。菌丝体从这里向世界的四面八方扩展、蔓延。这里的森林黑暗而潮湿。茂盛的黑莓缠住了树干。一切都长满了青苔。人们本能地回避沃德尼察，虽说他们并不知道在这下边跳动着菌丝体的心脏。

所有的人中，只有鲁塔知道这一点。她是根据每年都在这儿生长的、最美的蛤蟆菌猜测出来的。蛤蟆菌是菌丝体的卫士。鲁塔趴在地上，置身于蛤蟆菌之间，从下面观察它们翻花的雪白衬裙。

鲁塔曾经听到过菌丝体的生活节奏。这是一种地下的沙沙声，听起来宛如低沉的叹息。而后她听见地里的土块轻微的破裂声，那是菌丝体的丝从土块中间往外挤。鲁塔还听到过菌丝体心脏的跳动，这种跳动每隔人类的八十年才出现一次。

从这时开始，她经常来到沃德尼察这个潮湿的地方，而且总是趴在湿漉漉的青苔上。她趴在地上的时间一长，对菌丝体的感觉就有所不同，因为菌丝体会减慢时间的流逝。鲁塔进入一种似梦非梦的状态，完全以另一种方式看外界。她看到昆虫缓慢地袅袅婷婷地飞舞，她看到蚂蚁从容不迫地运动，她看到光的微粒落到树叶的叶面上。所有高亢的响音——鸟的呖呖啼啭，兽的尖细嘶鸣——全都变成了嗡嗡声和叽喳声，这嘈杂的声响贴着地面移过，像雾一般。鲁塔觉得，她就这么躺卧了好几个钟头，虽说刚刚只过了片刻。菌丝体就是这样占有时间的。

伊齐多尔的时间

鲁塔在一棵椴树下等他。刮着风，树沙沙地响，如泣如诉。

“要下雨了。”她这么说道，代替了见面的寒暄。

他俩默默无言地顺着官道走去，然后拐向了沃德尼察后面，他们常去的森林。伊齐多尔走在鲁塔后面，相距半步，偷偷望着姑娘赤裸的肩膀。她的皮肤看上去很薄，几乎是透明的。他真想碰碰她，抚摸抚摸。

“你还记得很久以前，我曾指给你看过的一条边界？”

他点了点头。

“那时我们还想好好地研究它一下。我有时不相信这条边界。它把陌生人放了进来……”

“从科学的观点看，是不可能存在这样一条边界的。”

鲁塔大笑起来，抓住了伊齐多尔的手。她把他拉到低矮的松树之间。

“我再给你看一样东西。”

“什么？你还有多少东西要指给我看的？最好把所有的东西全都一次指给我看。”

“这办不到。”

“是活的东西还是死的东西？”

“既不是活的，也不是死的。”

“是什么动物？”

“不是。”

“植物？”

“不是。”

伊齐多尔站住了，惴惴不安地问：

“是人？”

鲁塔没有回答，松开了他的手。

“我不去。”他说，并且蹲下了身子。

“不去就不去。我又不强迫你。”

她挨着他跪了下来，瞧着森林的大蚂蚁来来回回奔走的蚁道。

“你有时是那么聪明，可有时又是这么蠢。”

“而蠢的时候比聪明的时候多！”他伤心地说。

“我想把森林里某种奇怪的东西指给你看。妈妈说，那是太古的中心。可你不想去看。”

“好吧，我们这就去。”

森林里听不见风声，却变得闷热起来。伊齐多尔见到鲁塔后颈上细小的汗珠。

“我们休息一会儿吧。”他从后面说道，“我们在这儿躺一会儿，休息休息。”

“马上就要下雨了，快走。”

伊齐多尔躺在草地上，用手垫着头。

“我不想看世界中心。我想跟你一起躺在这儿。来吧！”

鲁塔踌躇了一下。她离开了几步，后来又返回来。伊齐多尔眯缝起眼睛，鲁塔变成了模糊不清的身影。朦胧的身影正向他靠近，坐到草地上。伊齐多尔向前伸出一只手，触到了鲁塔的一条腿。手指感觉到细小的汗毛。

“我想成为你的丈夫，鲁塔。我想跟你做爱。”

她缩回了腿。伊齐多尔睁开眼睛，直视鲁塔的脸。那张脸是那么冷酷而倔强。完全不是他所熟悉的那副面容。

“我永远不跟我爱的人做这种事。我只跟我恨的人做。”她说，同时站了起来，“我要走了。如果你愿意，就跟我来。”

他急忙爬了起来，跟着她走。跟往常那样，他走在她后边，相隔半步。

“你变了。”他悄声说。

她猛地一转身，站住了。

“不错，我是变了。你觉得奇怪吗？世界很坏。你自己也看到了。创造出这样的世界，还算个什么上帝？或者他本身就坏，或者他允许恶存在，或者他脑子里一切都乱了秩序。”

“不能这么说……”

“我能。”她说，紧接着就向前跑去了。

森林里变得异常寂静。伊齐多尔既没听见风声，也没听见鸟鸣，也没听见昆虫的嗡嗡声。只有空虚、寂静。他仿佛是掉进羽毛里，掉进了巨幅的羽绒被褥的正中央，掉进雪堆里。

“鲁塔！”他叫喊起来。

她在林木之间闪烁了一下，然后就消失不见了。他朝她消失的方向奔去。他一筹莫展地环顾四周，因为他明白，没有她，他走不出森林，回不了家。

“鲁塔！”他叫喊的声音更响。

“我在这儿。”她说，从树后走了出来。

“我想看看太古的中心。”

她把他拉进了茂密的灌木丛、马林果丛、野黑莓丛。植物常钩住伊齐多尔的毛衣。他们前方，在高大的橡树之间，有个小小的林中旷地。地上盖满了去年和今年的橡实。一些橡实已碎成粉末，另一些橡实发了芽，还有一些橡实闪烁着鲜艳的绿光。旷地的正中央，立着一块高大的长方形白色砂岩石。在这块石碑的上面躺着一块更宽、更笨重的石头，就像石碑戴上了一顶帽子。伊齐多尔在石帽下面发现了一张脸的轮廓。他走得近些，为了能仔细瞧瞧这张脸。那时他看到另外的两边又各有同样的一张脸。就是说，这石碑有三张面孔。伊齐多尔突然体验到一种扞格的深刻感觉，好似缺少某种特别重要的东西。他有个印象，觉得这一切都似曾相识，觉得他曾见过这林中旷地，见过旷地中央的石头和它的三张面孔。他摸索到鲁塔的手，但这并没有使他感到安慰。鲁塔的手拉着他跟在她身后，他们开始围绕旷地，踏着橡实转圈子。那时伊齐多尔看到了第四张面孔，跟其余的三张面孔一模一样。他越走越快，后来松开了鲁塔的手，因为他开始眼盯着石头奔跑起来。他总是见到一张脸正冲着他，两张脸从侧面看着他。这时他领悟到那种缺憾的感觉从何而来。这是一种作为世间万物基础的烦愁，每样东西、每种现象里无所不在的烦愁。这烦愁自古以来绵绵不绝，它源于不能一下子把所有的事都弄明白。

“无法看到第四张面孔。”鲁塔说，她仿佛猜透了他的心思，“这正是太古的中心。”

下起了大雨，他们走到官道上时，都已浑身湿透了。鲁塔的连衣裙紧紧贴在了她的身上。

“到我们家去吧。把身上的衣服烤干。”他提议说。

鲁塔站立在伊齐多尔的对面。她背后是整个村庄。

“伊杰克，我要嫁给乌克莱雅。”

“不！”伊齐多尔说。

“我想离开这里进城，我想出去旅游，我想戴耳环，穿上不用系鞋带的漂亮的鞋子。”

“不！”伊齐多尔重复了一遍，浑身打起了哆嗦。水顺着他的脸流淌，模糊了他看太古的视线。

“是的。”鲁塔说，朝后退了几步。

伊齐多尔两脚发软。他担心自己会摔倒。

“我将住在塔舒夫。那里并不远！”鲁塔叫喊起来，然后一转身，钻进了森林。

麦穗儿的时间

恶人总是在晚间来到韦德马奇。他是黄昏时分从森林里钻出来的，看上去就像没有粘牢而从林木之墙上掉落下来一样。他脸色阴沉，脸上永远印有不会消失的树影。蜘蛛网在他的头发上闪闪发光，他的下巴上来回爬着蠼螋和金龟子——这使麦穗儿感到极其厌恶。他散发出的气味也与众不同。不像人散发出的气味，而是像树木、青苔、野猪毛、野兔的皮散发出的气味。她允许他接触自己的时候，她知道，她不是在跟人交媾。这不是人，虽然具有人的形象，虽然他会说两三句人话。每回这东西趴到她身上，就让她感到一阵恐怖，但同时也感受到一股冲动，她自己也变成了发情的母鹿，变成了母野猪，变成了母麋。除了是头雌性的动物，什么别的也不是。她与世上亿万的雌性动物毫无差异，而她自己身上趴着的这头雄性动物，与世上亿万雄性动物也毫无二致。在那种时候，恶人总要发出幽长、刺耳的嚎叫，整座森林想必都能听见。

他总是在天亮时离开她，走时总要偷她一点食物。麦穗儿曾多次试图跟踪他穿过森林，以探出他的藏身之所。假如说她知道他的隐匿处，她就能对他享有更大的权力，因为无论是动物还是人，在躲藏的地方总会表现出自己天性中软弱的一面。

她对恶人的跟踪从未成功，最远从未超过长着一棵高大椴树的那个地方。她的目光只要稍稍离开恶人在树木之间晃动的驼背，哪怕只是短暂的一瞬间，恶人便会消失，犹如掉进地里。

最后麦穗儿明白了，是她的人类的、女人的气味暴露了她，因此恶人知道自己受到了监视。于是她采了许多蘑菇，揭了许多树皮，收集了许多针叶和阔叶，把这一切放进一个大石头锅里。她往锅中注进雨水，等了好几天。恶人来找她交配。他在天亮的时候离开她，逃进森林，嘴里叼着一块猪油。她迅速脱光了衣服，用自己配的药水涂了一身，跟在他后边走。

她看到恶人坐在牧场边缘的草地上，正津津有味地吃着猪油。然后他在地上擦净双手，走进了高高的青草丛中。他在开阔的空间胆怯地东张西望，为了辨别气味，他用鼻子拼命地嗅来嗅去。有一次，他甚至趴在地上，直到过了片刻，麦穗儿才听见沃拉路上大车的辘辘声。

恶人走进了帕皮耶尔尼亚。麦穗儿跟着扑进了青草丛中，腰几乎弯到了地面，沿着他的踪迹奔跑。等她终于跑到了森林边上，却哪里都看不到他。她也试着学他的模样用鼻子嗅，但什么也没嗅出来。她束手无策地在一棵高大的橡树下面转来转去，蓦地，在她身旁落下一根树枝，然后又落下第二根和第三根树枝。麦穗儿很快就悟出了自己判断上的错误。她往上抬起了头。恶人坐在橡树的树杈上，正冲着她龇牙咧嘴。她被自己的黑夜情人吓了一大跳。他那模样完全不像人。他吼叫着对她发出警告，麦穗儿明白，她必须离开。

她径直走到河里，洗尽了身上的泥土和森林的气味。

鲁塔的时间

乌克莱雅的华沙牌小轿车能开多远就尽量开多远。后来，乌克莱雅不得不下车，最后的一段路只好步行。他在林间小道的车辙上磕磕绊绊地走着，嘴里喃喃诅咒。最后他站在麦穗儿那间倒塌了一半的小屋前边，悻悻地啐了一口唾沫。

“好女人，请到这儿来吧！我有事找您！”他叫喊道。

麦穗儿走到屋前，直视着乌克莱雅发红的眼睛。

“我不把她交给你。”

乌克莱雅在刹那间失去了自信，但他立刻控制住情绪，打起了精神。

“她已经是我的人了。”他平静地说，“只是她坚持说，必须得到你的祝福。我是来请求你把她嫁给我的。”

“我不把她交给你。”

乌克莱雅转身向小轿车的方向走去，他叫喊道：

“鲁塔！”

过了一会儿，车门打开了，鲁塔从小轿车里走了出来。她的头发现在剪短了，烫成小卷从一顶小帽子的下边露了出来。她穿了一条窄裙子，一双高跟鞋，显得非常苗条，非常高。她穿着这样的鞋子在砂石路上行走，十分费劲。麦穗儿贪婪地望着她。

鲁塔走到乌克莱雅身边停住脚步，犹豫不决地伸手挽住他的胳膊。这个动作最终为乌克莱雅增添了勇气。

“祝福女儿吧，女人，因为我们没有太多的时间。”

他把姑娘轻轻向前推。

“回家吧，鲁塔。”麦穗儿说。

“不，妈妈，我想嫁给他。”

“他会欺负你的。我会由于他而失去了你。这是个会变成狼的、非常可怕的人。”

乌克莱雅笑了。

“鲁塔，我们回去吧……这样做是毫无意义的。”

姑娘猛然转身冲着他，把手提包扔到他的脚下。

“没有得到她的允许，我不走！”她激愤地叫嚷说。

她走到母亲跟前。麦穗儿将她搂在怀中，她俩就这么相拥着站立不动，直到乌克莱雅失去了耐性。

“我们回去，鲁塔。你不必去说服她。她不同意就不同意吧，没什么了不起！她又不是个有家产的阔太太……”

这时麦穗儿越过女儿的头顶对他说道：

“你可以把她带走，但我有一个条件。”

“什么条件？”乌克莱雅好奇地问。他喜欢讨价还价。

“从十月到四月末她属于你。从五月到九月她属于我。”

大吃一惊的乌克莱雅瞥了她一眼，仿佛不明白她说的是什么。后来，他开始掰起手指头算月份，他算出这是一种不均等的分配，而他占了便宜。他分到的月份比麦穗儿多，便狡黠地一笑。

“行，就按你说的办！”

鲁塔抓起母亲的手，贴到自己的脸颊上。

“谢谢你，妈妈。我会过得不错的。我想要的一切，在那儿都能得到。”

麦穗儿亲吻了女儿的额头。他们离开的时候，她甚至没有朝乌克莱雅看上一眼。小轿车在开动之前，放出了一团灰色的烟雾，这是韦德马奇的树木有生以来，破天荒第一次尝到了汽车废气的味道。

米霞的时间

为了替彼得和帕韦乌过命名日，帕韦乌在六月举行命名日招待会，邀请亲属、工作单位的同事们、书记们和律师们出席。但是过生日的时候，他一向总是只邀请乌克莱雅。生日宴会是为朋友举行的，而帕韦乌只有一个朋友。

孩子们听到华沙牌小轿车低沉的轰隆声，全都仓皇逃到楼梯下边的密室里躲藏起来。乌克莱雅没有意识到自己竟会引起孩子们如此的惊慌，他给孩子们带来了一大保温瓶的冰淇淋，而在硬纸盒里装的是维夫饼干。

米霞，身着蓝色的孕妇连衣裙，请他们到餐厅入座，但大家在就座时，彼此谦让耽误了一些时间。伊齐多尔在门口缠住了鲁塔。

"我有新邮票。"他说。

"伊齐多尔，别烦扰客人！"米霞呵斥道。

"你穿这件皮大衣看起来很美，像白雪公主。"伊齐多尔悄声对鲁塔说。

米霞开始上菜。端上桌的是猪脚冻和两种凉拌菜。还有几盘熏制的食品和填馅的鸡蛋。炉灶上热着酸白菜炖肉，锅里是噼啪作响的炸鸡腿。帕韦乌斟满了酒杯。男人们相对而坐，聊着塔舒夫和凯尔采的皮革价钱。后来，乌克莱雅讲了一些淫秽的笑话。酒消失在喉咙里，可是酒杯看起来似乎太小，难填肉体可怕的欲望。两个男人的外表仍然是清醒的，虽说他们的脸已通红，而且两人都解开了领扣。后来，他们的眼睛变得越来越浑浊，仿佛是从内里凝结了。这时，鲁塔跟着米霞走进厨房。

“我来帮你。”她说，米霞递给她一把刀。鲁塔的两只大手切起了大蛋糕，红指甲在白奶油上方闪烁，犹如一滴滴鲜血。

男人们开始唱了起来，米霞不安地瞥了一眼鲁塔。

“我得打发孩子们去睡觉。你送蛋糕给他们。”她请求说。

“我在这儿等你。我把餐具洗干净。”

“鲁塔！”喝醉了的乌克莱雅从餐厅里突然号叫起来，“过来，你这个小娼妇！”

“快去！”米霞匆匆说，同时端起了装蛋糕的托盘。

鲁塔放下手里的刀，不情愿地跟着米霞走出了厨房。她们坐到各自的丈夫身边。

“瞧瞧，我给老婆买了怎样的胸罩！”乌克莱雅叫嚷着，伸手就去撕扯老婆身上的衬衫，露出长了雀斑的胸部和雪白的花边胸罩。

“法国牌子！”

“你别胡来！”鲁塔悄声说。

“什么别胡来？难道我不能这么做？你是我的，你整个人和你身上所有的东西都是我的。”乌克莱雅望着开心的帕韦乌，又重复了一遍：

“她整个都是我的！她身上所有的一切都是我的！整个冬天她属于我，夏天滚到她妈那儿去。”

帕韦乌端给他斟满的酒杯。他们没有注意到，两个妇女又走出餐厅进了厨房。鲁塔坐在桌边，点燃了一支香烟。这时，一直在窥视她的伊齐多尔不失良机，拿着装邮票和明信片的小盒子走了进来。

“你瞧瞧。”他鼓励说。

鲁塔拿起那些明信片，每一张都看了好一会儿。缕缕白烟从她鲜红的嘴唇里吐出来，口红在香烟上留下神秘的痕迹。

“我可以把它们都给你。”伊齐多尔说。

“不，我宁愿在你这儿看，伊杰克。”

“到了夏天我们将会有更多的时间，不是吗？”

伊齐多尔见到鲁塔被油墨弄得僵直的眼睫毛上，停着一颗硕大的泪珠。米霞递给她一杯酒。

“我很不幸，米霞。”鲁塔说，禁锢在眼睫毛上的泪珠儿顺着脸颊滚落下来。

阿德尔卡的时间

阿德尔卡不喜欢父亲的同事们，不喜欢所有那些衣服散发出香烟和尘土臭气的男人。那些人中最显要的是乌克莱雅，多半是因为他生得那么高大、肥胖。不过每逢维迪纳先生乘轿车来拜访她父亲的时候，连乌克莱雅也变得讨人喜欢、彬彬有礼起来，嗓门也细了许多。

司机送维迪纳先生过来后，一整个晚上都待在停在屋前的小轿车里等待他。维迪纳穿一身绿色的猎装，礼帽上插了一根鸟翎。见面时他总是拍拍帕韦乌的后背，放荡地长时间亲吻米霞的手。米霞吩咐阿德尔卡照看好小维泰克，而自己则从储藏室里拿出最好的储备物。她切干香肠和火腿的时候，刀在她手里闪烁。帕韦乌谈起维迪纳时总带着自豪。

“在如今这种时代，有这样的熟人关系真是太好了。”

父亲的这些熟人确实尝到了狩猎的滋味。他们经常挂满野兔或野鸡从大森林来到她的家中。他们把所有的猎物放在前厅的桌子上，在尚未入席就座之前，先灌下半玻璃杯酒。屋子里飘散着酸白菜炖肉的香味。

阿德尔卡知道，在这样的晚上她必须演奏。同时她还得照应安泰克，让安泰克带着自己的键盘式手风琴，时刻不离她左右。她最害怕的是父亲发脾气。

时间一到，母亲就吩咐他们拿着乐器，走进那个既是餐厅又是客厅的大房间。男人们点着了香烟，房间里鸦雀无声，一派静寂。阿德尔卡调好音，开始跟安泰克一起演奏。在演奏《满洲里的山丘》时，帕韦乌拿起自己的小提琴加入二重奏。米霞站在门口，内心充满自豪地望着他们。

“将来，我要给这个最小的买把低音提琴。”

维泰克见人们的目光都转向了他，赶忙躲到了母亲身后。

在演奏的整个时间里，阿德尔卡想的都是前厅桌子上那些死了的动物。

所有的动物都睁着眼睛。鸟的眼睛看上去就像指环上的宝石，但兔子的眼睛却是那么可怕。阿德尔卡觉得，它们在监视她的每一个动作。鸟是几只一起躺在桌上的，脚捆成一束，犹如小红萝卜。野兔都是单个儿躺着的。她在它们的皮毛和羽翎里寻找过子弹的伤口，但只是偶尔能找到凝结了的圆圆的痂。死野兔的血从鼻子里滴落到地板上。它们的小脸蛋儿跟猫脸相似。阿德尔卡常给它们调整一下头的姿势，让脑袋能搁在桌子上面。

有一次，在射死的野鸡中间，她觉察到一种不同于野鸡的鸟。这只鸟比较小，有种漂亮的蓝色翎毛。这颜色令她神往。阿德尔卡渴望得到这种翎毛。她不知道可以拿这种翎毛做什么，她只知道，她想要这漂亮的翎毛。她小心翼翼地拔下这些翎毛，拔了一根又一根，直到手里捏着一把蓝色的羽毛花束。她用一条白色的束发缎带将它捆扎起来，正想拿给母亲看，刚一走进厨房就迎面碰上了父亲。

“这是什么？你干了什么？你可知道，你干了什么？”

阿德尔卡往餐柜旁边退缩。

“你拔光了维迪纳先生的松鸦的毛！这只松鸦他是专门为自己射杀的。”

米霞站立在帕韦乌身边，厨房门口出现了客人们好奇的脑袋。

父亲用一只铁打似的手紧紧抓住阿德尔卡的肩头，把她领进那个大房间。他怒气冲冲地将她猛地一推，让她恰好站在正在跟人交谈的维迪纳面前。

“怎么回事？”这一位不清醒地问了一句。他的目光是混浊的。

“她拔秃了您的松鸦！”帕韦乌叫嚷说。

阿德尔卡把羽毛花束伸到自己的前方。她的手在发抖。

“把这些翎毛交给维迪纳先生。”帕韦乌冲她吼道，“米霞，拿豌豆来！我们得惩罚她，以儆效尤。对孩子们就得狠一点……得严加管束。”

米霞不情愿地递给他一小袋豌豆。帕韦乌把豌豆撒在了房间的角落里，命令女儿跪在豌豆上。阿德尔卡跪下了，顷刻之间，餐厅里鸦雀无声。阿德尔卡感觉到，所有的人都在看着她。她心想，这会儿她真该死掉。

“滚她妈的松鸦！倒酒，帕韦乌！”在这寂静里，响起了维迪纳咕噜咕噜的声音，餐厅里的谈话重新活跃了起来。

帕韦乌的时间

帕韦乌仰面朝天躺在床上，他知道，今夜已无法入睡。窗外呈现出一片灰色。他头疼欲裂，渴得要死，特别希望有口水喝。但他确实太累了，太沮丧了，以至于这会儿，他连爬起来到厨房里喝口水的力气都没有。于是他便试着去回忆昨天整个晚上的经历，回忆那盛大的酒宴和头几轮的祝酒，因为后来接二连三的干杯，他已不记得多少了。他还回忆起乌克莱雅粗俗拙劣的玩笑，跳舞，妇女们某些不满的表情，某些抱怨。而后他又想到，他已满四十岁了，自己生命的第一章已然结束。他已达到了顶峰！现在，他正带着难以忍受的醉后综合征，仰面朝天地躺在床上，望着正在流逝的时光。他开始回忆另一些时光，另一些晚上的事。他的眼前像看电影似地看到那些流逝的日子，只不过这部电影是倒着放的，从结尾放到开头——荒诞，可笑，没意思，一如他的生活。他看到所有的画面连同一些细节，可他觉得那些都是不重要的、没有意义的。他以这种方式看到了自己全部的过去。在这里面，他没有找到任何值得他自豪、高兴，哪怕是能激起他一点点好感的东西。在这整个稀奇古怪的故事里，没有任何可靠的、稳定的、可以抓住的东西。有的只是拼搏、挣扎、绞尽脑汁，有的只是没有实现的梦想，没有满足的欲望。“时至今日，我仍一事无成。”他思忖道。他真想大哭一场。于是他试着哭出声，但他哭不出来，他大概是忘记了怎么哭，因为他自打孩提时代起就没有哭过。他咽下了一口稠浓、苦涩的唾液，想从喉咙里，从肺里发出孩子式的啜泣。可是，即使是这样也做不到。于是他便把思路转向未来，他竭力去思考将来会怎样，还有什么事情可做，他想到再上短训班，这样伴随而来的就是晋升、送孩子们上中学、扩建房屋、增添几个房间出租，甚至不是几个房间，而是开个旅馆，为那些从凯尔采和克拉科夫来避暑的人建栋度假的小房子。他内心深处活跃了起来，有那么一会儿他忘记了头痛，忘记了口干舌燥，忘记了被咽下的哭声。但没过多久，这可怕的郁闷又回来了。他想到他的未来，跟他的过去一模一样，会发生各种各样的事，那些事全都没有意义，他达不到任何目的。这想法在他心中引起了恐惧，因为在这一切的后面，在短训班、晋升、开旅馆、扩建房子……在这一切奇思妙想，一切行动的后面隐藏着死亡。帕韦乌·博斯基意识到，在这个得了醉后综合征的不眠之夜，他是在束手无策地看着自己的死亡日趋临近。生命正午的钟声已然敲响，现在正缓慢地、逐渐地、诡秘地、不知不觉地一步步逼近黄昏，走向黑暗。

他感到自己像个被遗弃的孩子，像坨被抛到路旁的土块。他仰卧在粗糙的、难以捉摸的此时此刻上头，他感到自己每秒钟都在瓦解成虚无，并且同虚无一起瓦解、崩溃。

鲁塔的时间

鲁塔甚至准备去爱乌克莱雅。她可以像对待一头巨大的、有病的动物那样对待他。但乌克莱雅不想要她的爱，他想要的是对她的支配。

鲁塔有时觉得，乌克莱雅是那种毛茸茸的恶人的化身，他像恶人趴在母亲身上一样，趴在她自己身上。但母亲是面带笑容允许恶人这样做的，而在那种时候，在鲁塔心中激起的是愤怒和仇恨，这种情绪会像发酵的面团，不断增长和膨胀。事后，乌克莱雅总是趴在她身上睡着，而他的胴体散发出酒精的气味。每碰到这种情况，鲁塔便从他的身子下面溜出来，走进盥洗间。她注满一浴盆水，躺在水里，直到水完全变凉。

乌克莱雅常把鲁塔独自关在家中。厨房里给她留下大量从"幽静"餐厅买来的美食：冷盘鸡肉，火腿，鱼肉冻，蔬菜沙拉，浇沙拉酱的鸡蛋，奶油拌生青鱼，凡是菜单上列出的应有尽有。在乌克莱雅家里，她什么都不缺。她从一个房间走到另一个房间，听广播，连衣裙换了一件又一件，不停地试穿皮鞋，试戴帽子。她有两衣橱衣服，小匣子里放满了金首饰。她有十几顶帽子，几十双皮鞋。可以说是琳琅满目。一开始，她确实想过，她可以穿戴上这身行头到塔舒夫的街道上散步，到教堂前边的市场上炫耀炫耀，听听别人的叹息，用眼角瞧瞧那些充满赞赏的目光。可乌克莱雅不允许她独自出门。她只能跟丈夫一起外出。而他总是把她带到自己的狐朋狗友那里，撩起她身上的绸裙，为的是向人炫耀她的大腿。或者是把她带到太古，博斯基夫妇的家里，或是到那些律师和书记的家里玩桥牌，在那些地方，她总是感到无聊至极，常常一连几个钟头望着自己的尼龙丝袜。

后来，乌克莱雅从一个欠他债的摄影师那里接收了一部有三脚架的照相机，还有洗印照片的暗室装备。鲁塔很快就明白了照相是怎么回事。摄影机立在卧室里，乌克莱雅每次上床之前，总要按下自拍器。后来又在暗室的红光下，鲁塔看到了乌克莱雅石堆般的躯体，看到了他的屁股，看到了他的那条肥大的、像妇女的乳房一样、鼓胀胀的盖满了黑色刚毛的生殖器。她也看到了给压得透不过气来，被分割成胸部、大腿和肚子几个部分的自己。于是在她独自留在家里的时候，她换上了连衣裙，洒上香水，漂漂亮亮地站立在镜头前面。

“咔嚓！”照相机赞叹道。

米霞的时间

时间的流逝特别令米霞焦躁不安的是每年的五月。五月在月份的排列中迅猛地挤到自己的位置上，爆炸开来。世界万物蓬蓬勃勃地生长、开花，而且是在眨眼之间一齐行动起来的。

米霞从厨房的窗口看惯了早春灰白的景色，无法适应五月慷慨赋予的每日的变化。起先，在两天之内，牧场突然披上了绿装。紧接着是黑河闪烁出发青的色彩，投进水中的光线从这天起每天变幻着不同的色调。帕皮耶尔尼亚的森林变成淡绿色，然后变成葱绿色，最后变成荫翳的暗绿色，没入一派昏暗的阴影之中。

五月，米霞的果园鲜花怒放，这是个信号，说明该把冬天所有发霉的衣服、窗帘、被褥、地毯、餐巾、桌布、床罩统统拿出来洗涤、晾晒了。她在繁花满枝的苹果树之间拉上了绳子，使粉红粉白相间的果园充满了姹紫嫣红的色彩，绚丽夺目。孩子们、母鸡和狗跟在米霞身后，踏着碎步忙来忙去。有时，伊齐多尔也来到果园，可他总是说些米霞不感兴趣的事情。

在果园里，她经常思考的是，不能阻止树木开花，花瓣不可避免地会凋谢、飘散，树叶会随着时间的流逝而逐渐变成褐色，然后纷纷飘落。她想，明年此时又会是这样繁花似锦，但这想法并没有给她慰藉，因为她知道，这不是真的。到了明年，树木将是另一种样子。它们会长大，它们的枝柯会撑得更开，明年将是别的青草，别的果实。永远不会重复现在这开花的枝杈。“永远不会重复这晾晒洗过的衣物。”她想，“我也是永远不会重复今日的我。”

她回到厨房动手做午饭，但她所做的一切，在她看来都是那么简单，那么笨拙。饺子的形状不规范，不匀称，面疙瘩大小不一，面条粗劣臃肿。削得干干净净的马铃薯突然出现了芽眼，得用刀尖将它们挖掉。

米霞就像这果园，就像世上一切遵循时间法则的事物一样。生第三个孩子之后，她发胖了，她那头秀发失去了光泽，由自然鬈曲而变直。她的眼睛现在有种苦味巧克力的色调。

她如今是第四次怀孕，也是她头一次想到她自己生得太多了。她不想要这个孩子。

儿子降生了，她给他取名叫马雷克。是个不吵不闹的安静的孩子。

从一出生，他就整夜睡觉。只有见到妈妈的乳房时，他才变得比较活泼。帕韦乌又出门参加干部培训去了，照料米霞坐月子的事就落到了米哈乌头上。

“对你来说，四个孩子太多了。”他说，“你们应该避孕。再说在这方面，帕韦乌也懂。”

不久，米霞便确信，帕韦乌和乌克莱雅一起在外面搞女人。按说，她不应为此生他的气。首先是她怀孕了——大着肚子，整个人都发胀了。然后是分娩，坐月子期间，她始终感觉不太舒服。可她还是生他的气。

她知道，他搂抱所有小卖部的女掌柜、肉铺的女老板、餐厅的女服务员，经常跟她们发生不正当的关系——须知他是作为政府官员，监督这些部门的卫生情况的。她先在帕韦乌的衬衫上发现了口红的痕迹和一根根的长头发。随后，她便开始在丈夫的衣物里探察陌生的气味。终于，她发现了一包打开的避孕套。而在他们夫妻做爱的时候，他是从来不用那玩意儿的。

米霞喊伊齐多尔下楼，两人一起把她卧室里的大双人卧榻分开。她看到伊齐多尔很喜欢这个主意。他甚至还自己给卧室的新布置锦上添花，他搬来一盆大棕榈树，放在两张床之间。米哈乌从厨房里望着他们姐弟俩忙，他抽着烟，一声不吭。

有一天，帕韦乌回家来，略带几分醉意。米霞将四个子女送到他跟前。

“如果你再干这种事，我会杀了你。”她说。

他眨了眨眼睛，但并不打算装模作样，说他不知妻子讲这话是什么意思。后来他脱下皮鞋，往房间的角落里一扔，快活地大笑起来。

“我会杀死你！”米霞重复了一遍，她的语调是那么阴沉，以至于抱在手上吃奶的婴儿哀伤地哭了。

晚秋的时候，马雷克患了百日咳，死了。

果园的时间

果园有自己的两个时间，这两个时间交替出现，年复一年。这是苹果树的时间和梨树的时间。

每年三月，土地变暖，果园开始颤动，并以地下骨骼粗大的爪子抓住大地的躯体不放。树木吸吮土地，宛如幼兽，而它们的残株也逐渐变得温润有生气起来。

在苹果树年，树木从地里吸收具有变化和运动能力的地下河流的酸水。这种水里蕴藏着植物生长、扩张不可或缺的东西。

梨树年就完全是另一种样子。梨树的时间就是靠树根从矿物中吸吮甜汁，输送到树叶，进行缓慢而温和的光合作用。树木停止生长，品尝着生存本身的甜蜜。没有运动，没有发展。果园看起来似乎是一成不变的。

在苹果年，花期很短，但花开得最美。它们经常受到严霜的伤害，或是受到狂风的摇撼。果实结得多，但个头儿小，也不太漂亮。种子离开了降生地，漂泊远方：蒲公英的种子絮球跨过河流，青草的草籽飞越森林落向别的牧场，有时，风会带着它们漂洋过海。动物的幼崽孱弱，但那些能活过头几天的，就会长成健康和机敏的个体。在苹果年里出生的狐狸会毫不犹豫地悄悄走近鸡窝，鹰和黄鼠狼也是如此。猫咬死耗子不是因为饥饿，而纯粹是为了杀戮。蚜虫侵袭人类的菜园，蝴蝶在自己的翅膀涂上最鲜艳的色彩。苹果年让人产生新的构想。人们踏出新的小径。他们砍伐森林，栽种幼树。他们在江河上筑坝，购买土地；他们挖地基盖建新房。他们想周游列国。男人们背叛自己的女人，而女人背叛男人。孩子突然之间就变成了大人，离开父母自己过日子。人们无法入睡。他们纵酒狂欢。他们做出重大决策，着手去做那种迄今从未做过的事，不断产生新思想。政府更迭，层出不穷。股市动荡，有人一天就变成了百万富翁，有人一天就失去万贯家财，变得一无所有。革命经常爆发，制度不断改变。人们想入非非，常将幻想与他们认为是现实的东西混淆在一起。

在梨树年里，不会发生任何新鲜事。凡是已经开始的，继续存在。凡是目前还没有的，都在虚无缥缈中积蓄力量。植物都在尽力使自己的根和茎长得强壮，花开得缓慢，懒洋洋，直到盛开怒放。玫瑰丛中，玫瑰花开得不多，但其中每一朵都开得很大，有如人的拳头。梨树时间内的果实也是这样，甜蜜可口，芳香四溢。种子落到哪里，就在那里发芽，长出强壮的根。谷物的穗子又粗又重。假若没有人帮忙，种子的重量会把穗子压进地里。动物和人都迅速长出肥肉，因为粮仓里收获的谷物满溢。母亲们生出肥大的婴儿，双胞胎比往常更容易出世。动物一胎往往也有许多头小兽，而乳房里的奶汁也足够喂养所有的小生命。人们考虑的是建造房屋，甚至整座城市。他们绘制蓝图，丈量土地，但不开工。银行显示出巨大的利润，而那些大工厂的仓库装满了商品。政府得以巩固。人们想入非非，最后他们都认为，他们的每个幻想都能实现——哪怕实现的时间来得太迟了。

帕韦乌的时间

由于父亲去世，帕韦乌不得不向机关请几天假。父亲是在进入濒危状态之后的第三天死去的。开始时，看上去似乎就要咽下最后一口气了，但过了一个钟头，老博斯基竟然又能起床，并且走到了官道上。他站在官道旁边，不住地摇头。帕韦乌和斯塔霞两人一起挽住父亲的胳膊，把他送回床上。在这三天的时间里，父亲一声没吭。帕韦乌觉得父亲总是在央求地望着他，似乎想要点什么。但帕韦乌认为，他所能做的一切全都已经做了。整个时间他一直待在父亲身边，喂他水喝，为他换被单。他不知道自己还能为弥留的父亲做些什么。

最后，老博斯基死了。帕韦乌在黎明之前打了个瞌睡，一个钟头后他醒来，看到他的父亲已停止了呼吸。老人瘦小的躯体瘪下去，枯干委顿，酷似一只空麻袋。毫无疑问，在这躯体里已经没有生命。

帕韦乌不相信灵魂不死的说法，因此他觉得这景象非常可怕。他一想到，自己不久以后也会变成这样一团没有生命的躯壳，心中便充满了恐惧。有朝一日，他身后留下的也就这么一点东西。两行热泪不禁从他眼里滚落了下来。

斯塔霞表现得非常平静。她让帕韦乌去看父亲为自己做的棺材。在粮仓里，棺材靠墙立着，棺材盖是用木瓦做的。

帕韦乌现在不得不料理有关丧葬的事，不管他愿意还是不愿意，他都必须去找教区神父。

他在神父住宅的庭院里见到神父正在清理他的汽车。教区神父请他进入清凉、阴暗的办公室。然后坐在闪亮的油漆办公桌后面。神父花了很长时间，在死亡登记簿里找出相对照的那一页，认真填写了老博斯基的死亡日期。帕韦乌站立在门边，他不喜欢觉得自己是在求人，于是主动走到办公桌旁的椅子跟前，坐下了。

“办这丧事的费用是多少？”他问。

教区神父放下了手里的自来水笔，目不转睛地注视着他。

“我已有好几年不曾在教堂里见过你啦。”

“我是不信教的，神父先生。”

“做弥撒时也很难见到你父亲。”

“他常参加圣诞节弥撒。”

教区神父叹了口气，站了起来。他开始在办公室踱起方步，同时把手指摆弄得噼啪响。

“你呀，我的上帝，”他说，“参加圣诞节弥撒。这对于一个值得敬重的、守规矩的天主教徒是远远不够的。‘记住，逢圣日你得做圣事’，是这样写的不是？”

“我在这方面没研究过。神父先生。”

“假若在最后十年里，死者每个礼拜天都参加弥撒，都往托盘里投进俗话说的一文钱，你可知道，这能积聚多少？”

教区神父在脑子里默算片刻，然后说道：

“丧事的费用是两千兹罗提。”

帕韦乌感到他身上的血一下子全都涌到了头上。他纵目四望，到处都是红色的斑点。

“我看这一切统统都是瞎扯淡！”他说，同时从椅子上跳起来。

一秒钟内，他已走到了门口，抓住了门把手。

“好吧，博斯基，”他听见办公桌那边传来的声音，“就给两百兹罗提吧。”

死者的时间

当老博斯基一死，他便处在死者的时间里。这时间，以某种方式，受耶什科特莱的墓地支配。墓地墙上镶有一块石板，石板上歪歪斜斜地刻着几行字：

> 上帝在关注，
> 时间在流逝。
> 死亡在追逐，
> 永恒在等待。

博斯基一死，立刻就悟出自己犯了一个错误，他死得糟糕，死得冒失；选择死是打错了算盘。他知道他将不得不把这一切重新经历一次，也悟到他的死一如他的一生，都是一场梦。

死者的时间禁锢了那些天真地认为死亡无须学习的人，那些像通不过考试一样通不过死亡的人。世界越是进步，对生的赞美越是过分，对生的眷恋越是强烈，在死者的时间里便越会出现更大的拥挤，墓地也就变得愈加热闹。一直要到躺在墓地里，死者才慢慢醒悟过来：原来他们失去了曾经给予他们的时间。死后，他们终于发现了生的秘密，然而这种发现已毫无用处。

鲁塔的时间

鲁塔在家里熬过节吃的酸白菜炖肉，她往锅里扔进了一小把豆蔻。她之所以扔进豆蔻是因为豆蔻的种子很漂亮：具有理想的外形，闪烁着黑色的光泽，而且芳香四溢。甚至它们的名称也是美的。听起来就像是一个遥远国度的名称——“豆蔻王国”。

在酸白菜炖肉里，豆蔻失去了黑色的光泽，可它的香气渗透进圆圆的白菜里。

鲁塔做好了圣诞节晚餐，等待着丈夫回家过节。她靠在床上染指甲。然后从床底下拖出乌克莱雅带回家的德文报纸，她好奇地翻看着，看得津津有味。她最喜欢的是那些远方国家的照片。照片上展示着异国情调的海滩浴场的情景：晒得黑油油的漂亮男人，苗条、光润的娇媚女人。在所有看过的报纸上，鲁塔只认识一个字：“巴西”。她知道这“巴西”是个国家。在巴西流淌着一条大河（它比白河跟黑河合起来还要大一百倍），生长着巨大的森林（它比太古的大森林还要大一千倍）。在巴西，城市拥有全部财富，人们看起来幸福又满意。忽然之间，鲁塔思念起母亲，虽说现在正是隆冬季节。

乌克莱雅很晚才回来。当他穿着撒满雪花的皮大衣站立在门口，鲁塔一眼就看出他喝醉了。他不喜欢豆蔻的香味，也不喜欢酸白菜炖肉的味道。

“你为什么从来不做猫耳朵和红甜菜汤？要知道这是圣诞节前夜！”他吼叫道，“你只会撅屁股。无论跟谁都一样，无论跟俄国人，跟德国人，还是跟那个白痴伊齐多尔。你脑子里装的只有这件事，你这条母狗！”

他腿脚不稳，摇摇晃晃地走到她跟前，狠狠扇了她一记耳光。她摔倒在地。他在她身边跪了下去，企图逼她行房，但他那根发青的生殖器不听使唤。

“我恨你！”她从牙缝里挤出这么一句，冲着他的脸啐了一口唾沫。

“很好。恨和爱一样强烈，一样刺激。”

她终于从醉鬼肥胖的身躯下挣脱了出来。她把自己反锁在卧室。过了片刻，装满酸白菜炖肉的锅重重地砸在门上。鲁塔不顾被打破的嘴唇正淌着鲜血，站在镜子前面，试穿自己的连衣裙。

整夜，豆蔻的香气从所有的缝隙里渗进她的卧室。房间里有股裘皮和口红的气味。这是远游和异国情调的巴西的气息。鲁塔无法入睡。她试穿了所有的连衣裙，搭配了所有的皮鞋和帽子，然后她从床下拉出两只小箱子，把她所有最珍贵的东西全都塞了进去：两件贵重的皮大衣、一条银狐皮领、首饰盒和一张登有巴西情况的报纸。她穿得暖暖和和，拎着两只小箱子，踮起脚尖，悄悄溜过餐室，乌克莱雅手脚伸开地躺在长沙发上打呼噜。

她走出塔舒夫，踏上了通往凯尔采的公路。她拖着两只小箱子，在积雪中艰难地跋涉了几公里，最后总算在黑暗中辨识出可以进入森林的地点。此时，刮起了风，并纷纷扬扬地飘起了雪花。

鲁塔走到了太古的边界，她转过身去，脸朝北方站住，这时有一种感觉在她心中油然而生，她觉得自己能通过所有的边界，能冲破一切禁锢，能找到走出国境的大门。她满怀温情地在内心深处将这种感觉保持了好一阵子。暴风雪开始肆虐，鲁塔自始至终在这暴风雪中向前走着，走着……

游戏的时间

玩家终于找到了通向“第五世界”的出口，可他拿不定主意下一步该怎么走，于是他在说明书，也就是《Ignis fatuus，即给一个玩家玩的有教益的游戏》里寻找提示。他找到如下的内容：

在“第五世界”里，上帝不时自言自语，因为孤独感特别使他烦躁不安。

上帝以观察人为乐，他特别喜欢观察他们中一个名叫约伯[①]的人。“假如我剥夺他所有的一切，剥夺他赖以建立他这种信念的一切，假如我一层一层地剥夺他所有的财富，他还会是现在这样的一个人吗？他会开口对我妄加评论、亵渎吗？尽管他的一切尽皆丧失，他仍然会敬重我、爱我吗？”

上帝居高临下地察看约伯，心想：“肯定不会。他尊重我，只是因为我赐给他财富。我要夺走我赐给约伯的一切。”

---

① 按《圣经·约伯记》所说，约伯是个正直、敬畏上帝、远离恶事的人。他在遭受种种灾难之后，仍然认为上帝的“旨意不能拦阻”，自己只有奉行上帝的意志。由于他的虔诚，最后得到上帝的恩赐，“赐给他的，比他从前所有的加倍”。

于是上帝像剥洋葱一样一层一层剥夺约伯。上帝出于恻隐之心为约伯而哭。首先，上帝剥夺了约伯所拥有的一切：房屋、田地、羊群、仆人、牧场、树木和森林。然后又夺走了他所有心爱的人：子女、妻子、家人和亲戚。最后，上帝剥夺了约伯之所以成为约伯的一切：健康的躯体、健全的头脑、生活习惯和爱好。

现在，上帝望着自己的杰作，不得不眯缝起自己那上帝的眼睛。约伯闪闪发光，跟上帝闪耀的光辉一模一样。约伯的光辉甚至更为强烈，因为上帝不得不眯缝起自己上帝的眼睛。上帝吓了一大跳。匆匆忙忙依次归还了约伯所有的一切，甚至还给他增添了新的财富。上帝发行了可供兑换的货币，连同货币一起创立了保险柜和银行。上帝赐给他漂亮的物品、时装、愿望和欲念，还赐给他无止无休的恐惧。上帝以这一切慷慨恩赐淹没了约伯，使他的光辉逐渐熄灭，以至于最后完全消失。

莉拉和玛娅的时间

两个小姑娘出生的这一年，米哈乌在塔舒夫的医院里死于心脏病，而阿德尔卡上了高中。她俩的出生使阿德尔卡颇为不快。从此，她再也不能随心所欲地尽情读书。母亲常从厨房里扯起破嗓门喊叫，求她帮忙。

这是些倒霉、贫困的年头，如今穷得只好把战前的磨得都脱了线的女西装上衣拿出来当大衣穿，穷得储藏室里永远只有一罐猪油和几玻璃罐蜂蜜。

阿德尔卡记得母亲生双胞胎妹妹的那个夜晚，记得那时母亲痛哭失声。外公那时已有病，就坐在母亲床边。

“我已是个四十岁的人了。我如何养育这两个小姑娘？”

“就像养育其他孩子一样。”外公说。

可是，养育双胞胎而加倍麻烦的全副重担落到了阿德尔卡的头上。母亲有许多别的活儿要做——做饭、洗衣、打扫。父亲晚上才出现在家里。父母彼此之间经常是恶言相向，仿佛是一看到对方就不能忍受，仿佛突然之间就相互憎恨了起来。父亲一回家就立刻钻进地下室，他在那里非法鞣制皮革——他们正是靠此为生。阿德尔卡一放学就直奔婴儿车，推着两个小姑娘去散步，然后跟着母亲，二人一起给两个小家伙喂食、换尿布，晚上还得帮助母亲为她们洗澡。直到她们都睡着了，她才总算能坐下来做功课。所以当她们两个一齐得了猩红热，她就想，要是她们都死了，对大家都有好处。

她们躺在自己的双人小床上，发烧得迷迷糊糊，经受着一般孩子双倍的痛苦。医生来了，吩咐用湿床单把她们裹起来，这样可以给她们降温。然后说完便收拾好自己的手提包往外走。他走到栅栏的小门旁，又对帕韦乌说，在黑市可以弄到抗生素。这个词听起来带有一些不可思议的意味，就像童话中的活命水，于是帕韦乌骑上了摩托车。在塔舒夫他听人说，斯大林死了。

他艰难地穿过正在融化的积雪，好不容易到了乌克莱雅的家，可在那里他没有见到任何人。于是他到了市场，走进市委会，寻找维迪纳。女秘书哭肿了眼睛，对他说，书记不接见他。她无论如何都不肯放他往里走。帕韦乌只好走出市委会，来到外面，一筹莫展地茫然环顾这座小城市。“有人已经死了，有人将要死去，塔舒夫充满了死亡的气息！”他思忖道。他灵机一动，何不去喝杯酒？马上就去，立即就去。他的双腿自动地把他送到了“幽静”餐厅，他径直走向小卖部。柜台后边坐着炫耀蜂腰巨奶的巴霞。在她那浓密的秀发上，卡了一块白色的花边。

帕韦乌有心走进柜台里边，偎依在她那香喷喷的袒露的胸口上。她给他倒了一百西西的酒。

“你可听说出了什么事吗？”她问。

他脖子一仰，一口就喝光了酒，这时巴霞又递给他一小盘浇了奶油的生青鱼。

“我需要抗生素。盘尼西林。你知道这是什么吗？”

“是谁病了？”

“我的两个女儿。”

巴霞走出小卖部，将冬大衣披在肩头上。她领着帕韦乌穿小胡同往下走，一直走到河滨，来到犹太人留下的那些小房子中间。她那两条穿着尼龙丝袜的强壮的腿，在泡胀了的马粪堆之间跳来跳去。走到一幢小房子前面，她停住了脚步，吩咐他原地等候。一分钟后她返回了，报出了价钱。令人晕眩的天价！帕韦乌给了她一卷纸币。过了片刻，他手上便拿着几只小小的硬纸盒，盒子上面的说明，他看懂的唯有这几个字：made in the United States[①]。

“你什么时候来找我？”他骑上摩托车的时候，她问。

“最近不行。”他说，亲吻了她的嘴巴。

晚上，两个小姑娘退了烧，第二天便都痊愈了。米霞向耶什科特莱的圣母，抗生素的女王，虔诚祈祷，才有这突如其来的康复。夜里，她去检查了一次，两个双胞胎姐妹的额头都是凉凉的，她钻进了帕韦乌的被窝里，整个身子依偎着他。

① 英语，意为：美国制造。

椴树的时间

从耶什科特莱一直延伸到凯尔采公路的官道两旁，长满了高大的椴树。它们开头看起来是那种样子，最后还是那种样子。它们有粗大的树干和深深扎进地里的、粗壮的树根，这些树根在土壤里跟所有存在着的东西的底部相遇。冬天，椴树粗大的枝柯在积雪上投下清晰的影子，为短暂的白天标明时间。春天，椴树长出成百万绿色的叶子，它们把太阳从天上引到地面。夏天，椴树芳香的花朵吸引了大群昆虫。秋天，椴树给整个太古平添了一层红色和古铜色的光彩。

椴树像所有的植物一样，活着就是一场永远不醒的梦，梦的开头蕴藏在树的种子里。梦不会生长，不会跟树一起长大，梦永远都是那副样子。树木被禁锢在空间里，但不会被禁锢在时间里。它们的梦将它们从时间里解放了出来。而梦是永恒的。树木的梦不会像动物的梦那样产生感觉，不会像人的梦那样产生形象、情景。

树木是通过物质，通过来自大地深处的汁液，通过使树叶朝向太阳进行光合作用而生存的。树木的灵魂是在经过多种生存状态的轮回之后，处于休息状态的。树木仅仅是凭借物质来感受世界。暴风雨对树木而言，是一种暖到冷、缓到急的水流。

一旦暴风雨来临，整个世界就都成了暴风雨的世界。对于树木而言，暴风雨前的世界和暴风雨后的世界毫无二致。

树木不知道在一年四季的变化中存在着时间，不知道这些季节是一个接着一个轮流出现的。对于树木而言，所有季节都一起存在。冬天是夏天的一部分，秋天是春天的一部分。热的一部分是冷，出生的一部分是死亡。火是水的一部分，而土地则是空气的一部分。

在树木看来，人是永恒的——总是有人穿过椴树的树荫在官道上行走，人不是凝固的，也不是活动的。对树木而言，人是永远存在的，然而也同样意味着，人似乎从来就没有存在过。

笃笃斧声，飑飑雷鸣，惊破了树木永恒的梦。人们称之为树木死亡的，只不过是树的梦受到暂时的骚扰而已。在人们所说的树木的死亡里，有一种近乎动物的、不平静的生存状态。因为意识越是清晰，越是敏锐，其中蕴含的恐惧就越多。但树木永远也无法到达动物和人的忐忑不安的王国。

一棵树死了，另一棵树就会接收它的梦，将这种没有意义，没有印象的梦继续做下去。所以，树木永远不会死亡。在对生存的无知中，蕴含着从时间和死亡的概念中解脱。

伊齐多尔的时间

自打鲁塔离开了太古，并且显然不会回来后，伊齐多尔便决定进修道院。

在耶什科特莱，有两个修道院，女修道院和男修道院。修女们照料老年之家。伊齐多尔经常见到，她们用自行车将从商店里购买的物品远送到老人之家。她们在墓地照料被人遗弃的坟墓，她们那黑白两色的修女服与世界被冲淡了的灰色，形成了鲜明的对照。

男修道院有个“上帝的宗教改革家”的名称。伊齐多尔在打定主意要进修道院之前，曾长久观察这座阴森、未经修饰的建筑物，它隐藏在颓圮的石头围墙里面。伊齐多尔注意到，园子里全部时间总是同样的两名修士在劳动。他们默默无言地种植蔬菜和白色的鲜花。单单只有白色的——百合花、雪莲花、银莲花、白芍药、白色天竺牡丹。修士中的一个，肯定是个最重要的人物，经常去邮局和搞采购。其余的修士就得一直封闭在神秘的修道院内，献身于上帝。这正是伊齐多尔最喜欢的一点：远离尘世，专心致志地钻研上帝；认识上帝，研究上帝造物的秩序，最终找到一系列问题的答案：鲁塔为什么会离开他，母亲为什么会生病和死去，为什么在战争中会屠杀人和动物，为什么上帝会容忍恶行和苦难存在?

假若能接受伊齐多尔进修道院，帕韦乌就再也不会称他为寄生虫，再也不会挖苦他，再也不会滑稽地模仿他的举止。他，伊齐多尔，就再也无须去看所有那些令他想起鲁塔的地方。

他向米霞吐露了自己的想法和打算。米霞听后笑了笑。

“你去试试吧。”她边说边给孩子揩屁股。

第二天，他便去了耶什科特莱，拉响了旧式的门铃，叫修道院的门。许久许久没有动静——这大概是考验他的耐性。但最后门闩还是咯吱咯吱地响了起来，一个穿深灰色修士袍的老年男子给他开了门，这位男子他迄今从未见过。

伊齐多尔说明了他来此的意图。修士没有表示惊诧，没有笑容。他只是点点头，吩咐伊齐多尔在门外稍候。门重又咯吱咯吱地关上了。过了十几分钟，修道院的门再次打开，允许伊齐多尔进入修道院内。现在修道士领着他穿过走廊、过道，踏着楼梯一会儿向下走，一会儿又向上走，终于走进了一个宽敞的、空空荡荡的大厅，大厅里有一张办公桌，两张椅子。他又在那里等了约莫十来分钟，另一个修道士进了大厅，就是那位经常上邮局的修士。

“我想进修道院。”伊齐多尔声明道。

“为什么？”修道士简短地问。

伊齐多尔干咳了一声，清一清嗓子。

“那个我想跟她结婚的女人，走了。我的双亲都过世了。我感到孤独，我思念上帝，虽说我不理解他。我知道，倘若我能进一步认识上帝，我们彼此之间或许就能相处得更好。我渴望通过书本认识他，通过各种外语的书籍、各种理论的书籍认识他。可是乡里的图书馆能提供的书不多，藏书很少……”伊齐多尔不得不打住自己对图书馆的抱怨，“不过修士兄弟您千万别以为我只会一个劲儿地读书，读书。我还想做点什么有益的事。我知道，这个修道院是‘上帝的宗教改革家’，这正合我意。我想让世界变得更好，我想纠正所有的恶行……”

修士从椅子上站起来，打断了伊齐多尔的话。

“改造世界，你说。这很有意思，但不现实。世界既不会被你改造得更好，也不会被你改造得更坏。世界只能是现在这个样子。”

“嗯，不过，你们不是自称为改革家吗？”

“哎呀，你理解错了，我亲爱的小伙子。我们没有以任何人的名义改造世界的意图。我们是在改造上帝。”

顷刻之间，大厅里笼罩着一派寂静。

“怎能改造上帝呢？”伊齐多尔终于问了一句，修士的话是他完全没有料到的。

“能。人在变。时代在变。小汽车、人造卫星……上帝或许有时看起来似乎是……该怎么说呢……有点儿老古董的味道，而他本身又太伟大，太强劲，这样一来，要适应人的想象力就显得有点不灵光，有些迟钝了。”

“我原以为上帝是不变的。”

“我们每个人都会在某些实质性问题上犯错误。这纯粹是人的特点。圣米洛，我们修道院的缔造者曾经论证过，他说，假如上帝是不变的，假如上帝停住不动，世界就不再存在。”

“此话我不相信。”伊齐多尔坚定地说。

修士从椅子上站了起来，于是伊齐多尔也只好起身告辞。

“什么时候你感到有需要，就回到我们这儿来。”

“我不喜欢这种说法。”伊齐多尔回到厨房，对米霞说。

后来他躺在了自己的床上。他的床不偏不斜正好在阁楼的中央，就在小天窗的下边。小小的一块长方形的天空是一幅画，是一幅简直可以挂在教堂里的圣画。

每逢伊齐多尔看到天空和世界的四个方向，他总想要祈祷，但他年龄越大，他就越难将那些熟悉的祈祷词背诵出来。因为他脑子里出现了许多想法，将他的祈祷弄得支离破碎，撕成了碎片。于是，他便试着集中精力，在繁星灿烂的画面上想象永远不变的上帝的形象。想象力总能创造出理智无法接受的画面。有一次，他想象的上帝是个伸开手脚、懒洋洋地靠在宝座上的老人，他的目光是那么严峻，那么寒气逼人，这使伊齐多尔立即眨巴起眼睛，把他从天窗的画框里赶走。另有一次，上帝成了某种被吹散了的、飘忽不定的幽灵，他是那么多变，那么无定形，因而使人无法忍受。有时在上帝的形象里头钻进了一个现实的人，这个人常常是帕韦乌，那时伊齐多尔便失去了祈祷的愿望。他坐在床上，翘起两条腿在空中摇晃。后来伊齐多尔发现，妨碍他想象上帝的，是上帝的性别。

那时，全无某种负疚感，他看到天窗画框里出现的上帝是个女人，或者可以称之为一位女上帝。这给他带来些微慰藉。他以一种从未感受过的轻松心情向她祈祷。他对她讲话，就像对母亲讲话一样。这种情况持续了一段时间，可最后有种无法形容的、惴惴不安的心态开始伴随着他的祈祷，他的体内有股热浪在涌流。

上帝是位女性，强劲，伟大，湿漉漉，冒着热气，宛如春天的大地。女上帝像蓄满大量水分的雷雨云一样，存在于空间的某个地方。她的威力压倒一切，她使伊齐多尔记起了某种令他恐惧的童年经历和感受。每次只要他对她说点什么，她回答他时发表的见解往往会让他语塞，使他无法再说下去。在这种情况下，祈祷也就失去了思路，失去了目的、意图，对女上帝也就不能表示任何心愿和希望，只能为她陶醉，吸吮她的气息，只能融入对她的赞美之中。

有一天，伊齐多尔望着自己的那一小块天空，突然恍然大悟。他明白了，上帝既不是男人，也不是女人。这是在他说出“上帝啊”这个词时领悟到的。这个词解决了上帝的性别问题。“上帝啊”听起来如同说“太阳”，如同说“空气”，如同说“地方”，如同说“田野”，如同说“海洋”“粮食”一样，都是中性名词。跟“黑暗的”“光明的”“寒冷的”“温暖的”这些中性形容词也没有什么区别。伊齐多尔激动地、一再重复他所发现的上帝的真正名字。随着每一次重复，他知道的也就越来越多，越来越多。他知道上帝是年轻的，而同时又是自开天辟地以来便已存在了的，甚至存在得更早（因为“上帝啊”听起来跟

“永远”是一样的），上帝对于一切生命都是不可或缺的（如同“食物”），而且无所不在（如同“到处”），但是若有人试图找到他，却必是徒劳（如同“任何地方都没有”）。上帝满怀爱与欢乐，但有时也会是残酷、可怕的。上帝身上蕴含着人世间所有的一切特点和品性。上帝接纳每一种物品，每一个事件，每一个时代的形态。上帝既创造，又破坏，或者是亲自破坏，或者是允许别人破坏他所创造的事物。上帝是不可预测的，像个孩子，像个狂人。上帝在某种意义上跟伊凡·穆克塔相似。上帝以如此一目了然的方式存在，真使伊齐多尔惊诧不迭。他此前为何没有意识到这一点！

这个发现给他带来真正的宽慰。他一想到这一点就觉得好笑。伊齐多尔的灵魂在咯咯地笑。他不再上教堂，这一举动受到了帕韦乌的赞许。

“不过，我并不认为他们会因此而接受你入党。”吃早饭时帕韦乌说，为的是使小舅子可能产生的希望化为泡影。

“帕韦乌，牛奶汤不需要嚼。”米霞提醒他说。

伊齐多尔把党和上教堂都放在了一边。眼前他需要时间思考，回忆鲁塔，读书，学德语，写信，集邮，凝望自己的小天窗，以及缓慢、懒散地感受宇宙的秩序。

帕普加娃的时间

老博斯基盖成了房子，但没有打出一口水井，因此斯塔霞·帕普加娃不得不到邻近的兄弟家的水井里打水。她肩上扛一根木扁担，两头系两只水桶。她一路走去，扁担有节奏地咯吱咯吱地响着。

帕普加娃从井里打满两桶水，偷眼环顾一下房子周围。她看到晾晒的被褥，搭在长竿子上的蓬松的羽绒被褥和轻柔的被单。“我才不想要这种羽绒被子哩，”她心想，“这种被褥太暖和，而且羽毛总爱朝脚的那一头溜，我宁愿要套上棉布套子的轻毛毯。”水桶里撒出的冰凉的水淋在她的赤脚上。“我也不想要这种大玻璃窗，清洗起来多费劲。也不要这种透花纱窗帘，隔着窗帘，什么也看不清楚。我也不想要这么多孩子。高跟鞋伤脚，走路也不方便。”

米霞想必是听见了扁担的咯吱声，因为她走出屋子，站到台阶上，请斯塔霞进屋坐一坐。斯塔霞将水桶留在了混凝土井台上，走进了博斯基夫妇的厨房，那里总是飘散着烧煳的牛奶和午餐食物的气味。她在炉边的一只凳子上坐了下来，她从来不坐椅子。米霞把孩子们打发到一边，接着便跑进了楼梯下边的储藏室。

她总能从那里掏出点什么有用的东西：给雅内克的裤子，安泰克穿过的毛衣和皮鞋。米霞穿过的衣服，帕普加娃总要进行一番修改，因为她穿嫌小。但她喜欢一觉醒来便坐在床上缝缝补补。她拼上一块接角布，镶上条花边，添上条皱边，再拆掉褶缝，如此修修改改的，一件合身的衣服就出来了。

米霞用土耳其咖啡招待斯塔霞。

咖啡煮得很好，有一层厚厚的凝皮，糖往往要在上面待一会儿，然后才沉底。米霞将咖啡豆撒进小磨，然后转动小把手，这时斯塔霞对她那修长的手指怎么看也看不够。最后小咖啡磨的小抽屉装满了，厨房便弥漫着新磨的咖啡粉的芳香。斯塔霞喜欢这香味，但她觉得咖啡本身太苦，味道也不好喝。于是她往玻璃杯里加了好几匙糖，直到甜味盖过苦味。她用眼角的余光偷看米霞是怎样喝得津津有味，怎样用小匙子轻轻把咖啡和糖搅匀，怎样用两个手指端起玻璃杯举到嘴边。然后她也学着这样做。

她们谈起孩子、园子和烹调。但有时米霞变得好寻根究底：

“没有男人，你的日子怎么过？”

“我有雅内克呀！”

“你明白我指的是什么。”

斯塔霞不知如何回答。她用小匙子在咖啡里搅和。

“没有男人的日子真难过。”晚上她躺在床上思忖道。斯塔霞的胸部和腹部都想偎依着男人的躯体，坚硬而散发着在太阳里劳动的馨香的躯体。斯塔霞把枕头卷成筒，抱在怀里，仿佛搂抱着的是另一个人的躯体。就这样她睡着了。

太古没有商店。所有的物品都得到耶什科特莱去购买。斯塔霞产生了一个想法。她向米霞借了一百兹罗提，买了几瓶酒和一点巧克力糖。后来这些东西都卖出去了。会有几个人晚上需要喝上半公升。有时在礼拜天，也有人乐于邀上邻居在椴树下对酌一番。太古的人们很快都了解到斯塔霞·帕普加娃有酒出售，而且卖得比商店贵不了多少。有人给老婆买巧克力，为了使老婆不会因他喝酒而发脾气。

这样一来，斯塔霞的生意便越做越红火。刚开始，帕韦乌还为此而生她的气，可后来，他自己也常派维泰克到她那儿去买上一瓶酒。

“你可知道，这样做有什么危险吗？”他皱着眉头问姐姐，但斯塔霞有把握，万一（上帝啊，但愿不要出现这种万一）出了事，单凭兄弟的熟人关系，他们也不会让她过不去，受欺负。

不久，她就开始每个礼拜两三次去耶什科特莱进货。她还扩大了经营的范围。她出售的商品中有烤面点用的发酵粉和香草香精——一些每个家庭主妇在礼拜六烤糕点时可能会突然发现缺少的东西。她那儿有各种香烟、醋和食油。一年后她买了冰箱，也开始出售黄油和人造奶油。所有的商品她都放在加盖的厢房里，这间厢房跟她所有的房间一样，也是父亲给她建造的。厢房里放着电冰箱，还有个长沙发，斯塔霞常常就睡在这长沙发上。那里还有镶了瓷砖的厨房、桌子和褪色的印花布遮掩的货品架。自打雅内克到西里西亚去上学之后，她就没有使用过正房。

非法出售酒类——官方语言是这么称呼斯塔霞的生意的——大大丰富了她的社交生活。形形色色的人物都成了她的顾客，有人甚至从耶什科特莱和沃拉来到她这里。礼拜天一大早，就有宿醉未醒的林场工人骑着自行车来了。有些人一买就是半公升的整瓶酒，另一些人买四分之一公升，还有些人买上一百西西就地喝掉。斯塔霞给他们用小玻璃杯斟上一百西西的酒，用酸黄瓜招待他们，当作是不要钱的下酒菜。

有一天，有个年轻的护林员来到斯塔霞的铺子买酒。那天天气炎热，因此斯塔霞就请他坐下休息一会儿，喝杯掺果汁的凉水。他道了谢，一口气灌下两杯。

“这果汁太好喝了。是太太您自己做的吗？”

斯塔霞点点头，不知何故，她竟怦然心动。护林员是个英俊的男子，虽说还非常年轻，太年轻了。他个头儿不高，但很强壮。他蓄着两撇漂亮的八字胡，有一双活泼的深棕色的眼睛。她将他买的酒瓶用报纸仔细地卷起来。后来护林员又来，她再次请他喝果汁。他们聊了一会儿。又过了些日子，某天晚上，他来敲门，她那时已脱衣睡觉了。他喝得微带醉意。她匆匆穿上了连衣裙。这一次他却不肯买好了酒就把酒瓶带走。他想在店铺里喝。她给他斟了一杯酒，而自己就坐在长沙发边上，望着他怎样一口喝得精光。他点着香烟，朝加盖的厢房四周察看了一番。他干咳了一声，清了清嗓子，好像有话要说。斯塔霞感到这是个不同寻常的时刻。她又拿出第二只酒杯，将两只酒杯都斟满了酒，满得都要溢出来了。他俩端起了酒杯碰了碰。后来他突然把手放到斯塔霞的膝盖上。这一接触，竟使她像中了魔法那样飘飘然，软绵绵起来。她浑身乏力，不觉向后一倒，仰面躺在长沙发上。护林员趴到她身上，开始亲吻她的脖子。那时斯塔霞心里想的是，自己穿的是经过拼接的、打了补丁的旧胸罩，以及一条撑松了的裤衩，于是就在他亲吻她的时候，斯塔霞主动将两者都从自己身上褪了下来。护林员迅猛狂暴地占有了她，那是斯塔霞一生中最美好的几分钟。

一切过后，她躺在他下边连动都不敢动一下。他连看都不看她一眼，站了起来，扣好了裤子。他嘴里嘟哝了句什么，便径直朝门口走去。她望着他如何笨拙地拉拽门锁。他走出去了，甚至没有关上身后的门。

伊齐多尔的时间

自从伊齐多尔学会了读和写，就迷上了各种信件。他收集邮寄到博斯基夫妇家的所有信件，装在一只皮鞋盒子里。根据信封上写的“公民”或“同事”这一类的称呼，就可辨认出这些主要是政府公文。里面充满了一些神秘的节略语：“即”“等等”“诸如此类”。盒子里还有许多明信片——黑白的塔特拉山全景画，黑白的海景画——写的是年复一年、一成不变的文字：“寄自克雷尼察的热情问候”，或“寄自高峻的塔特拉山的衷心问候”，或是“祝节日快乐和新年幸福”。每隔一段时间，伊齐多尔就把他那不断扩大的收藏拿出来欣赏一番，他看到墨迹在逐渐消退，日期逐渐变得有趣地遥远。“一九四八年复活节”，这是怎么一回事？“一九四九年十二月二十日”“一九五一年八月，克雷尼察”，这又是怎么回事？何谓似水流年一去不返？莫非就像人们走过时，身后留下的景色那样流逝？可景色依旧留在某个地方，对于另一些人的眼睛来说，它们依然存在。莫非时间宁愿拭去自己身后的痕迹，将过去化为灰烬，将过去彻底消灭，使其一去不返？

由于这些信件，伊齐多尔发现了邮票。它们虽说是那么小，那么脆弱，那么易受损坏，可它们包含着无数微型的世界，他对这小小的邮票真感到无法理解。“完全跟人一样。”他心想。他借助开水壶冒出的蒸汽，小心翼翼地揭下信封和明信片上的邮票。他将邮票摆在报纸上，就能瞧上好几个钟头。邮票上有各类动物、遥远的国度、各种宝石、远方大海的鱼类、轮船、飞机、著名的人物和各种历史事件的画面。只有一点让伊齐多尔心烦，那就是邮戳的墨迹常常破坏它们精致的画面。父亲去世前曾向他演示过，邮票上的墨迹可用相当简单的家常方法去掉。只需用点鸡蛋清和一点耐心。这是他从父亲那儿获得的最重要的学问。

这样一来，伊齐多尔便收藏了不少品质优良的邮票。现在，假如他有写信的对象，他自己就能写信了。他想到了鲁塔，每次一想起鲁塔就令他心痛。鲁塔不在了，他不能写信给她。鲁塔，跟时间一样，对于他已是一去不返，化为灰烬，化为乌有了。

一九六二年左右，由于乌克莱雅的原因，博斯基夫妇家里出现过带有许多彩色广告的德文杂志，色彩非常漂亮。伊齐多尔一天到晚看着这份杂志，对杂志上那些长得难以发音的词语惊叹不已。他在乡图书馆翻出一本战前的德波词典，词典里的德语词汇远远多于太古所有居民在战时学会的 raus、schnell 和 Hände hoch[①]。后来到太古避暑的人中，有个人送给伊齐多尔一本小字典，作为他个人私有。伊齐多尔写了有生以来第一封信，

① 德语，意为：出来，快点儿和举起手来。

是用德文写的："请给我寄来汽车说明书和旅游说明书。我叫伊齐多尔·涅别斯基。我的地址如下……"他从自己收藏的邮票中，挑了几张最漂亮的贴到了信封上，然后前往耶什科特莱的邮局寄信。身着黑色闪光罩褂的邮局女职员从他手上接过信，瞥了一眼邮票，就把信放进了一个小格子里。

"行了，谢谢。"她说。

伊齐多尔两只脚来回倒换着，依旧站立在小窗口的前边。

"它不会寄丢吗？会不会给遗失在某一个地方？"

"如果你有怀疑，就寄挂号信好了。不过寄挂号要贵一点。"

伊齐多尔补贴了邮票，花了好长时间填写挂号单。邮局女职员给他的信注上号码。

几个礼拜后，厚厚一封装在白色信封里、用打字机打出地址的信件送到了伊齐多尔手中。伊齐多尔有了外国的、完全是另一种的邮票，这邮票是他的眼睛所未见到过的。信封内装的是梅赛德斯-奔驰公司的汽车广告，以及各旅行社的旅游说明书。

伊齐多尔平生还从未曾感到自己是个如此重要的人物。当他晚上再度观赏说明书的时候，他又想起了鲁塔。

梅赛德斯-奔驰公司和德国旅游局给伊齐多尔壮了胆，使他的勇气达到了这样一种程度，以致他一个月要寄出好几封挂号信。他还请求在离凯尔采不远的寄宿学校读书的阿德尔卡和安泰克，为他带回所有的旧邮票。在消掉了邮戳印痕之后，他把这些邮票贴到寄出的信封上。偶尔他还成功地将某些说明书卖给什么人，换几个小钱。他不断地收到新的说明书和新的地址。

现在他跟形形色色的旅游公司建立了联系：有德国的、瑞士的、比利时的和法国的。他收到了蔚蓝海岸[1]的彩色照片，刊有布列塔尼阴郁风景和阿尔卑斯山水晶般纯净透明景色的游览指南。他会整夜整夜地观赏它们，真可谓心醉神迷、乐此不疲，虽然他知道，这些景色对于他来说，只是印在光滑的、飘散着油墨香味的纸张上。他把这些印刷品给米霞和两个小外甥女看。米霞说：

“这真是太美了。”

后来发生了一件小事，但它却改变了伊齐多尔的生活。

丢失了一封信。一封伊齐多尔寄给汉堡一家生产照相器材公司的挂号信。当然，他只是请对方寄给他说明书。那家公司每一次都会回信，可这一次却如石沉大海，没有任何回音。伊齐多尔思考了整整一个晚上，既然邮局开了收条，给了号码，那么挂号信又怎么会丢失呢？难道这不应是万无一失的保证吗？邮局有可能将它滞留在国内吗？会是某个喝醉酒的邮差把它弄丢了？还是大洪水或者载着邮件的火车出了轨？

第二天一早，伊齐多尔就去了邮局，穿黑色罩褂的女职员建议他提出赔偿要求。他在索赔单上，透过两张复写纸填写了公司的名称，而在“寄信者”一栏填写了自己所有的资料。填

① 蔚蓝海岸，地中海沿岸的法国旅游胜地。

好索赔单，他便回家去了，但他满脑子想的只是挂号信丢失的事，别的什么都不想。如果信件是在邮局丢失的，那么邮局就不是他满怀钦佩之情想象的那种邮局。他想象的邮局，作为神秘的庞大组织机构，在地球上的每一个地方都有自己的办事人员。邮局是有影响的机构，是世上所有邮票的母亲，是所有穿藏青色制服的邮差的女王，是千百万封信件的庇护人，是文字的统治者。

两个月后，邮局给伊齐多尔造成的心理创伤已开始愈合，那时它寄来了一封官方公函，公函里，波兰邮局向“伊齐多尔·涅别斯基公民”表示歉意，说没能找到丢失的那封信。与此同时，德国照相器材公司声明，他们没有收到“伊齐多尔·涅别斯基公民”寄去的挂号信，因此两国邮政当局都感到对丢失的信件负有责任，并决定对遭受损失的“伊齐多尔·涅别斯基公民”赔偿总额为两百兹罗提的现款。同时波兰邮政局对发生的事件表示道歉。

伊齐多尔就这样成了一笔可观的现款的主人。他把一百兹罗提交给米霞，用余下的钱给自己买了一本集邮簿和好几大张用来发挂号信的邮票。

从此以后，只要某一封挂号信没有收到答复，他就上邮局提出赔偿要求。如果他的信件找到了，他必须支付一个半兹罗提的索赔费用。这不算多。可是他每回寄出的数十封信中，总会有某一封信丢失，或者有人忘记了把信交给收件人，或者外国的收件人忘记了该信已经收到，而对邮局寄去的询问邮件是否已收到的查询单感到意外，并回答说：non，nein，no[①]。

于是，伊齐多尔便经常领到赔款。他成了家里拥有充分权利的成员。他会赚钱养活自己了。

① 依次为法语、德语、英语，意为：没有收到。

麦穗儿的时间

在太古，如同在世界各处一样，总有些地方物体会自己形成、出现，自己从一无所有中产生。当然，这往往只出现在现实中的一些小块土地，对于整体没有实质性意义，因此也不会对世界的平衡构成威胁。

这种地方出现在沃拉公路旁边，在一个斜坡上。看上去并不起眼儿——犹如鼹鼠洞穴，犹如大地躯体上无关紧要，但永远愈合不了的伤口。只有麦穗儿知道这个地方，在去耶什科特莱的路上，她常常停下来瞧瞧这世界的自我创造。那里有许多古怪的东西和什么也不是的东西：与其他任何石头都不相像的红色石头、一小段多节疤的木头、长刺的种子。她后来在小园子里种下这些种子，后来长出瘦弱的小花，出现橙黄色的苍蝇，而有时只是发出某种气味。麦穗儿常常觉得，不起眼的鼹鼠洞穴也在创造空间，她常常觉得路旁的斜坡在缓缓扩大。这样一来，马拉克家的田地就每年都在增大，但他对此丝毫没有觉察，照样在地里栽种马铃薯。

麦穗儿不免产生了奇思异想：说不定有一天，她能在这儿发现一个孩子，一个小姑娘，她就可把她带回家，让她填补鲁塔空出来的位置。可是有一年的秋天，鼹鼠洞穴消失了。麦穗儿试图去揭开那冒泡儿的空间的秘密，但什么也没有发现。于是她认为，自我创造的排气口跑到别的什么地方去了。

第二个这样的地方，有一段时间似乎是出现在塔舒夫市场的喷水池里。喷泉产生音响，产生飒飒声和沙沙声，而有时，在喷泉的水里，有人发现某种冻胶状的软膏、一束束密集的发丝、植物的绿色大碎块。人们认为，喷水池里有鬼吓人，于是就把喷水池炸毁，建了一个汽车的停车场。

当然，如同在世界各地一样，太古也有这样的地方。在那儿，现实中存在的小片土地自行卷了起来，并从世界上溜走，如同空气从气球里溜走一般。这种情况在战后不久就出现在山后边的田野上，从那时起溜走的土地就明显增大。在地里形成了一个坑口，它将黄沙、一片片青草和田野的石头往下拉，拉向不为人知的去处。

游戏的时间

奇怪的是，说明书的规则也是奇怪的。有时玩家觉得，一切都似曾相识，觉得从前什么时候也曾玩过类似的东西，或者是从梦里，或者是从童年曾去过的某个乡图书馆的一些书里见过这种游戏。在说明书中，以“第六世界”为题的内容是这么写的：

> 上帝偶然地创造了“第六世界”，然后就离去了。这一次的创造具有随意性和暂时性。在上帝的作品里满是漏洞和不完善。没有任何明确的和稳定的东西。黑的常变成白的，恶看起来有时似乎成了善；同样，善看起来经常像恶。它就这么自个儿留下来，无可依傍，于是“第六世界”就开始自行创造。微不足道的创造行为，突然之间就出现在时间和空间里。物质本身会自行发芽生殖变成具体的东西，物体夜里自行仿造、复制，地里长出了石头和金属矿脉，而谷地也开始流淌着新的江河。
>
> 人学会靠自己的意志力创造自己，他们自称为神。世界上现在充满了数以百万计的神。但意志是服从于一时冲动的，故而混乱又回到了“第六世界”。一切都太多，虽说

仍在不断产生新的东西。时间飞快流逝，而人，为了努力创造出眼下还没有的东西而累得要死。

终于，上帝回来了，他给这种杂乱无章弄得心烦意乱。他一时心血来潮便摧毁了全部创造物。现在“第六世界”空无一物，沉寂得有如混凝土的坟墓。

伊齐多尔的时间

有一回，伊齐多尔带着一打信去邮局，穿闪光罩褂的邮局女职员猝然将脑袋伸出小窗口，说道：

“局长对你非常满意。他说过，你是我们最好的顾客。”

伊齐多尔一下愣住了，手里握着的复写笔停在索赔单的上方。

“怎么会呢？毕竟我给邮局造成了损失。不过我做的一切都是合法的，我没干坏事……”

“哎呀，伊齐多尔，你什么也不明白。”椅子移动的咔嚓声响起，那妇女半身探出了小窗口，“邮局在你身上还有赚头呢。所以局长才会为像你这样一个人恰好就出现在我们分局的工作区而庆幸。你知道，各国之间的协议是这样的，每丢失一封国际信件，两国邮局分别各赔偿一半。我们支付给你兹罗提，而他们用马克支付。我们再按国家汇率给你换算那些马克，一切都符合规章。我们赚，你也赚。说实在的，谁也没有损失。怎么样，难道你会不满意？”

伊齐多尔疑惑地点了点头。

“我满意。”

女职员从小窗口退了回去。她从伊齐多尔手中拿走了索赔单，开始机械地在单子上盖邮戳。

伊齐多尔回家的时候，屋子前面停着一辆黑色的汽车。米霞已经在门边等他了。她面色灰暗，一动不动。伊齐多尔当即就明白，发生可怕的事了。

“这些先生是来找你的。”米霞用死板的声音说。

在客厅兼餐厅的房间里，桌旁坐着两个穿浅色风衣戴礼帽的男子。他们关注的是那些寄出的信件。

“你常给谁写信？”男子中的一个问，同时点燃了香烟。

“哦，给一些旅游公司。”

“这事散发着一股间谍活动的臭气。”

“我跟间谍活动能有什么关系？上帝保佑，您知道，我刚一见到汽车的时候，还以为孩子们出了什么事……”

两个男子交换了一下眼色。抽烟的那一个恶意地望着伊齐多尔。

“你要这许多花花绿绿的广告单干什么？”第二个猝不及防地问。

“我对世界感兴趣。”

“对世界感兴趣……你干吗要对世界感兴趣？你可知道，从事间谍活动会有什么样的下场？”

那男子在脖颈上做了一个快速的动作。

“你们要宰我？”被吓破了胆的伊齐多尔问道。

“你为什么不工作？你靠什么为生？你每天都在干些什么？”

伊齐多尔感到自己的手心在出汗。他开始结巴起来。

“我本想进修道院，可他们不接受我。我帮姐姐和姐夫干家务。我劈柴，我带孩子。将来我或许多少能领到点抚恤金。”

“那得有病残证明。”抽烟的那一位嘟哝道，“你常往哪里寄信？莫非是寄往自由欧洲？”

“我只给各个小汽车公司或旅游公司寄信……”

“是什么使你和乌克莱雅的妻子联系在一起的？”

过了片刻伊齐多尔才明白，他们是为鲁塔来的。

“可以说，所有的一切；也可以说，什么也没有把我们联系在一起。”

“别在我们面前卖弄哲学。”

“我们是同一天出生的，我原本想娶她当妻子……可是她走了。”

“你知道她现在何处？”

“我不知道。您知道吗？”伊齐多尔满怀希望地问。

“这不关你的事。是我在问你。”

“先生们，我是无辜的。波兰邮局对我很满意。他们刚好对我讲过这一点。”

两个不速之客站了起来，向门口走去。他们中的一个回过头来，说道：

“记住，你是受监视的！”

几天之后，伊齐多尔收到一封皱巴巴、脏兮兮、贴着外国邮票的信，他从未见过这种邮票。他本能地朝寄信人地址瞥了一眼，读出：亚马尼塔·穆斯卡利亚。

这些文字令他奇怪地觉得似曾相识。“或许是某家德国公司。”他心想。

可这封信是鲁塔寄来的。他一瞧见那歪歪扭扭的孩子气的字体，就猜到了。“亲爱的伊杰克，”她写道，“我如今在很远的地方，在巴西。有时我睡不着觉。我想念你们。可有时我压根儿就不想你们。我有许多事要做。我住在一座非常大的城市里，到处都是各种肤色的人。你身体好吗？我希望我妈妈也是健健康康的。我非常想念她，可我知道，她没法儿在这里生活。我在这里想要什么有什么。你别代我问候任何人，甚至我的妈妈也一样。让他们尽快忘记我。亚马尼塔·穆斯卡利亚。”

伊齐多尔一夜无眠到天明。他躺在床上，眼睛望着天花板。鲁塔在他身旁的那个时代的画面和气息一齐回到了他的心中。他记得她说的每一句话，每一个手势。她的一颦一笑都依次在他的脑海里还原。当阳光射到屋顶东边的窗口时，泪水从伊齐多尔的眼里滚落下来。他翻身坐起，寻找地址：在信封上，信纸上，甚至在邮票下面，在邮票复杂的图案里，到处都找了个遍，但是没有找着。

“我要去找她。我要积攒钱到巴西去。”他大声地自言自语道。

然后，他便开始实现安全局的密探无意中向他暗示的主意。他从练习本上撕下一张纸，写道：“请给我寄来广播时刻表。问候。伊齐多尔·涅别斯基。”他在信封上写下了地址：“自由欧洲广播电台，慕尼黑，德国。”

邮局的女职员见到这个地址，脸刷的一下变白了。一言不发地递给他一张挂号单。

“我要求同时给我索赔单。”伊齐多尔说。

这是一宗非常简单的买卖。伊齐多尔每月寄出一封这样的信。显而易见，这种信不仅到不了收信者手中，甚至压根儿就出不了县界。每个月他都能收到这种信件的赔偿金。最后他只往信封里装上一张空白纸。索取广播时刻表已毫无意义。这是赚钱的最好办法。伊齐多尔把赚到的钱放进装过乌龙茶的茶叶罐里，打算用它买飞机票去巴西。

第二年春天，穿浅色风衣的密探把伊齐多尔带到了塔舒夫。他们用强烈的灯光照射他的眼睛：

“密码！”其中的一个密探说。

“什么‘密码’？”伊齐多尔问。

第二个密探在伊齐多尔的脸上扇了一巴掌。

“快交出密码！你是怎样把情报译成密码的？”

“什么情报？”伊齐多尔问。

他又挨了一记耳光，这一次更重。他感觉到嘴唇上有血。

“我们用一切可能掌握的方法检查了每一个字，检查了信纸和信封的每一平方厘米。我们把纸揭了一层又一层。我们检查了邮票。我们用放大镜看了几十遍。我们在显微镜下研究过邮票锯齿形边缘和糨糊的成分。我们分析过每一个字母，每一个逗号和句点。”

“我们什么也没有找到。”第二个说，他就是那个扇耳光的密探。

“那里没有任何密码。”伊齐多尔低声说，用手帕擦去了鼻子下边的血。

两个男人纵声大笑。

“那好，”第一个密探又开口说，“让我们事先约定，我们再一次从头开始。我们保证对你什么也不干。我们将在审讯记录中写上，说你不是个完全正常的人。反正所有的人都是这样看待你的。我们将放你回家。可你得告诉我们，这一切是怎么一回事，我们是在什么地方出了差错？”

“那里什么也没有。”

第二个密探比较神经质。他把自己的脸凑近伊齐多尔的脸。他喷着一股烟臭。

“你听着，卖弄聪明的家伙。你寄了二十六封信到自由欧洲。在其中的大部分里头只是一张白纸。你玩火。可现在玩出了麻烦。”

“你最好是直截了当地告诉我们，你是怎样把情报译成密码的。说出来就没事。你便可以回家。”

伊齐多尔叹了口气。

“我看得出，先生们很在乎这一点，可我实在没法儿帮你们的忙。那里没有任何密码。那只是些空白纸。什么也没有。”

这时，第二个密探从椅子上跳将起来，对着伊齐多尔的脸狠狠打了一拳。伊齐多尔从椅子上瘫倒在地，失去了知觉。

“这是个疯子。”第一个说。

“你记住，朋友，我们永远不会让你过得安宁。”第二个咬牙切齿地说，一边按摩自己的拳头。

伊齐多尔被拘留了四十八个钟头。后来看守来看他，一句话没说，便打开了他面前的牢门。

整整一个礼拜，伊齐多尔没有走下自己的阁楼。他把装在茶叶罐里的钱拿出来数了一遍，确定自己已有了一笔真正的款子。反正他也不清楚去巴西的飞机票得花多少钱。

“寄信的事结束了。”他终于下了楼，走进厨房，这么对米霞说。米霞冲他淡淡一笑，轻松地舒了一口气。

洋娃娃的时间

动物的时间永远是现在时。

“洋娃娃”是条火红色毛茸茸的母狗。它有一对古铜色的眼睛，这对眼睛有时会闪着红光。洋娃娃最爱米霞，所以总是竭力使米霞处在它自己红色视线的范围之内。那时便一切各就各位，诸事顺心。洋娃娃跟着米霞去井台，去小园子，跟着她出门走上官道看世界。它不让米霞离开自己的视线。

洋娃娃不会像米霞或别的人那样思考。在这个意义上，洋娃娃和米霞之间存在着一道鸿沟。因为若会思考就得吞下时间，把过去、现在、将来和它们持续不断的变化化为内在的东西。时间在人的头脑内部工作。人的头脑之外任何地方都没有时间。在洋娃娃的小小的狗脑里没有这种脑沟，没有这种过滤时间流逝的器官。因此洋娃娃是住在现在的时间里。所以每当米霞穿戴整齐出门，洋娃娃便会觉得她是永远地走了：每个礼拜天，她上教堂都是一去不返的，她到地下室取马铃薯就永远地待在地下室里。只要她从洋娃娃的视线里消失，便是永远消失。那时，洋娃娃的忧伤是无边无际的，母狗将它的嘴贴在地上，呜呜地叫着，痛苦不堪。

人给自己的痛苦套上了时间。人因过去的缘由而痛苦，又把痛苦延伸到未来。这样便产生了绝望。洋娃娃的痛苦只发生在此时此地。

人的思维是跟不停地吞下时间不可分割地联系着的。这是一种囫囵吞咽，吞得喘不过气来。洋娃娃是把世界作为一幅静态的图画，一幅由某位上帝绘出的图画来接受的。对于动物而言，上帝是位画家。上帝以全景画的形式将世界铺展在动物面前。这幅画的深度蕴藏在各种气味、各种触觉、各种味道和各种声音里，在这些里头不含有任何意义。动物不需要意义。人在做梦的时候，有时也有类似的感觉。然而人在清醒的时候需要意义，因为人是时间的囚徒。动物是在无止无休地、徒劳无益地做梦。从这个梦中醒来，对它们而言，便是死亡。

洋娃娃靠世界的画面生活。它参与了人用自己的心智创造的画里的活动。每当米霞说一声“我们走吧”，便见到洋娃娃在摇尾巴，她就以为洋娃娃像人一样能听懂她的话。但洋娃娃摇尾巴不是对她说的话做反应，不是对概念做反应，而是针对从米霞的头脑里萌生出来的画面做反应。在这画面里，有它所期待的东西：运动，不断变幻的风景，摇曳的青草，通向森林的沃拉公路，嬉戏的蚱蜢，哗哗流水的河。洋娃娃常趴在米霞脚前，注视着米霞，那时，它总会看见人在无意中创造的画面。这常常是些充满了忧伤或愤怒的幻景。这样的画面甚至是非常清晰的，因为画中搏动着激情。那时洋娃娃便完全无力自卫，因为它自身没有任何办法足以保护自己，使自己不致陷入那些陌生的、阴郁的世界，它没有任何具有魔力的自己的主张，没有意识到“自我”的强大能力。因此它总是被世界征服。所以狗总是承认，人是它的主子。所以即便是一个最卑贱的人，只要跟自己的狗在一起，也会自觉是英雄。

洋娃娃体验激情的能力与米霞毫无差异。

动物的激情甚至更为纯洁，因为没有任何思想搅浑它。

洋娃娃知道，有上帝存在。它随时随地持续不断地觉察到上帝的存在，而不像人只是在少有的瞬间才觉察得到。洋娃娃在青草丛中闻到了上帝的气息，因为时间没有将它和上帝分开。因此洋娃娃对世界怀有那么强烈的信赖，那种信赖是任何人都望尘莫及的。只有在主耶稣挂在十字架上的时候，才怀有类似的对世界的信赖。

波皮耶尔斯基的孙子辈的时间

往往学年刚一结束，波皮耶尔斯基的女儿——就是当年牵着一条大狗在园林里散步的那位小姐——立即就把她自己的孩子和她那些兄弟的孩子领到了太古。米霞早已给他们准备好了楼上的三个房间，而如果有必要，楼下的一个房间也可归他们使用。于是到了六月末，帕韦乌·博斯基所期望的旅馆便开始完全运转起来。

地主波皮耶尔斯基的孙子辈都长得匀称、个头大、活泼好动且闹腾得厉害。与他们的祖父毫无相似之处。就像在许多优秀的家族里一样，他们中都是些男孩子，只有一个小姑娘。照料他们的是个阿姨，每年都是同一个人。阿姨的名字叫苏珊娜。

孩子们整天待在河上一个称为泄水闸的地方，方圆一带的年轻人都到那儿进黑河里游泳。地主波皮耶尔斯基当年在河里建了这座闸门，用来调节流入池塘的水量。如今池塘已不复存在，但在夏天，内行地操纵闸门，便能造出一个河湾和一米高的瀑布。地主波皮耶尔斯基多半不曾料到，他为自己的后代弄出了这么一个娱乐的去处。

孩子们回家吃午饭，米霞经常把午饭安排在园子里的栗树下边。午饭后，他们又回到河上去了。晚上苏珊娜招呼他们玩纸牌，玩“国家城市”，或是别的随便什么牌戏，只要他们不吵不闹就行。有时，比他们大不了多少的维泰克在山后为他们燃起一堆篝火。

每年圣约翰节的夜晚，地主波皮耶尔斯基的孙子们都进入森林，寻找蕨类植物的花[①]。这种探险成为节日的一种固定仪式，而有一年的夏天，苏珊娜允许他们自己进入森林。地主的孙子们利用这个机会，瞒着所有的人，到耶什科特莱买了一瓶廉价的葡萄酒。他们拿了夹肉面包、几瓶柠檬汽水、甜食和手电筒。他们坐在屋前的长凳上等待天黑。他们嬉戏着，吵闹着，为藏匿的那瓶葡萄酒而兴高采烈。

地主波皮耶尔斯基的孙子们进了森林之后才安静下来。并非他们到了森林里情绪不高，而是因为在黑暗里，森林显得既可怕又强大。他们壮着胆子想要走到沃德尼察去，然而黑暗妨碍了他们愿望的实现。沃德尼察是个闹鬼的地方。他们要去赤杨林。那里生长的蕨类植物最多。他们要在那里喝酒，抽大人禁止他们抽的香烟，就像太古的农民那样。

孩子们排成一排朝河的方向走去，手挽着手，步伐整齐。

天黑得那么厉害，伸出的手掌在黑暗中成了勉强能分辨开的忽隐忽现的斑点。跟包裹在黑暗中的世界相比，只有天空略

① 蕨类植物不开花。斯拉夫神话中有蕨类植物在圣约翰节之夜开花，并能为找到花的人带来好运的说法。

显明亮——竹筛似的天空漏出的星光，给庄严的世界凿了好些个洞。

森林表现得犹如野兽，不许孩子们进入自己的领地。森林向他们头上抖落露水，派出猫头鹰吓唬他们，命令野兔猝不及防地从他们脚下蹿出来。

孩子们走进了赤杨林，摸索着进行野餐。香烟的火星闪烁。有生以来第一次就着瓶口喝下的葡萄酒给他们增添了勇气。然后，他们分散开来在蕨丛中奔跑，直到他们中有人在蕨丛里发现一个闪光的东西。不安的森林喧闹了起来。发现者召唤其余的人。他非常激动，兴奋不已。

“我大概找到啦！我大概找到啦！”他反复说。

在纠缠在一起的黑莓灌木丛中，在湿漉漉的蕨叶上，有个银色的东西在闪闪发光。孩子们用棍子分开那些硕大的叶片，借助手电筒射出的亮光，他们看到一个闪亮的罐头盒。大失所望的发现者用棍子挑起了它，远远地抛进灌木丛中。

地主的孙子们又坐了片刻，喝光了葡萄酒，然后就回到路上去了。

直到此时，空罐头盒才又神采焕发地散射出神奇的银色光芒。

麦穗儿总是在夏至这一天的夜里采集草药，她见到这离奇的景象，可她已经太老了，也就不想许什么愿，而且她清楚，蕨的花能闹出多少麻烦。于是她远远避开，绕道走了。

地主波皮耶尔斯基的时间

“米霞，你干完活儿乐意跟我一起喝杯茶吗？”波皮耶尔斯基夫妇的女儿问，她的身段总像未出嫁时那个模样。

米霞从装满待洗餐具的盆子上伸直了腰，用围裙擦干了手。

“我不喝茶，但我很乐意喝杯咖啡。”

她们端着托盘来到苹果树下，在桌子两边，面对面坐了下来。莉拉和玛娅一起洗完了那些不干净的餐具。

“你一定非常累，米霞。你每天要做出这么多份午餐，要洗这么多的餐具……为这等辛劳我们非常感激你。假如不是你们，我们真是连个落脚的地方都没有。要知道，这儿是我们的故乡。”

当年的地主小姐，很久很久以前曾带着一群大狗在牧场上奔跑的姑娘，这会儿伤心地发出一声浩叹。

“假如不是你们，我们只靠帕韦乌的薪金是无法过活的。出租房间是我对养家做出的贡献。”

“你可不能这么想，米霞。须知妇女在家里干活儿，生孩子，主持家务，对这些你自己了解得最清楚……”

“但这些不能挣钱养家，不能给家里带回钞票。”

几只黄蜂飞到桌上，轻柔地舔着蜜糖饼干上的巧克力糖衣。

米霞对此并不在意，可波皮耶尔斯卡小姐却害怕黄蜂。

“我小的时候，一只黄蜂蜇了我的眼皮。我当时跟父亲在一起，母亲到克拉科夫去了……那可能是一九三五年或一九三六年的事。父亲惊慌失措，在屋子里跑来跑去，冲我大叫大嚷，后来他用小汽车把我送到了一个什么地方。我依稀记得，是送到小镇上的犹太人那儿去了……”

波皮耶尔斯卡小姐用一只手支着下巴，而她的目光则在苹果树和椴树的树叶之间飘游。

“波皮耶尔斯基地主……是个与众不同的人。”米霞说。

波皮耶尔斯卡小姐褐色的眼睛里泪光闪烁，宛如点点甘露。米霞猜到，这是她私人的、内在的时间流正在往回流，每个人身上都有这么一种时间流，此刻过往的画面，在树叶之间的空隙里，像放映电影似的一幕幕出现在她眼帘。

波皮耶尔斯基夫妇当年去了克拉科夫，此后便一直受穷受苦，他们只好忍痛割爱，靠出售银器勉强度日。分布在全世界的波皮耶尔斯基庞大的家族亲戚们，为他们的族人提供了一点帮助，尽其所能地送给他们一点美元或黄金。地主波皮耶尔斯基曾被指控与占领者合作，理由是他曾跟德国人做过木材生意。他蹲了几个月的监狱，但最后考虑到他患有心理障碍而把他释放了。当然，在这个过程中，受到贿赂的精神病学家稍许夸大了他的病情——但并不算太过分——这对他得以被提前释放不无帮助。

出狱后的地主波皮耶尔斯基在萨尔瓦多街狭窄的住宅里来

回踱步，他从这面墙走到那面墙，固执地尝试着，在唯一的桌子上摆开自己的游戏。然而妻子以那样一种目光望着他，使他不得不把一切重新装进盒子里，并且重新开始他那没完没了的散步。

时间流逝，地主太太在自己的祷告中留下一点空间，用来对时间表示感激，感谢它在流逝，在运动，从而也为人的生活中带来变化。家族，波皮耶尔斯基的整个家族，重新逐渐集聚起力量，在克拉科夫做起小买卖。地主波皮耶尔斯基根据家族的不成文协议被分配来监督皮鞋生产，具体地说，是生产鞋底。他监督一个小工厂的工作，工厂里有台从西方引进的液压机，机器会吐出塑料的凉鞋底。开头地主波皮耶尔斯基并不太想干这份工作，但后来整个事业吸引了他，就像一个地主常有的那样——把他完全卷了进去。令他入迷的是，能为无定形、不确定的物质赋予不同的形状。他甚至开始满怀热情地进行各种实验。他制成了一种完全透明的糊状物，然后赋予它各种颜色和色调。后来，居然发生了这样的事，在女鞋流行趋势上，他聪明地感受到了时代精神——他生产的有着闪闪发光的鞋帮和高统的塑料底的哥萨克皮靴卖得就像流水一般。

“父亲甚至建了一个小实验室。他就是这么一个人，只要着手做某件事，就会全心全意地投入，赋予这件事某种绝对意义。在这一方面，他是令人难以忍受的。看他那股办事的劲头，似乎他的鞋底和哥萨克皮靴具有救世之功。他喜欢上各种试管，蒸馏器，总是在熬制什么，总是在给什么东西加热。

“最后，由于自己的这些化学实验，他终于得了皮肤病。或许是由于烫伤，或许是由于放射性物质作祟。总而言之，他的模样看起来可怕至极。他身上的皮肤大块大块地脱落。医生们说，这是一种皮肤癌。我们把他送到住在法国的亲戚那里，找最好的医生诊治。但皮肤癌无药可治，这里没有，那里同样没有。至少在当时是一种绝症。最奇怪的是，他对待这种——当时我们都已知道——致命疾病的态度。‘我在蜕皮。’他说，看上去他对自己非常满意，简直是自豪。”

“他是个怪人。”米霞说。

“可他不是疯子。”波皮耶尔斯卡小姐赶紧补充说，“他总是心神不定。我想，是由于这场战争和迁出府邸时受到的冲击惊吓到了他。战后，世界发生了巨大的变化。他在这个世界上找不到自己的位置，所以他死了。他去世前始终神志清醒，泰然自若。那时我不明白其中的道理，我以为是由于疼痛使他精神失常。你知道，他非常痛苦。最后癌细胞扩散到全身，而他却像个孩子一样，一再说他只是在蜕皮。”

米霞叹了口气，喝完了最后一滴咖啡。玻璃杯底沉积了一层古铜色的咖啡渣，太阳的反光在上面搜寻着什么。

“他吩咐将那个古怪的盒子跟他一起埋进坟墓，可在操办丧事的忙乱中，我们把这件事忘到九霄云外去了……我为此一直受到可怕的良心谴责，内疚我们没有实现他的遗愿。丧事过后，我跟妈妈一起去看了看那只盒子。你可知道，我们发现了什么？那是一块旧亚麻布，一个木头做的色子，还有各种各样的棋子：有动物的，人的，各种物品的，就像一些儿童玩具。我们还发现了一本破破烂烂的小书，上面写的全是些无法理解的胡言乱语。我跟妈妈一起把那些东西全倒在桌子上。我们无法相信，那些小小的玩具对于他，竟是如此珍贵！至今我还记得那些玩意儿，好像是昨天才见到的那样：小小的黄铜塑像，有男人和女人、动物、小树木、小房子、小府第、各种微型物品，啊，比方说，只有小指甲大小的小书，带把手的小咖啡磨，红色的邮政信箱，带有水桶的扁担——一切都做得非常精致……"

"你们是怎么处置那些东西的？"米霞问。

"起先，所有的东西都搁在我们放相册的抽屉里。后来孩子们拿出来玩耍。肯定还在家里的什么地方。或许是在积木堆里？我不知道，得问问……我一直感到内疚，没有把这个盒子给父亲放进棺材里。"

波皮耶尔斯卡小姐咬紧嘴唇，她的眼中又是泪光闪烁。

"我理解他。"过了片刻米霞开口说，"当年我也有过自己的抽屉，那里放着所有最重要的东西。"

"可你那时是个孩子。而他却是个成年男子。"

"我们有伊齐多尔……"

"或许每个正常的家庭都必须有这么一个正常状态的安全阀，有这么一个人，这个人能承受所有的疯狂行为，就像我们所承受的这些。"

"伊齐多尔并不是他看上去的这种样子。"米霞说。

"哎呀，我讲这话并无恶意……我父亲也不是个疯子。难道他会是个疯子吗？”

米霞迅速摇头否认。

“我最担心的是，米霞，他的怪癖可能会遗传后代，或许会让我的孩子们中的某一个恰巧给碰上。而我关心他们。他们都在学习英语，我想把他们送到法国的亲戚那儿去，让他们看看世界。我希望他们都能受到良好的教育，能到西方的某个大学学习信息学、经济学，学习某种具体的有点前途的专业知识。他们都会游泳，会打网球，都对艺术和文学感兴趣……你自己不妨瞧瞧，他们都是些健康的正常的孩子。”

米霞顺着波皮耶尔斯卡小姐的目光望去，看到地主的孙子们正好从河上回来。他们穿着五颜六色的浴衣，手里都拿着潜水用具。这会儿正吵吵嚷嚷、推推搡搡地拥进栅栏的小门。

“一切都会好起来的。”波皮耶尔斯卡小姐说，“如今的世界已不同于昔日。变得更好，更广阔，更光明了。现在有预防各种疾病的疫苗，没有战争，人活得更长久……你也是这么想的吗？”

米霞看了看残留着咖啡渣的玻璃杯，摇了摇头。

游戏的时间

在“第七世界”里，第一批人类的众多后代漂泊人间，从一个国度到另一个国度，后来终于来到了一个美得出奇的谷地。“让我们继续干下去，”他们说，“让我们给自己建一座城市和一座直插云霄的通天塔，让我们成为一个民族，而且让上帝也不能将我们驱散。”于是他们立即着手建设，他们搬运石头，用焦油取代砂浆。就这样，一座规模宏大的城市诞生了，城市的中央耸立着一座高塔，高得从塔尖可以看到“第八世界”以外的东西。有时，当天空晴朗的时候，那些在最高处工作的人们，为了不让阳光照得他们目眩，他们手遮着眼睛，于是他们看到了上帝的脚掌，以及吞噬时间的巨蟒那巨大躯体的轮廓。

他们当中有些人还试图用木棍伸到更高的地方。

上帝不时朝他们瞥上一眼，忧心忡忡地想道：“只要他们仍然是同样的人民，说的是同样的语言，将来他们就能做到他们脑子想到的一切事情……不行，我得下去把他们的语言搞乱，我得让他们自我封闭起来，使他们彼此听不懂对方的语言。这样，他们彼此就会反目成仇，而我便会太平无事。”上帝也就这样做了。

人们分散到世界的四面八方，彼此成了仇敌。但他们的记忆仍留下了他们见过的事情，永不磨灭。谁只要见过世界的边界一次，他就会锥心地感受到自己遭受的禁锢。

帕普加娃的时间

斯塔霞·帕普加娃每个礼拜一都去塔舒夫赶集。每到礼拜一，公共汽车总是非常拥挤，以至于常常绕过森林里的车站，不在那儿停车。于是斯塔霞只好站在路边搭顺风车。起先是美人鱼牌和华沙牌的轿车，然后是大、小菲亚特牌的汽车。她笨手笨脚地爬进轿车里，总是以同样的方式开始同司机攀谈：

“先生可认识帕韦乌·博斯基？”

偶尔会遇上个把司机回答说：认识。

“他是我的兄弟。是位督察员。”

司机每每朝她转过脑袋，满腹狐疑地望着她。于是她又说了一遍：

“我是帕韦乌·博斯基的姐姐。”

司机不大相信。

斯塔霞老来发胖了，也变矮了。她那本来就引人注目的大鼻子变得更大，而眼睛却失去了光彩。她的一双脚总是肿胀的，所以只能穿双男人的便鞋。她那一口漂亮的牙齿也只剩下两颗了。时间对斯塔霞·帕普加娃是无情的，难怪司机不肯相信她是帕韦乌·博斯基的姐姐。

不久前，就在一个热闹的、赶集的礼拜一里，一辆小汽车撞倒了她。她从此失去了听力。在她头脑里，有一种连续不断的嗡嗡声将世上的声响都淹没了。有时在这一片嗡嗡声中，也出现某种声音，断断续续的音乐，可是斯塔霞分不清它们来自何方——不知是来自外部，还是源于她自身。她一边挂着袜子，或是没完没了地修修改改米霞穿剩的衣物，一边凝神谛听这种声音。

晚上她总喜欢去博斯基夫妇家。尤其是夏天，他们那里很热闹。楼上住着避暑的人们。这些人的孩子和孙子统统来了。他们在果园里，在栗树下边，摆上桌子，喝着酒。帕韦乌从琴盒里拿出小提琴，他的孩子们也立即拿起各自的乐器：安泰克是键盘式手风琴，阿德尔卡在离开之前拉的小提琴，维泰克是低音提琴，莉拉和玛娅是吉他和长笛。帕韦乌用小提琴的弓子打了个信号，所有的演奏者便全都有节奏地活动起手指头，用脚点着地打起拍子。他们总是从《满洲里的山丘》开始。斯塔霞总是根据他们脸上的表情辨认出所演奏的音乐。在演奏《满洲里的山丘》时，米哈乌·涅别斯基会在孩子们的面部表情上显现片刻。“这可能吗？”斯塔霞寻思，“死去的人总能活在自己孙辈们的形象里？”将来她也能活在雅内克的孩子们的脸庞上吗？

斯塔霞思念儿子，他中学毕业后便留在了西里西亚。他很少回家，他像他自己的父亲那样，让斯塔霞在等待中望眼欲穿。初夏，她便给儿子准备好了房间，但他不肯多待一会儿，不肯像帕韦乌的孩子们那样，在家里度过整个暑假。他住了几天就走了，临走时，忘记带走母亲给他做的一整年的果汁。但钱他倒没忘记拿，那是母亲靠卖酒挣来的。

她把他送到凯尔采公路旁的车站。在十字路口躺着一块石头。斯塔霞把石头搬开，请求他说：

“把手放在这儿，留个手印。好让我有点你留下的纪念。”

雅内克不安地环顾四周，然后总算同意让手掌的形状在石头下面的岔道泥土上保留一年。再往后，在圣诞节和复活节，从他那儿寄来的信，总是以同一种方式开头：“我在这封信里首先向你禀告，我很健康，也祝妈妈身体健康。”

他的祝愿没有发生效力。多半是他在写信的时候，心里在想别的事情。某个冬日，斯塔霞突然病倒了。在急救车艰难穿过茫茫大雪驶来之前，她已一命呜呼。

雅内克回来晚了，他赶到墓地时，正好碰上人们在往墓穴填土，送葬的人都已散得差不多了。他走进母亲的屋子里，久久察看母亲的遗物。所有那些装满果汁的玻璃瓶、印花布帘、用钩针编织的披肩，用他在节日和命名日寄来的明信片做的小盒子，恐怕对于他全都没有什么价值。外公博斯基留下的家具全都是用斧子砍出来的，粗糙、笨重，与他拥有的光滑漂亮的家具完全不配套。那些瓷茶杯不是缺了边，就是断了耳。雪从门的缝隙里挤进加盖的厢房。雅内克锁上了房门，把锁匙送给舅舅。

“我不要这幢房子，也不要出自太古的任何东西。”他对帕韦乌说。

他沿着官道向车站走去。走到躺着那块大石头的地方，他停住了脚步。犹豫了片刻之后，他做了年年都要做的那件事。这一次，他把手掌深深压进冰凉的、冻得半硬的土地里，在那儿停留了许久许久，直到他的手指冻得发僵。

由四个部分组成的事物的时间

年复一年，伊齐多尔越来越认识到，他永远也走不出太古。他记起了森林中的边界，那堵看不见的大墙。那是他的边界。或许鲁塔能通过那条边界，而他则既没有力量，也没有这种愿望。

屋子里空空荡荡。只有在夏天，避暑的人们来了之后，才会热闹起来，那时，伊齐多尔通常都不离开自己的阁楼。他害怕陌生人。最近的一个冬天，乌克莱雅经常到博斯基夫妇家作客。他老了，而且变得更胖。他那张脸呈现灰白色，浮肿，眼睛由于酗酒而布满了血丝。他待在桌旁，看起来就像一堆变了质的烂肉。他扯着自己嘶哑的嗓门不停息地自吹自擂。伊齐多尔憎恨他。

乌克莱雅多半也感觉到了这一点，因为他像魔鬼一样慷慨大方，竟然送给伊齐多尔一件礼品——鲁塔的照片。这是他经过一番深思熟虑之后才送的礼品。乌克莱雅专门挑选鲁塔的裸体照片，鲁塔赤裸的身子由于古怪的光线而分成了好几块，上面盖着他肥胖的躯体。只有几张照片上能看到女人的脸——张着的嘴巴，贴到面颊上的汗湿的头发。

伊齐多尔默默无言地看了照片，然后把照片往桌子上一扔，起身上楼去了。

“你干吗把这种照片拿给他看？”他上楼时还听见帕韦乌的声音。

乌克莱雅爆发出一阵大笑。

从这一天起，伊齐多尔就再也不下楼。米霞把食物给他送上阁楼，挨着他坐在床上。姐弟二人沉默着待了片刻，然后米霞叹了口气，回到厨房去。

伊齐多尔不想起床。他觉得，就这么躺在床上做梦也不错。他总是做着同样的梦，他梦见塞满了各种几何图形的辽阔空间。有磨砂玻璃似的无光泽的多面体，透明的锥体，还有发乳白光的圆柱体。它们在广阔的平面上方流动，如果不是因为上方没有天空，或许就可以把这平面称为大地。代替天空的是个巨大的黑洞。观察这个大黑洞使他连在梦中都感到恐怖。

在梦里，到处鸦雀无声，笼罩着一派沉寂。即便是巨大的物体相互磕碰摩擦，也没有发出任何咯吱声或沙沙声。

伊齐多尔不在这梦中。有的只是某个陌生的旁观者，伊齐多尔生活中发生的各种事件的见证人。这个人附着在伊齐多尔身上，但他不是伊齐多尔。

做过这样的梦之后，伊齐多尔头痛欲裂，不得不整天跟抽噎作斗争，这抽噎也不知是从哪儿来的，始终堵塞在他的喉头。

有一次，帕韦乌到他的阁楼上对他说，他们将要在园子里演奏，希望他能下楼到他们那儿去。帕韦乌怀着赞赏之情朝阁楼环视了一圈。

“你这儿很漂亮。”他嘟哝了这么一句。

冬天，陪伴着伊齐多尔的是忧伤。他看到那光秃的田野，灰蒙蒙的、潮气很浓的天空，便总是不由得想起同一幅景象，当时由于伊凡·穆克塔而看到的景象。没有任何意义、没有意思、没有上帝的世界的画面。他惶恐得直眨巴眼睛，他是多么希望能将这幻景永远从记忆里抹掉！但是用忧伤喂养的画面有不断扩大的倾向，它逐渐控制了他的肉体和灵魂。伊齐多尔越来越频繁地感觉到自己老了，天气一产生变化，他浑身的骨头就疼痛——世界以一切可能的方式折磨他。伊齐多尔不知该把自己怎么办，不知该躲到哪里去。

这种情况持续了几个月，直到本能在他身上苏醒了，伊齐多尔决心自己救自己。几个月后，当他第一次在厨房里出现时，米霞激动得哭了，她长久地将他紧紧拥在自己散发着午餐气味的围裙上。

“你的气味像妈妈。”他说。

现在他每天下楼一次，踏着狭窄的楼梯慢慢往下走，不假思索地往火里添树枝。常常不是把米霞的牛奶煮糊了，就是把炉灶上炖的什么汤熬干了，这熟悉的、无害的气味使他脑子里再现了被摒弃的空虚的世界。他随便吃了点东西，嘟哝了句什么便往楼上走。

“你能劈点木柴吗？”米霞在他身后冒出这么一句。

他满怀感激之情地劈起了木柴。他把整个柴棚都堆满了劈柴。

“你能停下来不劈那些木头吗？”米霞生气地说。

于是，他从盒子里掏出伊凡的望远镜，从自己阁楼上的四个窗口察看整个太古。他朝东方看，视野里见到了塔舒夫的房屋，而它们的前方则是森林和白河上的牧场。他见到，住在弗洛伦滕卡的屋子里的涅赫齐亚沃娃正在牧场上挤牛奶。

他朝南方看，见到圣罗赫礼拜堂和乳制品厂，见到通向小镇的桥梁，见到一辆迷路的汽车和一个邮差。然后他转到西边的窗口——见到耶什科特莱、黑河、府邸的屋顶、教堂的塔楼，还有那一直都在扩建的老人之家。最后他走到北边的窗口，欣赏大片大片的森林，看到凯尔采公路像条长长的丝带将它们隔开。他在一年中不同的季节看到那些同样的景致——冬天白雪皑皑，春天绿肥红瘦，夏天姹紫嫣红、五彩斑斓，秋天草枯花谢、万物萧疏。

那时，伊齐多尔发现，大凡世上有意义的事物，多数都是由四个部分所组成。他拿起一张灰不溜丢的纸，用铅笔在上面画出了表格，表格上分成四栏。在表格的第一行，他写上了：

西　　北　　东　　南

随后他立即又加上：

冬　　春　　夏　　秋

他觉得自己似乎写下了某个极有意义的句子的开头。

这个句子必定具有巨大的吸引力，因为伊齐多尔所有的感官全都瞄准了对四重性的探索。他在自己身边，在阁楼上，寻找这种四重性，同时也在园子里寻找。当有人吩咐他浇灌园子的时候，他找遍了园子的每一个角落。他在日常工作中找到了四重性，在各种物品中，在自己的习惯里，在他回想起的童年时代听过的童话中找到了它。他感到自己在康复，他会钻出路旁的丛莽走上一条笔直的路。难道不是一切都开始变得清晰了吗？难道不是只需稍微费点儿脑筋就能弄清事物的秩序吗？须知这种秩序近在咫尺，就在视力能及的范围之内，只需一抬眼便能看到。

他重新又去乡图书馆，经常借出满满一提包的书，因为他意识到，许多具有四重性的事物都已写在书里了。

图书馆里，许多书籍都有地主波皮耶尔斯基漂亮的藏书签——在一堆石头的上方悬着一只张开翅膀的大鸟，酷似鹰。鸟用爪子支在 FENIX① 几个字母上。鸟的上方是一行显目的文字：“费利克斯·波皮耶尔斯基藏书”。

伊齐多尔只借里头带有凤凰的书，这个标识成了好书的印记。可惜的是，他很快就弄明白，全部藏书的作者姓氏都是以 L 以后的字母起首的。在任何一个书架上，他都找不到姓氏以 A 一直到 K 之间的字母起首的作者。于是他便读了老子、莱布尼茨、列宁、罗耀拉、琉善、马提亚尔、马克思、梅林克、密茨凯维奇、尼采、奥利金、帕拉塞尔苏斯、巴门尼德、波菲利、柏拉图、普罗提诺、坡、普鲁斯、克维多、卢梭、席勒、

① 这五个字母合在一起便是波兰语的一个单词，意为凤凰。

斯沃瓦茨基、斯宾塞、斯宾诺莎、苏埃托尼乌斯、莎士比亚、斯威登堡、显克维奇、托维安斯基、塔西陀、德尔图良、托马斯·阿奎那、凡尔纳、维吉尔、伏尔泰等人的书。他读书越多，便越是意识到缺了姓氏起首字母为A到K的作者：奥古斯丁、安徒生、亚里士多德、阿维森纳、布莱克、切斯特顿、但丁、达尔文、第欧根尼·拉尔修、埃克哈特、爱留根纳、欧几里得、弗洛伊德、歌德、格林兄弟、海涅、黑格尔、霍夫曼、荷马、荷尔德林、雨果、荣格、克莱门斯。他还在家里把百科全书从头至尾读了一遍，可他既没有因此而变得更聪明，也没有变得更好。不过，他在自己的表格里可填写的东西倒是越来越多。

有些四的组合是显而易见的，只要留心观察便不难发现：

酸　　　甜　　　苦　　　咸

或者：

根　　　茎　　　花　　　果

或者：

左　　　上　　　右　　　下

还有：

眼　　　耳　　　鼻　　　嘴

他在《圣经》里找到许多这一类的四重性。其中有些看起来似乎非常原始、古老，这些四重性又会衍生出其他的四重性。伊齐多尔觉得，四个同类事物的组合在他眼皮底下繁殖、复制、无穷无尽。最后他开始猜想，无穷性本身必定也是四重性的，就像上帝的名字：

I　　　H　　　W　　　H[①]

《旧约》中有四个先知：

以赛亚　　　耶利米　　　以西结　　　但以理

从伊甸园里流出的四条河：

比逊　　　基训　　　希底结　　　伯拉河

基路伯[②]有四副面孔：

人　　　狮子　　　犍牛　　　雄鹰

① IHWH即耶和华。

② 基路伯是《圣经》故事中的守护天使，腋下有翅，能载上帝飞行。

福音书有四位编述者：

马太	马可	路加	约翰

四种基本美德：

英勇	公正	远见	克制

《启示录》有四骑士：

征服	屠杀	饥饿	死亡

亚里士多德的四大要素：

土	水	气	火

意识的四个方面：

认识	感觉	思考	直觉

希伯来神秘哲学中的四个王国：

矿物王国	植物王国	动物王国	人类王国

时间的四种形态：

空间	过去	现在	将来

炼金术的四种成分：

盐	硫	氮	汞

炼金术的四种功能：

凝结	溶解	升华	煅烧

神圣音节的四个字母：

A	O	U	M

希伯来神秘哲学的四个要点：

仁慈	美	力量	统治

存在的四种状态：

生	弥留和死	死后时期	复活

意识的四种状态：

昏睡	酣睡	浅睡	清醒

创造物的四种性质：

稳定性	流动性	挥发性	发光性

根据盖伦[①]的学说，人的四种能力：

体力	审美力	智力	道德和精神潜力

算术的四则运算：

加	减	乘	除

测量的四种尺度：

宽度	长度	高度	时间

物质的四种状态：

① 盖伦（Claudius Galen，129—约200），古罗马医师、自然科学家和哲学家，继希波克拉底之后的古代医学理论家。

固体　　　液体　　　气体　　　等离子体

构成 DNA 的四个原则：

T　　　A　　　G　　　C

根据希波克拉底[①]学说的四种气质：

冷淡　　　忧郁　　　热情　　　暴躁

这份清单始终没有尽头。也不可能有尽头，因为若是有尽头的话，世界也就完结了。伊齐多尔就是这么想的。他还认为，自己发现了整个宇宙不可或缺的秩序的踪迹，这种秩序是按上帝独特的字母表在宇宙间起作用的。

随着对具有四重性事物的跟踪，伊齐多尔的思维也发生了变化。他在每种事物中，在每种最细微的现象里都看到了四个部分，四个阶段，四种功能。他看到了四的继承延续，四繁殖为八，繁殖为十六，看到了生命代数不间断衍生成四倍的演变。对于他，果园里已不存在花满枝头的苹果树，而是由树根、树干、树叶和花朵组成的严密的四重结构。有趣的是，这种四位

① 希波克拉底（Hippocrates，约前 460—约前 370），古希腊医师、西方医学奠基人，提出“体液学说”，认为人体由血液、粘液、黄胆汁和黑胆汁四种体液组成，这四种体液的不同配合，使人有不同的体质。

一体是不朽的——秋天在开花的地方出现了果实。至于说，到了冬天，苹果树便只剩下了树干和树根，伊齐多尔必须进一步思考，找出合理的解释。他发现了四变为二的可约性的规律——二是四的休眠期。就像树木到了冬天就要休眠一样，四睡着了就会变成二。

凡是不能立刻表现出内在四重结构的事物，对于伊齐多尔就都成了挑战。有一次，他观察维泰克试图调教一匹幼马，马腿一蹶，把维泰克摔到了地上。伊齐多尔心想，通常所谓的“骑马的人”这种结构，只是表面上看起来似乎是由两个部分组成的。实际上，首先是人，还有马，同时还存在第三个整体，那就是人骑在马上。那么第四个部分又在哪里呢？

这是一种半人半马的怪物，是某种比人和马都多点什么的东西，这既是人又是马，既是人和马的孩子，又是人和山羊的孩子。蓦地，伊齐多尔恍然大悟。他重又感受到那种早已忘却的不安，当年伊凡·穆克塔给他留下的不安。

米霞的时间

米霞久久不肯剪掉自己变得灰白的长发。莉拉和玛娅回家时，带回了一种特殊的染料，一个晚上就让她的头发恢复了原有的颜色。她们两人对颜色都很有眼力——她们挑选的颜色跟需要的颜色一模一样，不差毫厘。

有那么一天，不知何故，米霞突然吩咐两个女儿给自己剪掉头发。一卷卷染成了栗色的头发落到了地板上，米霞朝镜子里一望，立即明白，她已是个老妇人了。

春天，她给年轻的地主小姐回信，说不再接受避暑的房客。

无论是当年，还是下一年都不接待避暑的人。帕韦乌试图提出抗议，但她已不听他的。夜里，心脏的突然狂跳和血液的搏动常把她从梦中惊醒。她的双手和双脚都肿了。她望着自己的脚，竟然认不出来。"曾几何时，我的脚指头是那么修长，脚踝骨是那么纤细！我穿高跟鞋走路的时候，我的小腿肌肉紧绷绷的！"她暗自思忖道。

夏天，孩子们都放假回家了。除阿德尔卡之外，所有的孩子一起送她去看医生。她患了高血压。她不得不吞食药片，而且她再也不能喝咖啡了。

"不喝咖啡算什么生活！"米霞一边嘟囔着，一边从餐柜里拿出自己的咖啡磨。

“妈妈，你简直像个孩子。”玛娅说，从她手里夺走了小磨子。

第二天，维泰克在外汇商店买了一大盒不带咖啡因的咖啡。她假装说味道不错，但她独自在家的时候，她就磨凭票供应的珍贵的咖啡豆，并用玻璃杯给自己冲上一杯真正的咖啡。它带着厚厚的一层凝皮，像她一贯喜欢喝的那种咖啡。她在厨房里坐在靠窗口的地方，抬眼望着果园。她听着那长得高高的青草发出的沙沙声——树下已没有人为谁割草了。她从窗口看到黑河、神父的牧场、牧场后边的耶什科特莱，那儿有人不断用白色的空心预制板建造新的房屋。世界已没有当年那么美了。

有一天，她正喝着自己的咖啡，突然来了一些什么人找帕韦乌。从这些人嘴里得知，帕韦乌是雇他们来修建坟墓的。

“你为什么没对我说起过这件事？”她问。

“我想给你个惊喜。”

礼拜天他们一起去看挖好的深坑。米霞不喜欢丈夫选中的地点，它在老博斯基和斯塔霞·帕普加娃坟墓的旁边。

“为什么不是挨着我的双亲？”她问。

“为什么？为什么？”他滑稽地模仿她的语调说，“那里太挤了。”

米霞回想起当年她和伊齐多尔一起把夫妻卧榻分开的情景。

回家的时候，她朝墓地出口处的题词瞥了一眼。

“上帝在关注，时间在流逝。死亡在追逐，永恒在等待。”她读出了声。

新年伊始就充满了一种动荡不安的气氛。帕韦乌在厨房里打开了收音机，加上伊齐多尔，三个人一起收听新闻公报。他们能听懂的不多。夏天，孩子们和孙子们都回来了。但不是所有的人都回来。安泰克没有得到假期。他们在园子里一直坐到深夜，喝着黑醋栗露酒，讨论政治形势。米霞本能地、不时朝栅栏的小门瞥上一眼，她在等待阿德尔卡。

“她不会回来的。”莉拉说。

到了九月，家里又成了空巢。帕韦乌整天骑着摩托车，穿过自家没有耕种的田地，照应修坟的工作。米霞唤伊齐多尔下来，但他不肯走下自己的阁楼。他从早到晚，辛辛苦苦地埋在那些灰蒙蒙的纸堆里，在纸上画着永远画不完的表格。

“你要答应我，将来若是我先死，你不会把他送进养老院。”她对帕韦乌说。

“我答应。”

在秋天的第一天，米霞用小咖啡磨磨了一份真正的咖啡，把它倒进玻璃杯里，冲了开水。她从餐柜里拿出蜜糖饼干。浓郁的香气笼罩了厨房。她把椅子移到窗口，一小口一小口地饮着咖啡。就在那时，世界在米霞的头脑里突然爆炸，它的细小碎片撒落在周围。她滑落到地板上。米霞动弹不了，于是只好等待，像头落入罗网的动物，直到有人来解救她。

有人把她送到了塔舒夫的医院，那里的医生的诊断结论是：她得了脑溢血。帕韦乌带着伊齐多尔还有两个小女儿每天去医院看望她。他们坐在她的床边，整个探视时间都在对她说着话，虽然他们之中，谁也不能肯定米霞是否明白他们说的是什么。他们问这问那，而她有时点头表示“是”或者“不”。她的脸塌陷了下去，而目光则滑到了内心深处，变得浑浊。他们走出病房，来到医院的过道上，试图从医生那儿打听到点确切的信息，想了解她的病情究竟会向哪个方向发展。但医生看起来似乎心不在焉，正在为别的什么事而茫然不知所措。医院的每个窗口都挂出了红白两色的旗帜，而工作人员则全都戴上了罢工的袖章。一家人只好站立在医院的窗口旁边，相互交换自己对这场不幸的看法。或许她是撞在了头，损害了所有的神经中枢：丧失了说话的能力，失去了生的欢乐、生活的兴趣和求生的愿望。或者是另一种样子：她倒下了，想到自己是多么脆弱，是什么奇迹竟然使她活了下来！她给这种想法吓坏了。她一想到自己会死就非常害怕，她现在在他们眼里，正在由于对死的恐惧而逐渐滑向死亡。

他们给她带来了各种糖煮水果汤，带来了好不容易花大钱才弄到的柑橘。他们逐渐都能接受米霞会死的想法。他们知道她将要到另一个世界去，她只好听天由命。但他们最害怕的是，在同死亡的较量中，在灵魂与肉体分离的过程中，在大脑的生物结构消失的过程中，米霞·博斯卡将永远消失，她所有的烹调秘诀、菜谱将随之消失，那些猪肝和小红萝卜色拉、她的裹糖衣的可可糕点和蜜糖饼干，也将永远从家里的餐桌上消失，最后将永远消失的，还有她的思想，她的话语，她参与过的各种事件——就像她的生活一样平凡的事件。然而，他们中的每个人都确信，她内心有无尽的郁闷和悲伤，她知道世界对人并不友好，而唯一能做到的，便是为自己和亲人找到甲壳，躲藏在那里，坚持到获得解脱的一天。他们眼望着米霞，她坐在床上，用毛毯盖着双脚，一脸的茫然，一副神不守舍的神情，他们都在想，这时她的思想是个什么样子？是被夺走了，撕碎了，犹如她的话语？还是藏在头脑深处，保持着自己的勃勃生机和力量？或者已经变成了纯洁的画面，充满色彩和深度的画面？他们也想到，米霞或者已经停止了一切思维活动。这将意味着，甲壳不严实而有裂缝，混乱和破坏在米霞还活着的时候，便已侵害了她。

而米霞一个月后才死去，在此之前整个时间，她看到的是世界的背面。守护天使在那儿等着她。确实，守护天使总是在紧要的关头出现。

帕韦乌的时间

因为坟墓一直没有准备好，帕韦乌把米霞埋在了格诺韦法和米哈乌身边。他想，这样做应该是令她感到高兴的。他自己则是全心忙于修建坟墓。他向工人们提出越来越复杂的要求，于是工作也就一拖再拖。这样一来，帕韦乌·博斯基，督察员，也就在一再推迟自己的死亡时间。

葬礼过后，孩子们都走了，家里变得异常寂静。帕韦乌对这种寂静感到很不自在。他打开电视机，看所有的节目。一天的节目结束时播送的国歌成了他躺下睡觉的信号。直到这时，帕韦乌才觉察到他并不是独自一人。

楼上的地板给伊齐多尔沉重的脚步压得咯吱响。伊齐多尔已经再也不下楼。小舅子的存在令帕韦乌焦躁。所以在某一天，他上楼去找伊齐多尔，说服他进养老院。

“你在那里会有人照料，可以吃到热饭热菜。”他说。

令他诧异的是，伊齐多尔对此没有提出任何异议。第二天，他就打点好了行李。帕韦乌看到两只硬纸箱和一张服装广告，顿时感到良心受到了责备。不过这只是短暂一瞬的事。

“他在那里会有人照料，可以吃到热饭热菜。”现在，他这话只能对自己说了。

十一月下了第一场雪，而后便连续不断地下起一场又一场纷纷扬扬的大雪。房间里有股发潮的气味，帕韦乌不知从哪里拖出一只小电炉，用它还真难把房间烤热。电视机由于潮湿和寒冷经常出现故障，但还能用。帕韦乌关注天气预报，看所有的电视新闻，虽说那些电视新闻压根儿就引不起他的兴趣。某些政府发生了更迭，某些人物的形象在屏幕上出现又消失。节前，女儿们来了，接他去吃圣诞节晚餐。节日的第二天，他就吩咐送他回家，那时，他看到斯塔霞屋顶坍塌的小屋给压在积雪下。现在雪花落进了屋内，在家具上覆盖了柔软的一层雪衣。他看到空无一物的餐柜、桌子、老博斯基当年睡觉的床和一个床头柜。起先帕韦乌想保住这些东西，以免在风雪和严寒中被毁掉。后来他又想，靠自己一个人无法拖出这些沉重的家具。再说，这些东西对他又有何用？

“爸爸，你盖的屋顶太糟了。”他冲家具说，“你的木瓦都已腐烂，而我的房子却依旧岿然不动。”

春天的风吹倒了两面墙。斯塔霞的小屋里，正房变成了瓦砾堆。夏天，在斯塔霞的畦田里长出了荨麻和苦苣菜。在他们中间，五颜六色的银莲花和芍药花还在可怜兮兮地开放。乏人照料而变为野生的草莓散发出阵阵清香。毁灭和崩解来得如此之快，令帕韦乌惊叹不已。似乎建造房屋是违背天和地的整个自然法则，似乎筑墙、将石头垒在石头上是在溯时代的潮流而上。他被这种想法吓了一大跳。电视里的国歌已然静了下来，屏幕上出现了雪花。帕韦乌打开了所有的电灯，打开了卧室的橱柜。

他看到放得整整齐齐的一打打被套、床单、台布、餐巾、毛巾。他触摸着这些日用物品的边缘，猛然间，全心充满了对米霞的怀念。于是他抽出一叠被套，把脸埋在里面。被套有股肥皂般洁净、整齐的气息，一如米霞，一如早先存在过的世界。他动手将柜子里所有的东西都拉了出来：他自己的衣服和米霞的衣服、一堆堆棉纱汗衫和男人的长衬裤、装成一小袋一小袋的袜子、米霞的内衣、她的衬裙——每一条他都是那么熟悉——她的光滑的长袜、腰带、胸罩、衬衫、毛衣。他从衣架上摘下西装上衣（其中好几件都带有棉花的垫肩，那还是战时的纪念品）、有腰带的长裤、硬领衬衫、连衣裙和裙子。他将一套细呢女西服拿在手上看了许久，回忆起当年他买了这块衣料，然后又用摩托车载着米霞去找裁缝。米霞坚持想要宽翻领和低开口衣兜。他从柜子的上格拉出帽子和围巾，从下格掏出各种各样的皮包。他把手伸进这些凉冰冰、滑溜溜的皮包里，仿佛是在给死去的动物开膛。顺手胡扔的衣物在地板上越堆越高。他想这些东西应该分给孩子们。但阿德尔卡走了。维泰克也走了。他甚至不知道他们此刻在什么地方。可他后来脑子里又闪现出一个想法，认为人只有死后，他们的衣服才送给别人，可他尚健在。

“我还活着，自我感觉也不坏。我能想办法对付。”他自言自语地说，立刻从大立钟里掏出久已不用的小提琴。

他拿着小提琴走出家门，站在台阶上，拉了起来。他先拉了一曲《最后的礼拜天》，然后又奏起了《满洲里的山丘》。成群的扑灯蛾向电灯飞来，在他的头顶上方盘旋——形成一道充满小翅膀和小触须的活动的光环。他拉了很久，很久，直到满是尘土的、失去了弹性的琴弦，一根接一根地断裂。

伊齐多尔的时间

帕韦乌把伊齐多尔送到养老院时，曾设法向接待他的修女把整个情况尽量解释清楚。

“或许他还不是那么老，但总是病病歪歪的，加上他还有残疾。尽管我是个卫生督察员（提到“督察员”这个词时帕韦乌特别加重了语气），我对许多事都算是内行，可我不能确保能做到对他应有的照料。”

伊齐多尔乐意搬迁。这里离墓地更近，墓地里躺着妈妈、父亲，现在还有米霞。他暗自高兴的是，帕韦乌没来得及建成坟墓，而把米霞埋在了双亲身边。他每天早餐后便穿好衣服，去墓地挨着他们坐坐。

然而，在养老院里时间的流逝与别的地方不同，它的小溪更浅，流得更加缓慢。伊齐多尔的力气是一天天，一月月每况愈下，到了后来，他只得放弃看望自己死去的亲人。

“我大概是有病，”他对照料他的修女阿涅拉说，“我大概要死了。”

“别瞎说啦，伊齐多尔，你还年轻，精力旺盛。”她试图使他振作起来。

“我老了。”他固执地重复道。

他悲观失望。他原以为年老了第三只眼睛会睁开，这只眼睛能看透一切，这只眼睛能让他明白世界究竟是怎么回事。但到头来，它却什么也没解释清楚。只是他周身骨头痛，夜里无法入睡。谁也不来看望他，无论是死人还是活人都不来，夜里他经常看到自己的偶像——鲁塔。鲁塔还是他记忆中的那个模样，看到各种各样的几何图形的幻象——空廓的空间，而在这空间里浮动着多角的和椭圆形的几何图形。他觉得那些画面已逐渐褪色，愈来愈模糊，而那些图形也随意扭曲着，仿佛它们跟他一起变老了。

他已没有精力去摆弄那些表格了。他还能艰难地慢慢从床上爬起来，在大楼里转悠，为的是瞧瞧自己的世界，四个方向的情况，这常常能耗上他一整天的时间。养老院的楼房建得不合理，没有朝北的窗口，似乎它的建设者们企图摒弃这个世界的第四部分，也是最黑暗的一个部分，为的是不让它破坏老人们的情绪。伊齐多尔不得不走上凉台，探过凉台的栏杆向外观望。那时，他看到楼房拐角后面，是无穷无尽的黑色林木和一条带状的公路。冬天彻底剥夺了他观察北边景致的机会——通向凉台的门上了锁。他坐在一间被称为娱乐室的房间的沙发椅上，娱乐室里，电视机不停地唠唠叨叨。伊齐多尔竭力要忘记北方。

他在学习忘却，忘却也给他带来了轻松，而这比他任何时候所预期的都要简单得多。只需一天不去想森林、河流，不去想妈妈，不去想梳着栗色头发的米霞，不去想家，不去想有四个窗户的阁楼，到了第二天，这些画面便会越来越苍白，越来越褪色。

尔后，伊齐多尔已不能行走。他的骨头和关节，尽管用了所有的抗生素和辐照，仍然变得僵硬，再也动弹不得。于是他被放在了隔离室的床上，在那儿慢慢死去。

死亡是他作为伊齐多尔这个人有规律地衰竭的过程。这是一种雪崩似的、不可逆转的过程，是自行完成且出奇有效的过程。就像在计算机里删除不需要的信息——养老院里就是用计算机来算账的。

首先，是伊齐多尔生前那么艰难接受的各种理念、思想和抽象概念开始逐渐消失。像砰的一声关上了房门那样突然消失的，是那些具有四重性的事物：

直线	正方形	三角形	圆形
加	减	乘	除
声音	文字	图像	符号
仁慈	美	力量	统治
伦理学	形而上学	认识论	本体论
空间	过去	现在	将来
宽	长	高	时间
左	上	右	下
斗争	痛苦	负疚感	死亡
根	茎	花	果

酸　　　　甜　　　　苦　　　　咸

冬　　　　春　　　　夏　　　　秋

而最后是：

西　　　　北　　　　东　　　　南

然后是他心爱的地方，再后是他心爱的人们的面孔，他们的名字，都一一变得苍白，终于所有的人都被忘却。伊齐多尔的各种情感也都一一消失——某种早前的激动（当米霞生第一个孩子的时候），某种绝望（当鲁塔离去的时候），欢乐（当收到鲁塔的来信的时候），自信（当他发现事物的四重性的时候），恐怖（当有人向他和伊凡·穆克塔开枪的时候），自豪（当他从邮政局领到钱的时候），还有许多、许多别的情感全都消失得无影无踪了。终于，到了最后，修女阿涅拉说："他死了。"这时伊齐多尔拥有的空间开始蜷缩，那些既非人间，又非天上的空间全都分裂成小块，陷入虚无，永远消失。这是一种毁灭的画面，比其他所有的画面都更为可怕，比战争、火灾，比星球的爆炸，比黑洞的爆聚都更为可怕。

就在此时，麦穗儿出现在养老院。

"你来晚了。他已经死了。"修女阿涅拉对她说。

麦穗儿没有吭声。她坐在伊齐多尔的床边。她用手触摸了一下他的脖子。伊齐多尔已经没有呼吸，他的心脏也不跳动，但身子仍旧是温热的。麦穗儿向伊齐多尔俯下身子，对着他的耳朵说：

“你去吧，不要在任何一个世界停留。你千万别受那些劝你回头的话语诱惑。”

她坐在伊齐多尔的遗体旁边，直到别人把遗体搬走。然后她在他的床边坐了一整夜又一整天，不住嘴地嘟囔着。直到她确信伊齐多尔已经永远离去了，才离开养老院。

游戏的时间

上帝老了。在“第八世界”里，上帝已是垂暮之年。他的思想愈来愈缺乏活力，且漏洞百出。他的道变得含糊不清，难以理解。由他的思想和道产生的世界也令人费解。天空像枯死的树木一样裂开，大地在这里那里崩塌，现已在动物和人的脚下瓦解。世界的边缘被磨损了，化为碎片，变成尘土。

上帝想成为完美无缺者，他停止了活动。凡是不动的，都停在原地。凡是停在原地的，都在瓦解。

“从各层世界的创造中，不能得到任何东西。”上帝思忖道，“创造世界达不到任何目的，不能发展，不能扩大，不能改变任何东西。创造是徒劳的。”

对于上帝而言，死亡是不存在的，尽管上帝有时也想死，就像被他禁锢在世界上、牵连进时间里的人们的死亡一样。有时，人的灵魂躲过了上帝的监视，从他无所不见的眼里消失。那时，上帝就特别渴望死。因为他知道，在他之外存在着一种不变的秩序，这种不变的秩序同所有常变的秩序连成了一个模式。在这种甚至包含上帝本身在内的秩序里，凡是看似正在时间里流逝、分散的一切，同时也开始了另一种存在，超越时间限制的永远存在。

阿德尔卡的时间

在官道上，阿德尔卡下了从凯尔采开来的公共汽车，她有一种感觉，仿佛自己是从梦里醒来。她觉得自己睡着了，梦见自己生活在某座城市，跟某些人在一起，置身于某些混乱的、模糊不清的事件之中。她摇了摇头，看到了自己面前一条通往太古的林中小径，看到了道路两边高大的椴树，看到了沃德尼察幽暗的林墙——一切都在原来的地方。

她站住了脚步，调整了一下挂在肩上的小皮包。她看了看自己的意大利皮鞋和驼绒大衣。她知道，自己的模样很漂亮，穿着时髦，像从大城市来的。她向前走去，在细高跟皮鞋上保持着平衡。

她一走出森林，突然展现在眼帘的大片天空使她吃了一惊。她忘记了天空竟然能是如此之大，似乎里面还包含了许多其他未知的世界。她在凯尔采从未见过如此辽阔的天空。

她看到了自家房屋的屋顶，她简直不敢相信自己的眼睛，丁香丛竟然长得那么高大。她走得更近了点儿，顷刻之间，她的心脏停止了跳动——姑妈帕普加娃的房子没有了。过去一向立着房屋的地方融入了天空。

阿德尔卡打开了栅栏的小门，站在屋子前边。门和窗户全都紧闭着。她走进庭院。院子里长满了青草。几只小小的矮脚母松鸡向她奔跃过来，彩色的羽毛像孔雀。这时她产生了一个念头，莫非父亲和伊齐多尔舅舅都死了？可是没有任何人通知她呀！现在她身穿“泰莉梅娜”[①]式的大衣，脚踏意大利细高跟皮鞋回到人去楼空的家来。

她放下箱子，点燃了香烟，穿过果园，朝曾经立着帕普加娃姑妈小房子的地方走去。

“你抽上烟了！”她猝不及防地听见一个声音说。

她本能地赶忙把香烟扔到地上，顿感嗓子眼里有一种熟悉的、儿时对父亲的畏惧。她抬起眼睛看到了他。他在瓦砾堆中，坐在一张厨房的小凳子上，这瓦砾堆曾经是他姐姐的家。

“父亲在这儿干什么？”她惊诧地问。

“我在观察屋子。”

她不知该说点什么。父女俩默默无言地彼此凝视着。

看得出来，他已有好几个礼拜没有刮脸。他的连鬓胡子现在已完全白了，仿佛父亲的脸上落了一层霜。她发现这些年来，他老了许多。

“我变了吗？”她问。

“你看起来也老了。”他回答说，同时将目光转向了房子，“像所有的人一样。”

---

① 泰莉梅娜（Telimena），波兰著名诗人亚当·密茨凯维奇的史诗《塔杜施先生》中的贵族小姐，以服饰讲究著称。

“出了什么事，爸爸？伊齐多尔舅舅在哪里？难道没有一个人给你帮忙？”

“大家都伸手向我要钱，都想主宰这个家，就像我已经不在了似的。可我还活着。你为什么没回来给妈妈送葬？”

阿德尔卡的手很想去掏香烟。

“我之所以回来，简单地说就是想告诉你，我自己有办法过日子。我大学毕了业，有工作。我有了一个很大的女儿。”

“你为什么不生个儿子？”

她又一次感到嗓子眼里熟悉的哽塞，而且觉得自己又一次从梦中惊醒了。并不存在什么凯尔采，没有意大利细高跟皮鞋和驼绒大衣。时间在向下挪动，犹如水从水边冲刷河岸，试图将他们父女二人带回到过去。

“因为……”她说。

“你们大家都是生女儿。安泰克两个女儿。维泰克一个女儿，双胞胎姐妹则是每人两个女儿。现在你又是生的女儿！我什么都记得清楚，我什么都数得很仔细，就是没有一个孙子。你使我失望。”

阿德尔卡从大衣口袋里掏出又一支香烟，点着了。

父亲望着打火机的火焰。

“你丈夫呢？”他问。

阿德尔卡抽了一口香烟，轻松地吐出一团悠悠忽忽的烟雾。

“我没有丈夫。”

“他抛弃了你？”他问。

她转过身子，朝自家房屋的方向走去。

“你等一下。屋子是上了锁的。这里到处是小偷和形形色色的坏蛋。”

他跟在她身后慢慢走去。然后他从衣兜里掏出一串钥匙。她望着他，看他怎样打开第一道锁，第二道锁，第三道锁。他的手在发抖。她惊诧不迭地注意到，她竟比自己的父亲高。

她跟着他走进了厨房，立刻便感觉到冷锅冷灶，和烧焦了的牛奶的熟悉气味。她像抽烟似的猛吸了一口这种气味。

桌上摆着一些脏盘子，苍蝇懒洋洋地在盘子上爬来爬去。太阳在漆布上画出窗帘的图案。

“爸爸，伊齐多尔在哪儿？”

“我把他送进了耶什科特莱的养老院。他年事已高，而且身体衰弱。最后他死了。等待我们大家的是同样的结局。”

她扒开椅子上的一堆衣服，坐下了。她真想大哭一场。她的鞋跟黏了一些泥土和干草。

“用不着可怜他。他有人照料，饮食无虞。他的日子过得比我好。我不得不照料一切，看管每一件东西。”

她站起身走进餐厅。他步履蹒跚地跟在她身后，眼睛始终盯住她不放。她看到桌子上有一堆发灰的衣服：男汗衫，男长衬裤，裤衩。报纸上有个海绵印台和一枚带木头小把手的图章。她把几条男长衬裤拿在手上，读着用油墨印得不清晰的字迹：“帕韦乌·博斯基，督察员”。

“他们会偷，”他说，“他们甚至会从晾晒衣物的绳子上把长衬裤拽走。”

“爸爸，我留下来跟你一起多待一会儿，帮你收拾房间，烤糕点……”阿德尔卡脱下大衣，把它搭在椅背上。

她卷起了毛衣袖子，动手去拿桌子上的脏杯子。

“放下！”帕韦乌高声说，嗓门儿突然变得严厉起来，“我不希望有人在这儿替我料理家务。我自有办法对付。”

她到院子里拿箱子，然后将礼品一样一样往肮脏的桌子上放：一件奶油色的衬衣和一条领带，是送给父亲的；一盒糖果，一瓶科隆香水是给伊齐多尔的。她手里捏着女儿的照片迟疑了片刻：

“这是我的女儿，你想看看吗?

他接过照片，瞥了一眼。

“她谁也不像。多大了？”

“十九岁。”

“这段时间里你都在干些什么？”

她深深吸了口气，因为她觉得有许多话要说，可冷不防一切都从她脑子里飞走了。

帕韦乌默默收起礼品，把礼品送进餐厅的餐具柜。钥匙串丁零作响。她听到那好费劲才安进橡木餐具柜门的专利锁发出了咯吱咯吱的响声。她朝厨房环顾了一周，逐一认出了那些她早已忘却的东西。在靠近瓷砖砌的炉灶旁边，挂钩上挂着一只双层底的盘子——为了让汤不致凉得太快，可以往那双层盘底里注滚水。架子上摆放着大大小小的陶瓷罐，都贴有蓝色的标签：面粉，大米，荞麦粉，糖。她很小就记得，装糖的陶罐是裂的。进入客厅兼餐厅的房间的门上，挂着耶什科特莱圣母的画像的复制品。她那双优美的手，以一种挑逗的姿势使光洁的胸口裸露了出来，可在那应该是乳房的地方，却是小小一块血红的肉——一颗红彤彤的心。最后，阿德尔卡的目光落在有个白瓷的肚子和一个小巧抽屉的咖啡磨上。餐厅里传来钥匙丁零当啷的声音，父亲在用钥匙打开餐具柜的一道道锁。阿德尔卡迟疑了片刻，然后迅速从架子上取下小咖啡磨，藏进了箱子里。

"你回来得太迟了，"父亲在门口说，"一切都已结束。现在是等死的时候了。"

他咧开嘴巴笑了，仿佛觉得自己讲了一句很高明的俏皮话。阿德尔卡注意到，他那一口漂亮、洁白的牙齿已经荡然无存。现在父女两人默默无言地相对而坐。阿德尔卡的目光顺着漆布上的图案飘来飘去，最后落在了一些装黑醋栗果汁的玻璃罐上，几只苍蝇飞进了果汁里。

"若是需要我留下……"她喃喃说，香烟灰落到了她的裙子上。

帕韦乌把脸转向了窗口，透过肮脏的窗玻璃望着果园。

"我已经什么也不需要啦。我已是什么也不害怕了。"

她明白，父亲想对她说什么。她慢慢站起身子，穿上了大衣。她笨拙地吻了父亲长满白霜似的连鬓胡子的脸颊。她心想，父亲或许送她到栅栏的小门前边，但他一出屋，立即便朝瓦砾堆的方向走去了——那里总是搁着他的小凳子。

她走上了官道，直到此刻，她才发现官道上已经铺上了柏油。两旁的椴树在她看来似乎比从前矮小。阵阵清风吹落树上的叶子，飘撒在斯塔霞·帕普加娃荒草萋萋的田地里。

到了靠近沃德尼察的地方，她用手帕擦净自己的意大利细高跟皮鞋，整理了一下头发。她还得在车站坐上个把钟头等公共汽车。汽车开来了，她是车上唯一的乘客。她打开箱子，拿出咖啡磨。她开始慢慢转动小把手，而司机则通过后视镜向她投去惊诧的一瞥。

图书在版编目（CIP）数据

太古和其他的时间 /（波）奥尔加·托卡尔丘克著；易丽君，袁汉镕译．-- 成都：四川人民出版社，2017.9（2024.10 重印）

ISBN 978-7-220-10373-5

Ⅰ．①太… Ⅱ．①奥… ②易… ③袁… Ⅲ．①长篇小说—波兰—现代 Ⅳ．① I513.45

中国版本图书馆 CIP 数据核字 (2017) 第 228322 号

四川省版权局
著作权合同登记号
图字：21-2017-599

TAIGU HE QITA DE SHIJIAN

太古和其他的时间

著　　者	[波兰] 奥尔加·托卡尔丘克
译　　者	易丽君　袁汉镕
选题策划	后浪出版公司
出版统筹	吴兴元
编辑统筹	梅天明
特约编辑	石儒婧
责任编辑	唐　婧
装帧制造	墨白空间·张静涵
营销推广	ONEBOOK
出版发行	四川人民出版社（成都三色路 238 号）
网　　址	http://www.scpph.com
E - mail	scrmcbs@sina.com
印　　刷	北京盛通印刷股份有限公司
成品尺寸	143mm × 210mm
印　　张	10.25
字　　数	144 千
版　　次	2017 年 12 月第 1 版
印　　次	2024 年 10 月第 8 次
书　　号	978-7-220-10373-5
定　　价	48. 00 元